Flores de papel

Silvia Ferrasse

Flores de papel

SUMA
de letras

Papel certificado por el Forest Stewardship Council®

Penguin
Random House
Grupo Editorial

Primera edición: junio de 2023

Printed in Spain – Impreso en España

ISBN: 978-84-9129-890-8
Depósito legal: B-7905-2023

Compuesto en Mirakel Studio, S. L. U.

Impreso en Rodesa
Villatuerta (Navarra)

SL98908

A Ángeles, Carmen, Pedro y Rafael, mis abuelas y abuelos.
Este libro está plagado de vosotros.
Gracias por hacer hogar de cuatro paredes

Con la ilusión perdida, me acuesto y me levanto con el más terrible de los sentimientos, que es el de tener la esperanza muerta.

FEDERICO GARCÍA LORCA

La arquitectura es un medio para generar o llevar calidad de vida a las personas. Para hacer esto, lo que hacemos es entender todo, el contexto, el usuario y el programa. Nos ayudamos de muchas cabezas y disciplinas para poder traducir esto en un espacio que sea sensible a estas variables.

TATIANA BILBAO

Nota de la autora
Advertencia de contenido sensible

Antes de que te embarques en esta aventura, tengo que advertirte de que la siguiente historia contiene escenas relacionadas con el maltrato infantil y el abuso de sustancias. Si esto despierta en ti algún tipo de recuerdo o no crees que sea bueno para tu salud mental leer sobre ello en este momento, te invito a que dejes reposar estas páginas y regreses a ellas más adelante, cuando cuentes con las herramientas adecuadas para hacerles frente y poder disfrutar de su lectura. Hasta entonces te mando toda la fuerza del mundo y espero que nuestros caminos se vuelvan a cruzar.

Para las personas que decidís seguir adelante, deseo haber plasmado lo mejor posible ambas cuestiones. Sé y entiendo que cada caso es diferente y que no todas las situaciones se dan del mismo modo ni terminan igual. Esta es solo una de las muchas realidades que desearía que no existiesen. Sin mucho más que decir, aquí te dejo *Flores de papel*.

Prólogo

Lara

En el fondo, todo lo que queremos es amor. Es fascinante su maleabilidad, las formas que adopta según quiénes seamos y el momento en el que estemos: admiración, reconocimiento, lealtad, pertenencia, amistad, sexo... Perseguimos el amor porque sabemos que una vida sin él no merece la pena. Es por eso por lo que revisitamos nuestro pasado una y otra vez, volvemos a los instantes en los que ese amor nos rodeaba; pero también, y soy de las que piensan que con más asiduidad, regresamos a los periodos en los que nos fue arrebatado.

En mi caso revivo un 10 de octubre con la enfermiza necesidad de quien busca encontrar el porqué de las cosas. El cielo amaneció gris, con esa odiosa claridad que hace entrecerrar los párpados y que parece clavarse como una pequeña aguja en los ojos hasta rozar el cerebro. Mamá me levantó con cinco besos, en la frente, en la barbilla, en la mejilla derecha y luego en la izquierda para terminar en la nariz. Me vistió mientras papá preparaba el desayuno para los tres dejando impregnada la casa del olor a tostadas quemadas porque era incapaz de no distraerse con las noticias. Esa era la rutina la mayoría de los días.

Papá y mamá trabajaban en las afueras de Madrid, por lo que me dejaban en casa de los abuelos todas las mañanas. Eran diez minutos de trayecto en coche. Dos canciones y media. Siempre dos canciones y media. Es curioso que mi último recuerdo de ese coche sea una melodía que no terminó nunca. Supongo que todo el mundo se marcha con una canción que no acaba. Ellos lo hicieron.

No pude despedirme, no tuve la oportunidad. Fueron un par de abrazos rápidos en la calle antes de que se subiesen al coche y desaparecieran por la esquina.

El reloj marcaba las ocho y diecisiete minutos cuando dos pares de ojos se cerraron para no volver a abrirse. No fue hasta casi mediodía que llamaron para avisar de lo ocurrido. La abuela estaba sola, pero sus gritos rasgaron ensordecedores la tranquilidad de la vida de extrarradio y alertaron a los vecinos. Esa tarde no me recogió ella del colegio, ni el abuelo, lo hizo la señora Paca, que vivía enfrente y cuya nieta compartía clase conmigo.

Al cruzar el umbral de la puerta de los abuelos, sentí la pesadez en el ambiente. Por primera vez, entendí que el duelo no es ajeno a los sentidos. Es oscuro, frío, huele a flores, suena a llantos y en la punta de la lengua te deja un extraño sabor metálico. En su momento, me dijeron que los ángeles se los habían llevado y miré aquel cielo gris que me hizo daño en los ojos. Comencé a llorar.

Los presentes pensaron que era porque lo había entendido, porque yo, a mis tiernos siete años, comprendía lo que significaba morirse, morirse de verdad. No estar en el cielo como ese inocente pensamiento infantil. En realidad, no fue eso. Ese día me quedé huérfana.

Ese 10 de octubre me quedé huérfana. Perdí mi primer y más puro amor, aquel que durante ese corto periodo de vida mis padres tanto se encargaron de mostrarme y apareció la primera piedra del muro, el primer bastión de defensa. Aquel día nació la chica de piedra.

Primera parte

La chica de piedra

1

Burocracia

Lara

—Le enviamos tres cartas —repite la chica.

—Las he visto y sé que me he retrasado en un par de ocasiones a la hora de hacer los pagos.

—Según nuestros datos, han sido cinco veces —me corrige.

Lo expresa con dulzura, casi como si odiase tener que hacerme esto. Aprieto los dientes y suelto el aire despacio por la nariz. Mi cara cansada me devuelve la mirada en el espejo que tengo en la habitación. El morado bajo los ojos hace que estos destaquen aún más y contribuye a que mi parecido con un personaje de Tim Burton aumente.

—¿Cinco? —dudo.

Maldita sea, pensaba que habían sido menos.

—Sí, eso es lo que nos consta. Aunque, no se preocupe, ¿sabe que puede optar a otro tipo de ayudas? —indica infundiéndole esperanza a su voz.

—Lo he intentado, me puse en contacto con la trabajadora social para ello.

—¿Y ha tenido problemas con ella?

—No, no con ella. Es que algunos de los documentos que me piden pueden llegar a tardar en expedirlos meses —replico frustrada.

—Ya… —murmura bajito—. ¿Y alguno de sus familiares no podría echarle una mano mientras tanto con su abuela?

—Nosotras… —Trago saliva al notar la garganta de pronto seca y tirante—. Nosotras estamos solas. Somos ella y yo.

El suspiro que suelta la funcionaria me hace sentir aún peor.

—Sé que perder la plaza del centro de día le va a dificultar mucho las cosas, pero…

—¿Dificultar? —respondo con aspereza para acto seguido morderme la lengua.

Estoy pagando esto con quien no tiene la culpa, lo sé.

—Yo entiendo que esta es la peor de las circunstancias para usted, soy muy consciente, pero solo puedo decirle que vuelva a presentar la documentación. La trabajadora social debería señalar su caso como preferente y, tras un estudio por parte del tribunal de su situación financiera, familiar y el estado de salud de su abuela, se le podrá otorgar una ayuda u otra. —Hace una breve pausa antes de añadir—: Ojalá pudiese hacer algo más por usted.

Esto habría sido mucho más sencillo si me hubiese tocado una administrativa borde, una que me hubiera gritado o negado la ayuda; sin embargo, sé que está intentando consolarme como buenamente puede.

—Si tiene alguna otra consulta que hacerme…

—No…, gracias por todo.

—Espero que encuentre una solución pronto, de verdad se lo digo.

Cuelgo.

El cóctel de emociones que me recorre el cuerpo no tarda en transformarse en lágrimas. Parpadeo con fuerza y aparto las que escapan de mi control. No puedo dejarme vencer por el pánico, no hay tiempo para ello, lo que necesito es aclarar mis pensamientos, algo que me resulta imposible con el murmullo incesante del televisor de fondo. La idea de subirla para que la abuela no me escuchase ahora me da dolor de cabeza. Me limpio la cara y trato de relajar la expresión para que no note nada. Salgo del cuarto y me dirijo al salón. Frunzo el ceño al encontrarme su sillón de terciopelo rosa vacío.

—¿Abuela? —la llamo—. ¿Abuela? —repito mientras me dirijo a la cocina—. ¿Doña Carmen? —pruebo al ver que tampoco está allí.

Cada vez es más normal que no me reconozca y que me confunda con alguna de las auxiliares que la atienden en el centro, por lo que en muchas ocasiones debo llamarla por su nombre. Recorro la casa. No hay rastro de ella por ningún lado. La presión en el pecho aumenta cuando una mala corazonada lo atraviesa. Avanzo hasta la entrada y me encuentro la puerta de la calle medio abierta. El grito sale sin poder controlarlo.

—¿¡Abuela!?

No pierdo el tiempo y cojo deprisa las llaves, el móvil y la cartera. Cierro y escucho el eco de los goznes de dos puertas chirriar a mis espaldas.

—¿Lara? —Olimpia asoma preocupada.

Mi amiga lleva su pelo cobre recogido en una coleta y del cuello le cuelgan un par de auriculares grandes.

—Se ha ido.

No tengo que aclarar de quién se trata. Intercambia una mirada con Irene que, asomada desde la otra puerta y con un delantal puesto, arruga el ceño.

—Me he distraído con la llamada por lo del centro y al salir… —La voz me falla—. Chicas, no está en ninguna parte de la casa y no sé cuánto tiempo lleva fuera.

—Eh, calma, calma, salimos a buscarla contigo. Dame un segundo para avisar a mi madre y que esté pendiente por si regresa al edificio —dice Irene resolutiva y vuelve a meterse dentro.

Olimpia se acerca a mí y apoya las manos sobre mis hombros.

—La vamos a encontrar.

—No entiendo cómo se me ha podido olvidar cerrar con llave. Siempre cierro, joder.

—Tía, llevas unos días muy estresantes, tranquila.

—Si le vuelve a pasar lo de la otra vez…

—Aleja ese pensamiento —me riñe sin perder el cariño—. Estará bien, tampoco le pasó nada grave.

—Doce puntos, fueron doce puntos.

Olimpia tuerce el morro y niega con la cabeza. Sé que le da rabia que sea tan dura conmigo misma, aunque se lo trague para no hacerme sentir peor.

—Vámonos —apremia Irene, que aparece a nuestro lado tras despedirse de su madre.

Bajamos las escaleras volando. Mis rodillas tiemblan por el nerviosismo y, al llegar a la calle, busco en mi mente posibles lugares a los que haya podido ir.

—Lo mejor será dividirse —señala Irene.

—Vale, sí —apruebo—. Olimpia, prueba en el mercado; Irene, la avenida principal, por si alguien la ha visto, quizá ha vuelto a intentar subirse a algún autobús o bien ha terminado en el metro.

Ambas asienten y no dudan a la hora de correr para buscar a mi abuela. Las observo marcharse un par de segundos. Ellas no lo saben, pero hace tiempo que me habría derrumbado si no las tuviese en mi vida. Aparto el sentimentalismo de mi cabeza y trato de mantenerme serena. Recorro la parte antigua del barrio, la que hay al cruzar el parque y que en estos momentos parece una zona bélica: edificios casi derruidos y, desde hace un par de semanas, un vallado nuevo porque, supuestamente, van a intentar retomar las obras que dejaron a medias hace más de diez años.

Si me he decantado por esta zona es porque el abuelo tenía el taller aquí. Tras verse obligado a cesar de trabajar como obrero por una caída que lo dejó cojo de una pierna, abrió un pequeño taller de carpintería, aunque no pocas fueron las veces que hizo de albañil, fontanero y electricista para quien lo necesitase en el barrio. Y la abuela estuvo ahí con él cada hora libre que tenía. Cuando la enfermedad empeoró y comenzó a escaparse de casa y a perder la noción del tiempo, este se volvió uno de sus sitios de peregrinación.

Atravieso un enorme descampado lleno de montañas de escombros y basura en la actualidad, pero que en un pasado no tan lejano acogió a cientos de familias. Tengo cuidado de no caer en ninguno de los hoyos y avanzo todo lo rápido que me permiten las piernas. Dejo a mi izquierda un par de contenedores que hacen de oficina para la obra y rodeo una excavadora. Conforme me aproximo a la callejuela en la que estaba el taller, distingo un par de bultos al fondo. Reconozco de inmediato a la abuela, cuya bata rosa destaca entre el gris y la arena que nos rodea.

—¡Abuela! —la llamo. Ella no se gira, sigue hablando animadamente con su interlocutor. Eso no me detiene, todo lo contrario, me hace acelerar el paso—. ¡Doña Carmen!

El chico levanta la cabeza cuando llego y me quedo a pocos pasos de ellos, tratando de recobrar el aliento. No le presto atención, sino que recorro con la mirada a la abuela para ver si se encuentra herida.

—Está bien —explica él con una voz grave pero suave que me hace mirarlo.

Es alto y delgado, o puede que sea ese abrigo negro el que juega con la perspectiva. Su pelo castaño brilla con reflejos dorados, pero si tuviese que destacar algo de él me decantaría por sus ojos azules, demasiado azules —si es que alguien puede tener los ojos demasiado azules—, y que me contemplan enormes tras unas gafas de montura metálica apoyadas en una nariz grande y torcida.

Una sensación extraña atraviesa las palmas de mis manos, un hormigueo que me alerta, pero no sé de qué. Quizá sea el hecho de que este joven no encaja nada en el barrio. No me hace falta repasar su indumentaria para saber que respira dinero, algo que por aquí no ocurre. Estas calles son demasiado pobres para que este desconocido ande vagando por ellas con unos zapatos que seguro que cuestan mi sueldo de un par de meses.

—¿La conoces? —pregunta la abuela.

Corto el contacto visual con él y me dirijo a ella.

—Soy yo, Lara.

—¿Lara? —duda.

Su mirada recorre mi rostro. Las arrugas se marcan más alrededor de sus ojos y los labios se estrechan en una fina línea. Trata de reconocerme y es evidente que le cuesta. Me mantengo quieta, pese a la imperiosa necesidad de rodearla en un abrazo. De repente, abre mucho los ojos.

—Larita —dice y alarga una de sus manos hacia mí. Yo la cojo con cariño—. ¿Qué hago aquí? ¡Y con mi bata puesta delante de este muchacho! —Se lleva la mano al pelo—. Al menos no llevo los rulos. —El chico esconde una sonrisa—. ¿Me he vuelto a ir? —cuestiona.

El arrepentimiento en su voz crea un enorme agujero en mitad de mi pecho. No quiero ver esa expresión en su rostro, no quiero que la sensación de ser una carga la inunde.

—No pasa nada, lo importante es que estás bien.

La rodeo con los brazos y, si bien ella me imita, puedo sentir su cuerpo rígido por la culpa. Cruzo la mirada con el improvisado acompañante de la abuela y él me dedica una mueca amable.

—Gracias —digo.

—No hay por qué darlas —responde rápido. La abuela agacha la cabeza cuando rompemos el abrazo, como una niña pequeña arrepentida por su comportamiento—. Además, la charla que mantenía con doña Carmen ha sido muy interesante. —Estas palabras hacen que ella alce la vista.

—Gracias —repito.

Sus ojos se clavan en los míos y me sorprende ver la calidez que hallo en ellos.

—Será mejor que nos vayamos.

Le cedo el brazo a la abuela para que se agarre y nos despedimos. Tengo cuidado de llevarla por las zonas más llanas del camino y de sostenerla con firmeza.

—Larita, siento mucho haberme ido.

—Abuela, no tienes que pedir perdón. No es algo que hagas a voluntad.

—Eso es lo que me da más rabia.

—Centrémonos en que no ha pasado nada grave y tú estás bien.

Echo un vistazo por encima de mi hombro y compruebo que el chico aún nos mira.

—Es guapo, ¿eh?

—¡Abuela!

—¿Qué pasa? Mira, hija, se me irá la cabeza para algunas cosas, pero no para esto.

—Anda, vamos para casa.

—Vamos, vamos, pero bien que no me lo niegas.

Suelta una leve carcajada. Me alegra ver que la desazón que la inundaba hace unos segundos se ha evaporado y vuelve a ser la mujer llena de humor y luz que conozco tan bien. Miro una última vez a la silueta negra antes de perderla de vista y niego con la cabeza porque la abuela tiene razón, es guapo, muy guapo. Y lo reconozco porque sé que no volveré a verlo.

2
Enana blanca

Lara

De regreso al portal de casa, Olimpia e Irene nos esperan en la calle. No son las únicas que se aglomeran y observan con expectación, sino que varios vecinos del barrio se han unido a ellas.

—Oh, perfecto, vuelvo a ser el espectáculo —se queja la abuela entre dientes.

—Se preocupan por ti.

—Anda ya, la mayoría son unos cotillas.

—A la mayor parte de ellos los conoces desde que son unos niños y sé que te aprecian —le rebato segura de mis palabras.

—A la mayoría también los he reñido en más de una ocasión y he tenido que contarles a sus padres lo que hacían.

—Esa era tu forma de preocuparte por ellos, esta es la suya.

—Sigue sin convencerme, hija.

Dejamos la conversación de lado cuando se acercan a nosotras un par de vecinas.

—Pero, doña Carmen, ¿adónde iba usted? —inquiere Soledad.

—Sole, no seas así con ella, a lo mejor ni se acuerda de ti ahora —contesta Milagros, su hermana.

—Yo soy la Soledad, ¿¡usted se acuerda!? —grita en la cara de la abuela, que no lo puede evitar y arruga la nariz con desprecio.

—Soledad, tengo alzhéimer, no estoy sorda —la riñe. Mis amigas y yo aguantamos una carcajada—. Por Dios, que casi me revienta el tímpano esta mujer.

Soledad se pone roja e intenta disimularlo como puede.

—Me alegra ver que está usted bien.

—Estoy perfectamente, solo necesito descansar un rato, así que, venga, todo el mundo a trabajar que se ha terminado la diversión.

—No sea así, doña Carmen —protesta Paco, el antiguo carnicero, ya jubilado—. ¿No ve que la chiquilla solo quiere saber cómo está?

—Uy, chiquilla, pero si Soledad tiene tres años menos que usted —contesta la abuela, que no se corta un pelo—. Vamos para arriba, Lara, me duele la rodilla y eso quiere decir que va a llover.

—Como pueden ver doña Carmen está estupenda —corta Olimpia con destreza antes de que alguien añada algo más—. Tengan buena tarde.

Nos metemos en el portal y les cierra en la cara.

—Panda de cotillas —vuelve a gruñir mi abuela.

Mis amigas se ríen por lo bajo. Subimos hasta el tercer piso y las familias de mis dos amigas salen en cuanto llegamos al descansillo.

—¿Doña Carmen, se ha ido usted otra vez de aventura? —pregunta con una sonrisa el padre de Olimpia.

Agradezco que él siga tratándola tal y como ha hecho siempre y que no pierda la oportunidad de hacer una gracia en un momento de tensión. Llega a ser reconfortante.

—Me he ido a encontrarme con un jovencito —replica ella en el mismo tono jocoso.

—Pero ¡doña Carmen, con lo mal que está el mercado y se lanza a quitarnos a los jóvenes! —agrega con un fingido malestar la hermana mediana de Oli.

—Encima era guapo guapo —señala mi abuela cuya picardía se revoluciona siempre con los Velasco.

La familia de Olimpia es así, cargada de una energía revolucionaria y contagiosa, todo lo contrario que la de Irene. Los Muñoz se mantienen en su puerta mientras miran la escena y sonríen con timidez.

—Niña, tú céntrate en la universidad y déjate de novios —regaña Olimpia a su hermana.

—¿Y cuántos años tendría? —se interesa la benjamina.

—Estas niñatas… —se queja mi amiga.

—Lara, toma. —Me ofrece Matilde, la madre de Irene, que al fin se acerca a nosotras aprovechando que Olimpia se ha enzarzado en una pequeña discusión con sus hermanas—. Hoy he hecho para cenar unas croquetas de puerro y también tortilla de patatas, sé que son dos de tus platos favoritos.

—Matilde, no hacía falta que…

—No me lo niegues, por favor, ya sabes que me hace muy feliz ver que los demás disfrutan con mi comida.

El gesto de la madre de mi amiga me enternece. No lo hace solo porque sepa que me encanta cómo cocina, sino porque es consciente de que no tenemos nada preparado para cenar y de que, entre el lío con las llamadas al centro y la búsqueda de la abuela, lo que menos me apetece es ponerme delante de los fogones.

—Gracias.

—¿Se puede saber adónde vas con todo eso? —pregunta Irene mirando más allá de mi espalda.

—Esta gentuza que tengo por familia ya ha cenado sin mí y eso que hemos estado fuera veinte minutos. Me voy a casa de Lara a cenar.

Olimpia tiene entre las manos, además de su portátil, un recipiente con lo que parece una menestra de verduras.

—¿Te vienes o qué?

Es así como terminamos en mi casa y disfruto de este momento a su lado. Ellas son las que proporcionan un poquito de normalidad a mis días entregada a las obligaciones; si no fuese por Irene y por Olimpia, hace tiempo que habría perdido por completo la poca cordura que me queda. Estamos con el postre cuando Oli aprovecha para traer a colación un tema que estoy segura de que no ha dejado de dar vueltas en su cabecita. Agradezco que mi abuela esté centrada en el programa de la tele.

—Entonces ¿era guapo?

—¿Quién?

—Eso es un sí.

—No sé de quién hablas —insisto.

—Ya, claro. A otra con esas. Sabes que hablo del chico que ha encontrado a tu abuela.

Irene se mantiene callada, pese a que el gesto que hace con los labios me indica que ella también tiene interés.

—Supongo que sí, que es objetivamente guapo —respondo sin querer darle importancia.

—No seas así de sosa, descríbelo un poquito —me pide con un fingido puchero.

—No me he fijado tanto en él —digo mintiendo un poco—. Lo único que te puedo confirmar es que no es del barrio.

—Seguro que es uno de los operarios que han venido por las obras —apunta Irene.

—Por su aspecto diría que no. Entra más dentro del prototipo de chico del barrio de Salamanca. La verdad es que me sorprendió verlo aquí, en la periferia. Bueno, en esta periferia —explico.

—No sería el primer niño rico que viene a pillar —argumenta Olimpia refiriéndose al trapicheo que se da sin clemencia por estas calles.

—Podría ser, aunque…

—¿Aunque? —curiosea Irene.

—No, nada, solo que no me dio esa sensación —les explico.

—¿Y no le pediste el número de teléfono? —interviene Olimpia.

El brillo en sus ojos esconde una advertencia.

—¿Por qué haría eso? Le di las gracias y le pedí disculpas, no quería molestarlo más.

—Pues ¡porque me lo podrías haber dado a mí!

Pongo los ojos en blanco.

—¿Qué ha pasado ahora? —indaga Irene, que se recoge su larga cabellera rubia en una coleta. Sabe que entramos en terreno pantanoso.

—Pues que ese estúpido capullo lleva dos días sin contestarme a los mensajes —replica Olimpia clavando con fuerza el cuchillo en la pera.

—Es lo que pasa cuando tienes una relación con un hombre que tiene novia.

Quizá mi comentario ha sido demasiado mordaz, pero la situación de Olimpia se alarga desde hace más de dos años. Sigo sin entender cómo es posible que siga emperrada en estar con un hombre que no solo mantiene un noviazgo con otra chica, sino que encima cada dos por tres le hace desplantes. Lo que más me fastidia es que no quiera asumir que desde el principio la relación entre ambos ha sido lo más tóxico que he visto en mucho tiempo. No es porque sea mi amiga, pero Olimpia podría tener a cualquier persona a sus pies; bueno, me gusta más el concepto de a su lado.

Sí, no cumple con un cuerpo normativo, tiene más de una cuarenta y seis, pero es que la normatividad no tiene por qué ser hermosa y Olimpia podría ser Venus. Es la mujer más atractiva con la que me he cruzado en la vida real. Con un metro setenta y cinco de estatura, ojos verdes y pelo rojo natural, capta la atención de todo el mundo allá donde va. A eso hay que sumarle que es la persona más inteligente que conozco, ¡joder, si hasta le concedieron una maldita beca para ir a Estados Unidos y terminar allí su último año de Ingeniería de Telecomunicaciones! La pena fue que las obligaciones la retuvieron aquí. A las tres nos han retenido aquí.

—Gracias por la puñalada —dice al tiempo que se saca un cuchillo imaginario del pecho.

—Oli, lo que Lara quiere decir es que... —Irene no puede terminar su frase porque nuestra amiga la interrumpe.

—Hemos tenido esta conversación un millón de veces.

—Podemos tenerla un millón uno —presiono.

Intercambio una mirada con Olimpia y siento que la irritación empieza a gestarse en su interior. Sin embargo, antes de poder continuar, suena un teléfono. Lo reconozco de inmediato, es el del trabajo de Irene.

—Mier... Miércoles de ceniza —protesta.

Bajo el volumen del televisor, mi abuela no se queja porque dormita en su sillón rosa. Irene nos mira y atiende al tercer toque.

—Buenas noches. —Su voz se ha transformado por completo y ahora es mucho más grave, aterciopelada, como cuando la miel cae densa en el plato—. ¿Estella? Sí, soy yo.

—Vaya voz porno-erótica que tiene la condenada —murmura Olimpia en mi dirección, aunque no se libra del manotazo de Irene que busca concentrarse en la llamada.

—¿Estás solito? ¿Te gustaría que te hiciese compañía un rato? —pregunta a su interlocutor.

—Este es de los que dura cinco segundos. —Olimpia vuelve a llevarse otro golpe.

—Sí, estoy en la bañera ahora mismo —miente con descaro. Solo les miente a ellos, en la vida real Irene es incapaz de hacerlo, se pone demasiado nerviosa—. Sé que te encantaría estar aquí conmigo. —Sufro al ver la cara de asco de mi amiga—. Por supuesto que me estoy tocando pensando en ti.

A Olimpia se le escapa una risilla y se atraganta con un trozo de pera que expulsa encima del mantel después de darle un par de fuertes golpes en la espalda. Yo intento mantenerme serena, pero es que el cuadro que se me presenta es surrealista. En el salón, mi abuela duerme en su sillón, una de mis amigas se atraganta con un trozo de fruta y la otra le suelta obscenidades a un desconocido por teléfono. Irene cuelga tras unos siete minutos de llamada y suspira cansada.

—No dejo de flipar con que seas virgen a los treinta, te dé pánico el contacto físico con los tíos y, mientras oposita a administrativa de Hacienda, tu trabajo sea el de llevar una jodida línea erótica —resume Olimpia dando pequeños sorbos a un vaso de agua.

—No me da pánico el contacto físico —se defiende Irene—, es que me cuesta confiar. Eso es todo.

—Sigo pensando que lo tuyo se solucionaría con un buen poll...

—¿Queréis algo más de postre? —interrumpo y fulmino con la mirada a mi amiga.

A ratos sigo sin comprender cómo es posible que Olimpia e Irene logren convivir en el mismo espacio siendo tan distintas —aunque lo mismo podría pensar cualquiera de Oli y yo, pues ambas tenemos caracteres muy fuertes—. Y, pese a nuestras diferencias abismales, aquí estamos y puedo decir bien alto que nos queremos con locura, y nos preocupamos las unas por las otras; si bien no siempre sabemos expresarlo de la mejor manera. Qué extrañas son a veces las amistades.

—No, creo que es hora de que vuelva a casa, mañana madrugo para otra sesión con el preparador de las oposiciones —responde Irene.

—Yo tengo que seguir con el curro. Hoy me toca jornada nocturna —dice Olimpia, y agarra su portátil con una mano.

Se levantan y las acompaño hasta la puerta. Antes de que crucen el umbral las retengo.

—Chicas, gracias.

—No seas boba, anda, ven.

Olimpia me arrastra a sus brazos e Irene no duda en unirse. Mi pecho se contrae presa de la emoción y trato de mantenerme serena.

—Nos vemos mañana, ¿vale? —se despide Irene, que en ese momento recibe una nueva llamada.

Las veo atravesar las puertas de sus casas y contemplo durante un par de segundos la estampa. Ni las baldosas desgastadas ni el desconchado de las paredes del descansillo pueden hacerme pensar que existe un lugar más especial que este espacio de dos por dos. Me doy la vuelta y cierro. En el salón, mi abuela sigue dormida en su sillón con el televisor encendido pero en silencio. Una punzada me atraviesa el pecho de extremo a extremo. Acaricio su frente con cuidado. Si le hubiese pasado algo, no me lo perdonaría nunca.

Apago la tele y recojo la mesa. Mi plato está prácticamente entero, así que decido guardar las sobras porque sé que mañana podré aprovecharlas para el desayuno o la comida. El nerviosismo repercute en mi estómago, lo estrangula sin piedad y me quita las ganas de comer, y es que esta tarde he pasado miedo. Me da rabia admitirlo porque hace tiempo que me juré ser fuerte, que me prometí que no volvería a dejarme vencer por el pánico, pero desde que murió el abuelo las cosas se han complicado cada vez más. Al universo no le bastó con quitarme a mis padres, me lo tuvo que arrebatar también a él y ahora se encarga de que la enfermedad devore a la abuela.

Ella tampoco lo pasa bien. Intenta no preocuparme, pero cuando veo esa mezcla de confusión, terror y, al final, comprensión en sus ojos, no puedo imaginarme lo que debe suponer para ella regresar de ese estado de caos y darse cuenta de lo que ocurre.

Camino hasta su habitación y deshago la cama. Después, como todas las noches, preparo su ropa para mañana y reviso la medicación. Estoy en eso cuando mis ojos se desvían hacia la mesilla del abuelo. Abro el primer cajón y saco un reloj de pulsera. Se trata de un reloj suizo, con la esfera bañada en oro, un regalo que recibió el abuelo por su cincuenta cumpleaños y lo más caro que ha entrado en esta casa. Es lo último que nos queda de joyas familiares que no sea bisutería barata, el resto lo he ido empeñando con el paso de los años. Sin embargo, creo que le ha llegado el momento. Necesito el dinero, no puedo irme a trabajar y dejar a la abuela sola en casa, pero…

—¿María? —Me sorprende cuando entra en la habitación. Me ha confundido con mi madre—. ¿Qué haces con eso? Ya sabes que tu padre lo guarda con celo porque dice que será el billete para que Larita sea la primera universitaria de la familia. Déjalo ahí.

Le hago caso, pero necesito un instante de silencio en el que lo único que logro es tragar saliva.

—Venga, mamá, es hora de acostarte.

—¿Ya? Pero tu padre aún no ha regresado de la obra —dice preocupada.

—Seguro que está en el bar, es viernes y sabes que a la cuadrilla le gusta tomarse algo para celebrar la semana —me invento.

Se lleva una mano a la sien y la frota con insistencia. Consigo que me obedezca y se mete en la cama sin rechistar, aunque la duda aún recorre su semblante. Deposito un beso en la línea de su pelo y decido abandonar la habitación con una sonrisa que se desvanece al llegar al estrecho pasillo. La presión que aprieta mis pulmones me ahoga y tiemblo. Me falta el aire y empiezo a hiperventilar.

Atravieso la casa como alma que lleva el diablo y de un tirón deslizo la puerta corredera que da a la terraza. Solo cuando la he cerrado me permito llorar. Las piernas me fallan y me deslizo sobre la pared de ladrillo que se clava en mi columna con cada uno de sus vértices hasta caer al suelo. Cierro los ojos con fuerza y me abandono a la tristeza, a la preocupación, a esta ansia que no me deja vivir, pero que a la vez se ha transformado en el único motor que logra mover mi vida hacia delante. Quiero chillar, quiero romperlo todo a mi alrededor porque esta carga me consume. Me devora desde hace años. Siento que me arrastro, que pierdo la poca esencia que queda de mí.

Dejo vagar mi mirada por el cielo oscuro en el que apenas brillan un par de estrellas y me pregunto cuánto tiempo me queda hasta consumirme, hasta transformarme en una enana blanca. Una de esas estrellas moribundas que pesan tanto como el sol, pero son tan pequeñas como un planeta. Y ¿cuánto tiempo pasará hasta que me convierta en un agujero negro?

3
Gratitud

Lara

El café Los Ángeles es un sitio extraño, repleto de toques de demasiadas décadas condensados en un solo espacio: papel de la pared de los setenta, sillas de los ochenta, mesas de los noventa y decoración de principios de los dos mil. Un lugar que comenzó sus andanzas como tasca, luego como bar y ahora es una cafetería que trata de luchar contra las grandes franquicias del café. Es también mi lugar de trabajo. Se encuentra lo bastante cerca de casa como para ahorrarme el trayecto en transporte público, pero en una zona muy transitada y cuidada donde los clientes, incluidos aquellos que solo atraviesan el barrio de pura casualidad, no temen pasar un par de horas dentro. Confieso que se ha convertido en mi segundo hogar y todo gracias a mi jefa, Nadima. La misma que en estos instantes me dice, una vez más, que deje de preocuparme.

—Lara, te lo he repetido mil veces: no pasa nada. Ayer no tuvimos tanto movimiento y pude manejarme con la clientela. Además, cuando alguno de los niños se pone malo, ¿no te quedas tú sola con la cafetería las horas que haga falta? —me recuerda.

La contemplo con un agradecimiento infinito. No sé cómo tuve la suerte de que Nadima me contratase sin ningún tipo de experiencia previa, pero confió en mí y llevo aquí desde los diecisiete, ya que me permite compaginar las horas de trabajo con el cuidado de mi abuela y los estudios.

—Y me quedaré todos los días que necesites, ya lo sabes.

Mi jefa niega un par de veces con la cabeza, aunque sonríe. Nadima siempre sonríe. Es una de las cosas que más me gustan de ella, ese positivismo casi infantil que radica en su pura inocencia.

—Eres una cabezona.

—Solo me gusta cumplir con mis horas —la contradigo con fingido tono serio.

—Ahora a lo importante, ¿cómo está tu abuela?

—Bien, hoy mucho mejor que ayer. Tuvo dos episodios —le explico—. Pero esta mañana se ha levantado y sabía quién era yo y quién era ella, lo cual ha sido un alivio.

—¿Con quién la has dejado?

—Con Matilde. Irene me ha asegurado que podría pasar la tarde con ella e incluso darle de cenar y acostarla.

Me pregunto cómo podré agradecerle a la familia de mi amiga que me eche siempre una mano y más ahora con el problema del centro de día.

—¿Qué te ha dicho la trabajadora social? —sigue con la conversación mientras prepara un par de cafés para la mesa siete.

—Después de llevarme una pequeña bronca por no haberle hecho caso, me ha dicho que va a intentar acelerar el proceso todo lo que pueda.

—De eso también quería hablarte —interviene con una mueca seria—. ¿Por qué no me pediste un adelanto para poder pagar las mensualidades? Sabes que…

—Nadima, la cafetería sobrevive a duras penas. No pienso hacer que me adelantes nada de dinero.

Deja las tazas sobre una bandeja y me lanza una mirada herida.

—Lara, hay prioridades en esta vida y mi empleada lo es para mí.

—Lo sé, por eso no he querido decirte nada —replico muy segura.

Sus ojos negros, enmarcados por dos finas y cuidadas cejas, se clavan en los míos. Apenas me saca cinco años y, sin embargo, la madurez que derrocha Nadima se incrementa en momentos como este, en los que saca su parte de cuidadora.

—Eres una de las mujeres más cabezonas que he conocido en mi vida y te lo dice alguien que ha batallado con su propia madre desde que tiene uso de razón. Ojalá aprendas a dejarte ayudar sin tener esos pensamientos de carga. إن شاء الله *

Quiero contestar, pero antes de poder hacerlo un torbellino aparece por la puerta. Con su melena plateada y cardada, doña Ángela no se lo piensa dos veces antes de cruzar la cafetería y meterse detrás del mostrador. Saca una de las napolitanas y le da un pequeño bocado tras el cual se limpia con cuidado los labios para no estropear su pintalabios rosa.

—Nadima, querida, hay que ver lo bueno que haces siempre todo. ¿Cómo va el negocio hoy? Veo a menos gente.

El cuerpo me pide decirle un par de cosas a doña Ángela, pero Nadima es rápida e interviene.

—Bueno, el miércoles suele ser una de nuestras tardes de menos ajetreo —explica ella—. Lara, ¿por qué no le haces uno de tus cafés a doña Ángela?

La mujer me dirige al fin una mirada, no más de tres segundos, y continúa su charla con Nadima. Obedezco la or-

---

* «Si Dios quiere».

den de mi jefa, pese a tener unas ganas horribles de ponerle los puntos sobre las íes al torbellino. Vale que sea la dueña del local, pero esa actitud de creerse por encima de los demás me repatea.

Lo peor de todo es que doña Ángela tiene este y otros lugares alquilados a comercios bajo cuerda; es decir, de forma ilegal. La realidad es que no puede arrendarlos porque pertenecen a la Agencia de Vivienda Social de Madrid. Sin embargo, en un barrio en el que la mitad de las familias están relacionadas de alguna manera con asuntos de drogas, robos o estafas, esto es lo más legal que puede encontrarse.

Y tampoco es que le importemos a las administraciones… La última vez que un político pisó este barrio fue para inaugurar la estación de metro y terminó cuando la policía tuvo que escoltarlo hasta el coche tras una lluvia de huevos. La visita más breve hasta la fecha.

Estoy en el proceso de emulsionar la leche cuando el característico ruido de fondo de las conversaciones se apaga. Me giro para ver qué ocurre. Azul. Es lo primero que me llama la atención al dirigir mi mirada hacia la puerta. Un azul intenso tras unas gafas apoyadas en una nariz torcida. Luego siento una presión extraña en el estómago al verlo avanzar hacia una de las mesas libres, la más cercana a la barra, justo donde yo estoy trabajando. La espuma de la leche se sale y me quema la mano.

—Mierda, mierda, mierda —murmuro apretando la mandíbula y corro a poner la piel quemada bajo el agua.

—Lara, ve a tomarle nota —me ordena mi jefa.

—¿Qué?

—Que vayas a tomarle nota. Que le preguntes qué desea —aclara por si aún no me he enterado—. Todo el mundo lo mira como si fuese un perro verde y yo tengo que controlar que doña Ángela no se me meta en la cocina —me indica mientras le echa una mirada a la mujer que no pierde de vista al desconocido.

—Pero el café de...

—El café de doña Ángela ya lo termino de preparar yo.

Así que me da un empujón con la cadera y me aparta a un lado. Tomo aire y me recoloco un par de mechones de pelo que han escapado de mi semirrecogido antes de plantarme delante del chico. Él lee con calma la carta sin darse cuenta, no sé si a propósito o con una habilidad actoral de diez, de la atención inquisitiva que ha despertado en el resto de la clientela. Lo cual entiendo. Y no, no es porque sea guapo, como dijo mi abuela, más bien se trata del aura que lo acompaña. Ropa de marca, reloj inteligente último modelo, colonia cara; no, colonia no puede ser, eso es perfume —sin duda— con toques amaderados, graves, que conforme más me acerco más me envuelven. Luego está el corte de pelo, a la francesa, con la raya a un lado, pero con un estilo despeinado, como si jugueteara de manera continua con él. Sonrío al ver que tengo razón cuando al llegar a su lado carraspeo para que alce la vista y, de forma automática, desliza los dedos por su cabello.

—Hola.

—Hola, ¿qué desea tomar?

—Yo... querría un té verde con miel, por favor. —Lo anoto con rapidez, pero, al darme la vuelta para marcharme, él me habla de nuevo—: Espera, eres la chica del otro día, ¿Lara? —Me sorprende que se acuerde y no oculto la expresión—. Me preguntaba..., me preguntaba cómo se encuentra tu abuela. ¿Está bien?

Abro los ojos un poco más. Vale, desde luego mi nombre no me lo esperaba, pero que preguntase por la abuela menos.

—Está bien, sí.

—Me alegro —responde con sinceridad y una sonrisa de lado.

Dudo si decir algo más, pero me siento incómoda por su escrutinio y doy por terminada nuestra interacción. Vuelvo detrás de la barra. Doña Ángela está en una esquina, desde donde analiza al nuevo visitante y se bebe su café.

—¿Conoces al forastero? —curiosea mi jefa.

—Fue él quien encontró a mi abuela ayer.

Nadima ahoga un grito. Yo me centro en la tarea y preparo la taza con su cucharilla.

—No, ¿en serio? —Se pone de puntillas para verlo mejor por encima del estante en el que tenemos expuestos algunos de nuestros dulces—. ¿Y solo ha pedido un té verde? —pregunta al verme colocar la bolsita en la tetera.

—Sí, de momento eso parece todo.

Aprieta los labios y chasquea la lengua.

—De ninguna manera.

Nadima desliza la puertecita de cristal y sin dudar saca el bizcocho de limón del que corta un pedazo que sirve con azúcar glaseado por encima.

—Toma, llévaselo con el té.

—No —respondo quizá demasiado rápido.

Ella frunce el ceño y veo cómo doña Ángela pone la oreja.

—¿Cómo que no?

—¿Tú lo has visto?

Nadima levanta una ceja.

—Te recuerdo que estoy casada y con dos hijos y que quiero a mi marido y no miraría a otro hombre por muy guapo que sea. Que lo es.

—¡No, no, no! —exclamo.

Lo que conlleva que la cafetería entera nos mire, incluido el susodicho. «Miércoles de ceniza», que diría Irene.

Doña Ángela tose y las miradas se esfuman, todas, excepto la del foráneo, que solo la aparta al cruzar sus ojos con los míos.

—No me refería a eso —susurro en dirección a mi jefa—. Lo que quiero decir es que se ve que tiene pasta. Mucha pasta, Nadima.

—¿Y?

—¿Y? ¿En serio le vas a regalar un trozo de bizcocho a un tío que está claro que podría pedirse la carta entera de una sentada sin ningún problema?

La postura que toma con los brazos cruzados sobre el pecho e inclinada sobre su lateral izquierdo es solo una pequeña muestra de lo decepcionada que está por mis palabras y así me lo hace ver.

—Lara, la gratitud no depende del dinero ni de la situación de otros, sino de las intenciones de uno —me riñe—. Has dicho que ese chico encontró a tu abuela, ten un pequeño detalle con él. Y espero que ayer le dieses las gracias.

—Se las di —contesto enfurruñada.

—Menos mal.

—Nadima…

—Ve a servirle el té con el bizcocho. إيلا!*

Me muerdo la lengua y le hago caso. A fin de cuentas, no es solo la jefa, sino que ahora que ha soltado esa frase sobre la gratitud, me ha hecho sentir culpable y sé que tiene razón. Por mucho que me pese. Salgo de la barra y me acerco al desconocido. Está muy concentrado en su portátil y, al fijarme, me doy cuenta de que se trata de una serie de planos del barrio.

—¿Estás trabajando en las obras?

---

* «Vamos» o «apresúrate».

Me muerdo el labio inferior porque me ha podido la curiosidad. Él me sonríe y al hacerlo las gafas se deslizan por el puente de su nariz y le da un aspecto tierno.

—Eh, sí. Soy uno de los arquitectos.

—Por supuesto —respondo entre dientes.

Ningún operario medio podría lucir tanta ostentación.

—¿Perdón?

—Que aquí traigo tu té y un regalo de la casa.

Dejo sobre la mesa la taza, la tetera y el plato con el bizcocho.

—Oh, vaya, no hacía falta —contesta—. Pero muchísimas gracias.

Me fijo en la suavidad de su sonrisa al ver el dulce. Me extraño al observar cómo un detalle tan pequeño parece haberle gustado tanto. Quiero decir, es solo un trozo de pastel. Muchas veces me llevo los restos a casa para no desperdiciar la comida, pero este tío debe de estar acostumbrado a delicias parisinas y, en cambio, lo veo fascinado por un simple bizcocho. Toma el tenedor y corta un pedazo para llevárselo a la boca. Yo sigo sus movimientos con detalle.

—¿Es de limón? —Cierra los ojos para disfrutar mejor del sabor—. Vaya, está buenísimo. ¿Lo hacéis aquí?

Cuando los abre, fija su mirada en mí y me veo obligada a carraspear.

—Sí, cada mañana, todo es casero. Menos los panecillos, esos los compramos congelados —confieso.

Me siento una estúpida nada más decirlo. Nos quedamos en silencio y, antes de que la situación se torne violenta, doy un paso hacia atrás para marcharme.

—Por cierto, Lara. —Me paro para escucharlo—. No te he dicho mi nombre. Me llamo Saúl.

—Bienvenido al barrio, Saúl.

Otra sonrisa, aunque esta es muy diferente a la anterior. Es como si guardase un secreto en la comisura de su boca.

—Gracias.

Me alejo de él y procuro centrarme en mi trabajo.

El reloj marca las ocho de la noche. Solo quedan dos clientes y uno de ellos es, por supuesto, el forastero, Saúl. Pensé que se iría después de terminarse el té y el bizcocho, pero no. Resulta que ha pedido a cada rato más y más comandas —no se ha salido del té verde con miel—, sin levantar la vista de la pantalla, centrado en su trabajo por completo.

—Deja de mirar al chico como si fuese un bicho raro —me reprende mi jefa.

—Es un bicho raro. No encaja en el barrio.

—Lara…

—No va a malas. Bueno, no a malas muy malas, pero es verdad.

—Toma. —Me pasa la escoba—. Avísale de que cerramos, voy a hacer la caja.

Resignada, camino hasta él y toso con bastante ruido. Ni caso. Miro sus oídos y me doy cuenta de que tiene un par de pequeñísimos auriculares puestos. Así que alargo la mano y le toco el hombro.

—¿Sí? —pregunta al darse la vuelta.

—Vamos a cerrar.

—Oh —suelta y comprueba la hora en su reloj—. He perdido la noción del tiempo.

—Tranquilo, no hay prisa.

Aunque siempre la hay para cerrar. Agradezco que no tarde más que un par de minutos en recoger y ponerse de pie.

—Gracias por todo, en especial por el bizcocho, ha sido un descubrimiento.

—No es nada, a la jefa le gusta tratar bien a los clientes —le digo, y ladeo la cabeza hacia Nadima.

Su rostro se ensombrece durante un segundo y se pasa los dedos por el pelo en un gesto nervioso.

—Dale las gracias de mi parte.

Veo un cambio brusco en él y me quedo extrañada. ¿Se pensaba que el trozo de bizcocho se lo había llevado por iniciativa propia?

—Será mejor que me marche y deje de importunar. Hasta luego.

—Hasta…

No acabo la frase porque sale flechado hacia la puerta. Lo veo cruzar la calle y perderse en dirección a la avenida principal.

—… luego.

Limpio un par de mesas sucias y termino de barrer. Cuando regreso a la barra Nadima ya ha guardado el dinero de la caja y está envolviendo la comida sobrante.

—He dejado esto para ti.

—Gracias, se lo daré a Matilde, aunque me costará que lo acepte.

Mi jefa me sonríe y pasa una mano por mi hombro en señal cariñosa.

—¿Y no me vas a contar qué te ha dicho ese muchacho guapo al despedirse? He notado una vibración entre vosotros.

—¿Vibración? —exclamo con un bufido—. Nada de eso, solo me dijo que te diese las gracias por el bizcocho.

—¡Qué chico más amable! —expresa encantada.

—Ya…, muy amable, pero mira qué propina ha dejado. Agarrado —gruño.

—Son tres euros, lo normal es que nos dejen veinte céntimos. Y sé que si hubiese dejado más le habrías criticado por darnos limosna. —Se adelanta a mis pensamientos.

—Es que… Ay, no sé, Nadima, hay algo en él que me escama.

—¿Y qué es?

—No lo sé, ahí está el problema —confieso mirándola con gravedad.

Ella niega con la cabeza.

—Bueno, dejemos al chico de lado. Es hora de irse.

4
La caja

Lara

Al volver a casa, decido atajar por el descampado en el que se
ha convertido parte del barrio. Del complejo de catorce edificios hermanos, iguales al mío, solo quedan la mitad en pie, la
otra mitad descansa convertida en montañas de escombros.
Se trata de la misma zona por la que vagó ayer la abuela. No
puedo ni imaginar su desconcierto al llegar hasta aquí y verlo
desierto. Me pregunto tantas veces cómo debe de ser no saber
ni quién eres: la angustia, la desesperación, el miedo… y al
mismo tiempo la calma por no comprender qué has perdido,
la siempre tranquila y relajante ignorancia. Uno no puede
echar de menos lo que no conoce. Es contradictorio y crimi-
nal lo que hace la mente.

Me planto en el mismo punto en el que encontré a la
abuela con el desconocido y, al alzar la vista, reconozco uno
de los edificios que han derribado con la excusa de la remodelación y rehabilitación del barrio. El recuerdo me atraviesa
como una flecha prendida iluminando escenas de un pasado
extraño, un pasado infantil en el que las acciones vienen a mí
saturadas de color, textura y aromas. Era su edificio.

La figura de un niño aparece cual espectro ante mis ojos y, sin dudarlo, salto el vallado y me meto entre los escombros. Lo persigo en una fusión de pasado y presente. El niño con los ojos más tristes del universo. El niño solitario que vagaba por el barrio tal y como ahora lo hace su recuerdo, captando solo mi atención. Porque, pese a estar ahí delante de todos y aunque pedía ayuda con esa melancolía que lo envolvía, nadie le prestó atención. Nadie menos yo.

Hacía poco que había perdido a mis padres y me había mudado definitivamente con mis abuelos. Me pasaba las horas en la terraza, miraba hacia la calle y observaba las vidas de los demás. Ahora que puedo analizarlo con perspectiva, soy consciente de que ese fue mi mecanismo de defensa durante el duelo, alejarme. No soportaba las miradas, los cuchicheos y mucho menos las falsas muestras de afecto, porque eran puñaladas. Fue en una de esas tardes de cielo gris y plomizo cuando lo vi. La ropa vieja, rota en algunas partes, la suciedad en el rostro y esa cabeza siempre gacha para pasar desapercibido, si es que podía ocultarse más aún en un mundo en el que era invisible.

Y la necesidad creció en mí. Desconozco las razones que me arrastraron a ello, pero el remolino que se apoderó de mis tripas hizo que me levantara del suelo de baldosas de la terraza y me dirigiera a la cocina, donde estaba la abuela pelando patatas. Me observó sacar el pan que había sobrado de la comida, el embutido y montar dos bocadillos de jamón y queso. Permaneció callada hasta que comencé a envolverlos y solo entonces me preguntó que qué hacía. Utilizó un tono casual, el que usaría con cualquier otro adulto y no con una niña de siete años.

—¿Vas a merendar con alguna de las vecinas? —preguntó.

Por aquel entonces Olimpia e Irene no eran mis amigas, eran solo las dos niñas con las que compartía descansillo y a las que el abuelo insistía que me uniese. Cosa que odiaba. Nunca me ha gustado que me obliguen a nada.

—No —respondí.

Los monosílabos eran mis nuevos mejores amigos.

—Entonces ¿los dos son para ti?

—No.

El suave sonido del cuchillo pelando la piel de la patata se detuvo. Miré a la abuela y las palabras salieron por inercia.

—Es para el niño del parque.

El reconocimiento en su mirada fue instantáneo. No tuve que decir nada más. Se limpió las manos en el delantal y, alargando una hacia el frutero, agarró un par de manzanas.

—Toma, no hay merienda completa sin una pieza de fruta.

Metí la comida en la misma mochila que utilizaba para el colegio, me calcé y bajé hacia el parque. Los nervios me atraparon a la hora de salir a la calle, porque entonces fui consciente de lo que iba a hacer. Sin embargo, no me detuve. Caminé paso tras paso hasta que estuve delante de él. Sentí su miedo, por lo que dejé suficiente espacio entre ambos y saqué la comida.

—Hola, soy Lara. —Él no contestó, sus ojos estaban clavados en los bocadillos—. He traído la merienda.

—¿También… también para mí?

Esa expresión todavía me eriza la piel con un sudor frío. La del asombro temeroso, la de alguien que busca dónde está el engaño.

—Es de jamón y queso.

Apretó los labios y posó las manos sobre su estómago.

—¿Estás segura?

—Sí.

Tomó de mis manos el bocadillo, con cuidado de no tocarme la piel en ningún momento, y lo desenvolvió con delicadeza. Se me hizo raro que un niño que parecía tan abandonado fuese tan tierno. También me sorprendió que no diese grandes bocados, desesperados, al trozo de pan. Por el contrario, fue comedido. Disfrutó de cada pequeño mordisco y tardó más del doble de tiempo que yo en terminarlo. Luego vino la fruta, que nos comimos en los columpios mientras nos balanceábamos y nos hacíamos compañía tan solo estando el uno al lado del otro, sin intercambiar una palabra.

En ese instante no lo sabía, pero aquello desencadenó una nueva rutina en la que yo bajaba por las tardes con merienda para ambos y jugábamos hasta que mi abuela me llamaba. Me pareció curioso que a él nunca le buscase su familia, que nunca nadie, al llegar la noche, fuese a buscarlo para ver qué hacía y dónde estaba. No fue lo único que me costó entender. No comprendía su miedo, su reticencia inicial y el análisis de todo lo que yo hacía. Luego vi los moratones, las quemaduras, las cicatrices y me di cuenta de las heridas. Presencié cómo la abuela curó varias de ellas, incluso más de una vez subió a casa a ducharse y ella le cortó el pelo. Ese que siempre llevaba sin peinar y crecía demasiado deprisa.

Y, como no podía ser de otra manera, llegaron los cuchicheos. Porque aquel niño de mirada triste había empezado a juntarse con la huérfana oficial del barrio. Dos niños rotos que jugaban a unir sus mitades. Dos niños que compartían comida, ratos de juego y de mera compañía silenciosa. Hasta que eso fue lo único que me quedó una tarde, silencio. Porque el niño no apareció en el parque. Ni al día siguiente ni al otro. El niño desapareció sin más. Mis abuelos trataron de encontrar algún tipo de información sobre qué había pasado, pero todo eran historias a medias que me provocaban terror.

Muchos años más tarde, me enteré de que encontraron a su madre muerta por sobredosis en la casa que tenían okupada y que su padre estaba en paradero desconocido. Pero

nada se supo de él. ¿Había huido del barrio con su padre o…
había tenido un trágico final? ¿Seguía vivo soportando los
golpes? ¿Estaba aquel niño muerto? Quise guardar la esperanza durante unos años, hasta que la perdí, hasta que asumí
que no lo volvería a ver, fuese por una u otra razón.

Regresa a mí la horrible sensación de opresión en el
pecho y aterrizo en el presente, donde la figura del niño me
regala una última mirada antes de desaparecer. Echo un vistazo a mi alrededor. La decadencia y el abandono de la estampa que contemplo empuja a querer huir para no terminar tal
y como ha acabado este edificio, convertido en polvo. Es des-
corazonador ser testigo de ello. Suspiro apenada y, de pronto,
entre tanto gris mi mirada distingue un objeto rojo. Camino
hacia él y compruebo que se trata de una caja metálica con un
nombre en el lateral que reconozco de inmediato y que me
obliga a cogerla. No puede ser, pero lo es. Repaso cada letra
tallada sobre el metal con las yemas de mis dedos.

Soy de naturaleza escéptica, pero ¿cómo es posible que
tras pensar en él haya aparecido esto? ¿Cómo puede ser que su
recuerdo me haya llevado hasta este punto? Le pertenecía. Esta
caja era del niño con la mirada más triste del universo. Esta caja
era de Andrés. La abro con manos temblorosas. Entre las pocas pertenencias que hay dentro me encuentro una que me
golpea y parte el pecho en dos: una flor de papel.

No tengo tiempo de analizar nada más. Un par de faros
se encienden a lo lejos y, llevada por el impulso, cierro la caja.
Salgo corriendo de allí antes de que el guardia que vigila la
obra me atrape.

5
El tomate

Lara

—Aquí tienes, Carmen.

Dejo la taza de cacao caliente delante de la abuela y me sonríe. Esta mañana no he tenido más remedio que llevármela al trabajo. Ha sido imposible que alguien se quedase con ella en casa, por lo que le he pedido a Nadima el favor de traerla.

—Gracias de nuevo por dejar que se quede aquí y encima ocupando una mesa —le agradezco por enésima vez a mi jefa.

—No digas bobadas. Tu abuela puede quedarse aquí todo el rato y todos los días que necesitéis. Fue de las primeras en el barrio que puso un pie aquí dentro cuando abrí; nadie quería ir a la cafetería de la mora —responde arrugando la nariz.

La puerta de la cafetería se abre y vemos aparecer por ella al arquitecto con un tomate muy muy maduro aplastado en la cabeza.

—Perdón, pero ¿podría utilizar el servicio? —pide avergonzado.

—Por supuesto —indica mi jefa con la mano.

Él se encierra en los aseos y nos miramos confundidas. La puerta vuelve a abrirse. Olimpia irrumpe gritando y exclamando, presa de la excitación.

—¡Le he dado de lleno en toda la cocorota a uno de los arquitectos! —proclama orgullosa.

Oh, no…

—¿Cómo dices? —inquiere Nadima.

—¿Recordáis que hoy iban a dar un comunicado para calmar las tensiones que se han levantado en el barrio con todo el tema de las obras? Ya sabéis los rumores y recelos que ha traído todo esto —expone en mi dirección con esos ojos verdes que tiene muy abiertos—. Pues he aprovechado y me he llevado los tomates más pasados que tenían en el mercado para tirárselos. De los siete, solo he acertado con uno, pero ¡de pleno! —Una risa maquiavélica se le escapa.

—Olimpia, no me puedo creer que lo hayas hecho —la reprendo.

—Es que te juro que tengo un mal presentimiento sobre estas obras. Hay algo oscuro, me lo dicen las tripas y a mí no me engañan. Además, ha sido maravilloso. Tendríais que haber visto la cara del niño pijo repeinado…

Saúl sale del baño. Olimpia se queda blanca y, sin dudarlo, huye. Él la reconoce demasiado tarde y parpadea varias veces antes de darse por vencido. Aprieto los labios porque la escena es demasiado cómica. El arquitecto se dirige a una de las mesas, clava los codos en ella y apoya la cabeza sobre las manos con un cansado suspiro.

—¡Lara! —riñe Nadima entre dientes—. No te rías de él, míralo. إيا حليل* Ve a tomarle nota, ese muchacho necesita una bebida caliente como mínimo.

Quiero replicar, pero le hago caso y me aproximo a él.

---

* «Pobrecito».

—Buenos días.

Levanta la cabeza. Los mechones húmedos de su pelo caen sobre su frente y le dan un aspecto muy distinto al de ayer. Se recoloca las gafas y tose para aclararse la garganta, tratando de parecer sereno.

—Hola, Lara —me saluda.

—¿Hoy también va a ser té verde?

—Eh…, no, hoy té negro. Sin azúcar ni nada. Solo té negro, por favor.

Vaya, no esperaba que el gesto de Olimpia le hubiese afectado en este sentido. Lo veo… triste. Regreso detrás de la barra y caliento el agua.

—¿Otra vez té? —pregunta Nadima.

—Negro y solo.

Chasquea la lengua y la veo dirigirse a la vitrina y sacar el bizcocho de limón. Tal y como hizo ayer le sirve un buen trozo con su correspondiente azúcar glaseado por encima. Esta vez, no hago comentarios al respecto, sino que lo coloco sobre la bandeja junto a la taza y la tetera para llevárselo al arquitecto. Me encamino hacia su mesa y me sorprendo al ver que mi abuela está al lado de Saúl.

—Abuela, quiero decir, Carmen, ¿qué haces aquí?

Ella ni me mira para contestar.

—Hablar con Saúl. ¿Sabes que es arquitecto?

Dejo el pedido sobre la mesa y él me sonríe.

—Deberías regresar a tu asiento.

Le dedico una mirada cargada de disculpa.

—No pasa nada, puede quedarse aquí conmigo, me estaba contando cómo ha sido su llegada al barrio.

Su… ¿llegada al barrio? Espera. Sabía que esta mañana se había levantado con la mente en otra época, aunque, con las prisas de entrar a tiempo al trabajo, no había indagado bien a qué edad se había retrotraído. Si le está contando a Saúl su llegada al barrio, eso quiere decir que ha regresado a cuando tenía veinticinco años, más o menos. Y por las miradas coquetas que le lanza al arquitecto…

—Entonces ¿vas a construir más edificios? —pregunta.

Apoya la cabeza sobre su mano y le lanza un par de largos y lentos pestañeos. Increíble. Mi abuela está ligando.

—Sí, la idea es esa —sigue él—. Lo que buscamos es mejorar el barrio. —Admito que llama mi atención y me quedo escuchándolo—. Me dedico al urbanismo y lo que busco es que los vecinos puedan vivir del mejor modo posible.

—Oh, ¿en serio? ¿Y qué tenéis planeado? Yo tengo muchas ideas, podría darte alguna, aunque seguro que no son tan buenas como las tuyas.

La abuela recorre sin pudor el brazo de él. Saúl se pone rojo.

—¡Carmen! —exclamo.

—¿Qué? —gruñe en mi dirección.

—¿Qué pasa con Jacobo? —susurro en su oreja, aludiendo a mi abuelo—. Estáis comprometidos.

Se aparta y su respuesta, en vez de darla en mi dirección, la da con la mirada fija en él.

—Hasta que una no pasa por el casamiento, no vale de nada esa promesa.

—No me lo puedo creer… —digo entre dientes.

Nadima aparece con un vaso de agua, las pastillas para mi abuela y un bol con sopa de tomate. Se me había pasado por completo que ya es la hora de comer.

—Lara, déjala conmigo. No me molesta. —Lo miro con seriedad y una disculpa en los ojos—. Ve tranquila. Nos podemos hacer compañía.

Contemplo la cafetería, que empieza a llenarse de obreros y vecinos que vienen a por el almuerzo. Las próximas horas vamos a tener mucho jaleo, por lo que contar con alguien que cuide de ella me vendría muy bien, pero a la vez… No sé si debo confiar en él. Es un completo desconocido, a fin de cuentas.

Aun así, me veo en la obligación de dejarlos solos. Nadima y yo atendemos lo más rápido posible al tropel de gente que no para de ir y venir. No solo se ocupan todas las mesas, sino que también hay gente que viene a por comida para llevar, por lo que el ritmo es acelerado y nuestros movimientos caóticos. Son cerca de las cinco de la tarde cuando logramos darnos un respiro que me permite acercarme de nuevo a la mesa ocupada por la abuela y Saúl. Los veo charlando de manera animada.

—¿Puedo recoger esto? —Señalo hacia los platos y vasos.

—Claro, espera que te ayudo.

Él acerca todo al borde de la mesa y se lleva una mirada de reproche por parte de la abuela.

—Espero que no haya sido muy cargante —murmuro.

—No lo ha sido; es más, me ha ayudado a reenfocar una parte del proyecto que se me resistía —responde con el mismo volumen bajo.

La abuela tose con fuerza, con la intención de que me aleje de él. No sé si su comportamiento me hace gracia o empieza a irritarme.

—¿Ya has recogido todo? —presiona ella.

Pongo los ojos en blanco y me llevo la bandeja. Por la puerta del establecimiento aparece el hijo mayor de Nadima que no duda en saludarme con un desganado «Ey».

—¿Cómo que «ey», Adam? يا بني، لماذا تفعل هذا * —lo regaña—. Hola, Lara, ¿qué tal estás?

Él suelta el aire por la boca.

—Hola, Lara, ¿qué tal estás? —repite con una sonrisa falsa y la voz aguda.

---

* «Hijo, ¿por qué haces esto?».

—Este niño insolente… Encima llegas quince minutos tarde.

—Ha sido culpa del entrenador —se defiende.

—El entrenador, ya, seguro. ¿No te has entretenido con tus amigos por ahí? Que tenéis todos un pavo encima con el que podríamos dar de comer al barrio entero. Ya tienes dieciséis, hijo, deberías centrarte.

—Que no, mamá, que ha sido el entrenador —insiste el chico.

Se me escapa una risilla y mi jefa me mira con reproche.

—Tú no sé qué haces todavía aquí, hace media hora que ha terminado tu turno.

—No, si al final yo también me voy a llevar parte de la bronca —expreso en dirección a Adam.

El chico me devuelve una sonrisa cómplice. Me quito el delantal y lo cuelgo en su sitio. Cojo mi abrigo y me despido de madre e hijo. En la mesa que Saúl comparte con mi abuela, él se ríe ante alguna ocurrencia de ella y se pone rojo, muy rojo.

—Carmen —intercedo—, es hora de irnos.

—¿Adónde? —replica con tono insolente.

Sin duda, la abuela con veinticinco años era una fuerza a tener muy en cuenta.

—Voy a llevarte a casa.

—Saúl puede acercarme.

El aludido deja escapar una sonrisa.

—Puedo acompañaros —dice mientras se levanta y la abuela lo imita.

—No es necesario, además, has estado todo el día con ella —le digo.

—Yo también tengo que marcharme, he encontrado la inspiración y estoy deseando llegar a mi despacho para poder llevar a cabo los cambios. —En sus ojos brilla la emoción.

Salimos de la cafetería y mi abuela continúa con las insinuaciones hacia el arquitecto. No obstante, conforme nos acercamos al portal su mutismo crece y el tramo final de la calle lo pasa callada, encerrada dentro de su cabeza. Ni siquiera se despide de Saúl antes de meterse dentro del bloque.

—¿Está bien? —pregunta preocupado.

—Lo estará. A veces es complicado.

—Lo entiendo —contesta.

Nos miramos un par de segundos y me fijo en que su pelo está seco. Recuerdo la escena de esta mañana y lo que le ha hecho Olimpia. En mí bulle la necesidad de disculparme en nombre de mi amiga, pero me resisto y aparto mis ojos de él. Sí, puede que haya sido majo al ocuparse de la abuela, pero de ahí a pedir disculpas por mi amiga hay un buen tramo.

—Bueno, me marcho. Nos vemos —se despide.

Da un par de pasos para alejarse y, antes de que dé el tercero, digo su nombre.

—Saúl. —Él se gira. No le puedo dar una disculpa, pero sí que le debo algo—. Gracias.

La palabra me escuece más de lo que debería.

—Puedes no creerme, pero ha sido un placer estar con ella. Ha sido encantadora.

—Creo que demasiado.

El sonido grave de su risa cabalga por el aire hasta mis oídos y juro que por un instante parece que hay más tras la imagen perfecta de niño pijo que viste de pies a cabeza con ropas de marca, tan solo por un breve instante.

—Adiós, Lara.

El arquitecto mete las manos en los bolsillos de su largo abrigo y me da la espalda hasta perderse por la esquina.

6
Peluquería de descansillo

Lara

—¿En serio le tiraste tomates? Mira que te dije que no hicieses nada, Olimpia —sermonea Irene.

—¡Me niego a dejar que la líen en el barrio! —refunfuña.

—Estate quieta o no te voy a poder hacer bien las cejas —me quejo.

Estamos en mitad del descansillo que queda entre nuestras casas. Hemos sacado varias sillas y mesas auxiliares para poder comenzar nuestra sesión particular de peluquería. Es algo que hacemos desde que somos adolescentes y nos encerramos por primera vez en el baño de Olimpia para hacernos unas desastrosas mechas de colores que solo le quedaron bien a Irene, por ser rubia. Yo tuve que cortarme un buen tajo de pelo porque me lo había abrasado con la decoloración y Olimpia terminó con lo que luego supimos que era una reacción alérgica al tinte. Desde hace años, contamos con una nueva integrante en nuestras sesiones de belleza: la abuela, a la que Irene le pinta las uñas en estos momentos.

—Aunque una cosa te voy a decir…, qué guapo es el condenado arquitecto.

—¿Tú también? —le espeto.

—¿Por qué todos los malos tienen que ser tan sexis? —sigue, ignorando mis quejas.

—¿Es el chico que te acompañó a casa? —indaga Irene. Desvío la atención hacia ella—. ¿Qué? Estaba en la terraza mientras tendía y os vi.

—¿Que qué? —Olimpia salta en la silla, con el papel de cera aún puesto.

—Eh, relájate, no hagas correr tu imaginación.

—¿Te estás haciendo al arquitecto? —insiste la pelirroja.

—No me lo estoy haciendo. No ha pasado nada de nada. Solo quiso ayudarme con la abuela.

Ella levanta la cabeza de sus uñas y arruga el ceño, pues desconoce a qué me refiero.

—Ayer tuvo un pequeño episodio de regresión y se puso bastante pesada con él.

—¿En qué sentido? —pregunta Irene.

Da por finalizada la tarea de las uñas de la abuela y se levanta del asiento. Sin pensarlo dos veces, me acerco a Olimpia y tiro sin contemplaciones del papel de cera.

—¡Me cago en la…! Maldita seas, ¿por qué has hecho eso?

—Porque tenía que terminar con tus cejas para empezar con las de Irene.

—¿Y a mí qué me toca ahora?

Contemplo a mi abuela con una sonrisa.

—Le toca que le corte el pelo, doña Carmen —responde Olimpia que se frota la fina piel del ojo en un intento de aliviar el dolor.

Mi amiga saca su kit de peluquería y comienza su labor. Irene toma asiento delante de mí.

—Volviendo adonde estábamos —retoma Oli—. ¿Qué pasó ayer?

—Pues que alguien regresó a sus veinticinco años y se puso a ligar con el arquitecto.

—Madre mía con doña Carmen. —Aplaude con alegría.

Después roza con cariño el hombro de mi abuela y la felicita.

—Y después nos acompañó. Ya está, eso es todo —zanjo.

—¿Cómo que y ya? A ver, es el enemigo, pero ya sabéis que no hay nada que me guste más que un buen *enemies to lovers* —explica ella, muy centrada en su técnica con la tijera.

—*Enemies to lovers* te voy a dar yo —mascullo por lo bajo.

No lo bastante como para que Olimpia no lo oiga.

—¿Algo que añadir? —me interpela nuestra amiga.

Deja de cortar el pelo a la abuela y coloca una de sus manos en la cadera.

—Lara… —advierte Irene, que no quiere que peleemos.

—Vi la moto.

Olimpia aprieta los dientes.

—El otro día dijiste que te estaba ignorando. Otra vez.

—Fue porque tuvo lío.

—Estaba con su novia.

Olimpia no responde. Irene se pone triste.

—Oli, lo que Lara quiere decir es que te mereces mucho más y no ser el secreto de alguien. Ese chico te está utilizando.

La pelirroja cierra durante un segundo los ojos para luego volver a abrirlos con el verde de ellos encendido.

—Os lo he dicho mil veces. Mirad, sé que es difícil entenderlo, pero no me utiliza, yo lo utilizo a él. Es solo sexo y del bueno. Que tenga novia es su problema, no el mío.

Me concentro en el diseño de cejas de Irene, porque no quiero discutir de nuevo con Olimpia y su cabezonería con ese chico. No sé ni por qué lo intento cuando está tan cegada.

Bueno, sí que lo sé, porque no quiero que salga herida, pero la muy terca no se quiere alejar de la diana. El sonido constante de la tijera es duro, feroz, y denota que se está retroalimentando. Nadie dice nada y así seguimos un rato hasta que la hermana pequeña de Oli aparece por las escaleras refunfuñando.

—Maldito sea él y su estúpida asignatura. Viejo amargado.

—Leonora, ¿qué has hecho esta vez? —le pregunta su hermana de mal humor, dejando el corte de pelo de la abuela a medias.

—¿Yo? ¿Yo? —inquiere la chica—. Más bien qué me hace el sistema educativo de nuestro país. ¡Me han puesto un parte por repartir tampones y compresas en la puerta del baño!

—¿Qué demonios hacías repartiendo tampones y compresas? ¡Con lo caras que son!

—¡Es que no me escuchas! Lo conté el otro día en casa. Mi asociación está haciendo una campaña para que el instituto tenga un banco de productos de higiene para el alumnado y para hacer presión recolectamos dinero durante este último mes y hemos colocado un carrito en el baño para uso de todo el que lo necesite. —El lenguaje corporal de Olimpia cambia por completo y muestra una actitud mucho más receptiva—. Pero el cabeza hueca, el viejo estirado con huevos colganderos, del jefe de estudios ha dicho que formábamos alboroto en los pasillos y un ambiente de tensión entre los alumnos. Así que nos ha puesto un parte a las tres que estábamos allí.

—¿Ha sido don Leandro? —indaga Irene.

—Don Liendres, sí —responde Leonora.

—¿De cuántos días es la expulsión? —pregunta su hermana mayor, ya sin una pizca de enfado.

—Tres días —refunfuña su hermana con los brazos cruzados sobre el pecho.

—Bien. Tenemos tres días para recaudar dinero y comprar aún más compresas y tampones.

El rostro de Leonora se ilumina por completo y la sonrisa que lo baña muestra una admiración total hacia su hermana.

—¿Lo dices en serio?

—Y por la charla de mamá no te preocupes, yo te cubro.

La adolescente se abalanza sobre ella y la abraza.

—¡Ten cuidado, que sigo con las tijeras en la mano! —gruñe entre risas.

—Voy a llamar a mis amigas, se lo tengo que contar. A lo mejor ellas también pueden reunir más dinero. ¡Gracias, Oli! —Besa a su hermana en la cara y entra a casa.

—Esta niña… Entre la una y la otra no gano para disgustos. ¡Me han salido ya tres canas! ¡Tres!

—Anda, toma —le digo, y saco un billete de veinte euros del bolsillo—. No es mucho, pero lo que sea por tocarle las narices a don Liendres.

—Lara, no hace falta, en serio.

—Que sepáis que nunca he estado de acuerdo en ponerle motes a los profesores, pero estoy con Lara. Toma. —Irene le extiende otro billete de veinte.

Aparece una mano más y me sorprendo al ver algunas monedas sobre la palma de mi abuela. El gesto me pilla desprevenida y tengo que morderme el labio superior para no soltar un puchero.

—¿Con esto se puede hacer algo? —pregunta inocente—. No recuerdo cuánto cuestan esas cosas. La última vez que usé alguna toallita sanitaria fue en… —Se queda pensativa—. Bah, da igual. Si no es suficiente, que Larita ponga un poco más en mi nombre.

Oli respira hondo. Sus ojos resplandecen.

—Gracias. —Se aclara la garganta antes de añadir—. ¿Creéis que seguirá conduciendo ese viejo Mercedes?

—¿Quién? ¿Don Leandro? —pregunto confundida por el cambio drástico de tema. Asiente—. Sí, lo he visto en más de una ocasión aparcar en la parte de atrás del instituto. ¿Por qué?

—¿Cuántas compresas y tampones podré pegar en su coche antes de que llame a la policía? O, mejor aún, lo puedo cubrir de sangre de cerdo. A lo Carrie White.

—¡Luego dices de tus hermanas, pero es que sois las tres iguales! —protesta Irene.

Olimpia y yo rompemos a reír, a nuestra amiga no le falta razón.

7
Marginal

Lara

—Aquí tiene su cambio.

Alargo la mano y le paso a la mujer los tres euros con cincuenta céntimos. Se nota que es lunes. La actividad es frenética y no he dejado de poner cafés y servir desayunos desde que abrimos. La mayoría de los clientes son obreros destinados al plan de remodelación que buscan regular la temperatura de sus cuerpos con algo caliente. Estamos rozando las diez de la mañana y el ir y venir de gente hace que la campanilla que hay en la puerta suene de manera incesante.

—Lara, sal a atender las mesas, yo me quedo en la barra.

Hago caso a Nadima y, tras coger la bandeja, salgo a tomar nota a los clientes. Podría decir que me sorprende ver a Saúl sentado en una de las mesas, pero no, parece que se ha convertido en un habitual. Desde hace dos semanas, se pasa por aquí y ya es un cliente más. Sin embargo, esta vez no viene solo. Frente a él hay un chico que debe rondar los treinta, como nosotros, y que, con la cabeza hundida entre los hombros, mira con esmero la carta mientras su pelo azabache cae sobre su frente y tapa sus ojos.

—Buenos días, ¿qué os apetece hoy?

—Hola, Lara —me saluda Saúl con una sonrisa de oreja a oreja—. Yo quiero un té verde con miel y Martín me ha dicho... —Giro mi cuerpo para poder mirar a su compañero. Este rehúye el contacto visual, aunque le señala a Saúl un café del menú—. Un manchado, es verdad, perdona.

Apunto las dos cosas en la comanda y me voy a tomar tres pedidos más y a recoger varias mesas. De vuelta tras la barra, soy rápida a la hora de preparar los cafés, cortar los pedazos de tarta y montar un par de pinchos de tortilla de patatas. De regreso, compruebo que han sacado los portátiles y que tanto en el de Martín como en el de Saúl hay diversos planos del barrio, por lo que presupongo que su acompañante es también arquitecto.

—Aquí tenéis.

Saúl está al teléfono por lo que me hace un gesto con la mano en agradecimiento. Su compañero, en cambio, es incapaz de mirarme y hasta juraría que se tapa la cara. Me extraña, pero no le puedo dedicar más de un par de segundos a ese pensamiento antes de que me llame otro cliente. Así que los dejo y continúo con mi trabajo.

Entre el ir y venir capto trozos de las múltiples conversaciones que tiene Saúl por teléfono y en un determinado momento el té verde da paso al té negro y solo. Martín sigue sin decir ni una palabra e incluso llego a pensar que es mudo, sin embargo, le pillo hablando con Saúl. Algo que me descoloca aún más, pues, en todas las ocasiones que me he aproximado a la mesa, no le he arrancado ni media palabra, ha sido su compañero quien ha hablado por él.

—Sí, sabemos que se presentó otro proyecto, pero debido a la situación que nos hemos encontrado, vemos oportuno llevar a cabo estas modificaciones.

Me quedo más tiempo del necesario limpiando una mesa y pongo la oreja.

—Al tratarse de una zona marginal, hay que...

Mi cerebro deja de prestar atención a su discurso porque la palabra «marginal» me enciende. Salto como un resorte y fijo mi mirada en Saúl. Vivir en la marginalidad, en los márgenes, vivir apartado de lo que se supone que es lo normal. Así es como ve al barrio. La realidad me azota, porque si bien fue amable con la abuela y conmigo la semana pasada, no debo olvidar que es un niño rico. Una persona que ha debido de tener todo lo que siempre ha querido, acostumbrado a lo caro y desconocedor de lo que cuesta labrarse un futuro de verdad.

Marginal. Nosotros no somos los que nos colocamos en el margen, es gente como él quien nos arrastra a ello porque, pese a que nos dejamos la piel trabajando día a día, muchos de nosotros no llegamos a fin de mes. La indignación me recorre desde las puntas de los pies hasta la coronilla y me irrita la presencia de esos dos hombres en la cafetería. Y pensar que el otro día estuve a punto de ofrecerle mi ayuda tras lo que dijo mientras estaba con la abuela y hasta de disculparme en nombre de Olimpia, ¡mi instinto no falla! ¡Maldito arquitecto, niñato pijo, siempre vestido de marca!

—Oye, Lara.

Hablando del rey de Roma... Quiero ignorarlo, pero la clientela ha disminuido tanto que no me puedo hacer la loca.

—¿Sí? —Se me escapa una mueca de frustración.

—No quería interrumpir —dice recolocándose las gafas—. Solo quería saber cómo está tu abuela. ¿Hoy no pasa el día por aquí?

—Está bien —respondo cortante y evito sus ojos—. Está en casa.

Con esa información me parece más que suficiente. Este tipo no tiene por qué saber que hoy está con Irene porque se ofreció a quedarse con ella y a la vez estudia las oposiciones. Me alejo de él para seguir limpiando y la conversación se queda en el aire. Trato de mantenerme lo más lejos posible de los dos durante el resto del turno y me centro en el trabajo de la barra. Nadima es quien recoge sus platos y vasos, porque sigo enfadada y no paro de darle vueltas a la cabeza retroalimentándome.

Marginal.

Como si fuésemos algo de lo que alejarse.

Marginal.

Porque no merecemos la pena.

Marginal.

Porque, si nos ocurre algo, solo somos un número más.

—¿A qué le estás dando tantas vueltas? —indaga mi jefa.

—A nada.

—¿A nada? Pero si llevas más de una hora limpiando y colocando mientras cuchicheas cosas entre dientes. A otra con que no te ocurre nada.

—El niño rico.

—¿Saúl? —Mi jefa arruga la frente—. ¿Qué pasa?

—Que no lo soporto.

—Pero ¡si es un encanto!

—Es una fachada, Nadima. Una burda fachada.

—¿Lo de encontrar a tu abuela fue fachada?

—Se encontró con ella de casualidad —respondo.

—¿Y lo de pasar el otro día con ella?

—Solo fue para sacarle información sobre el barrio y poder utilizarla en su proyecto.

—Y...

—¡Nadima, encima ha dicho que esto es un barrio marginal!

—¿Y?

—Pues ¡que lo somos porque nos han hecho un barrio marginal! No porque lo seamos de verdad —replico tratando de darle sentido a mis palabras.

Ella me analiza.

—¿En serio te has enfadado con él por eso?

—Sí.

—Pero ¡si eres la primera en meterte con el barrio! —exclama bajito.

—¡Eh, no es cierto! —contesto en el mismo tono mientras lanzo una mirada a nuestro alrededor para asegurarme de que nadie nos escucha—. Y, aunque fuese cierto, yo puedo hacerlo, ¡soy del barrio!

—والله!* Cuando se te mete algo en la cabeza no hay quien te lo saque. Aprendí la lección hace mucho tiempo. Así que piensa lo que quieras de ese chico, pero desde ya puedo decirte que es un sol. No entiendo tanta inquina con él.

¿Inquina? ¡Yo no tengo ninguna inquina con él! Solo es que…, es que… ¡Es un niño pijo! Y punto. No sé cómo explicarlo, pero desde que me crucé con él es como que tengo una sensación rara. Nadima dijo que había una vibración entre nosotros y la hay, una vibración que indica sospecha, que indica… ¿Qué indica? ¡Maldito sea el arquitecto!

—Marginal… —rebuzno una última vez, por lo que me gano una mirada de reproche por parte de Nadima.

Ella se gira y se marcha para atender más mesas. Yo permanezco detrás de la barra e incluso cuando Nadima se toma un descanso y Saúl trata de captar mi atención lo ignoro a propósito y atiendo a las que están junto al ventanal. Desdeño cada petición hasta que, al final, ambos se marchan después de que mi jefa les cobre. Es el único instante en el que me permito observarlo. Le taladro la cabeza con la mira-

---

* «Por Dios» o «lo juro por Dios».

da y, pese a que los pierdo de vista cuando giran la esquina, mi enfado no me abandona. Marginal. ¡Ha dicho marginal! Me mantengo irritada el resto de la tarde y de la noche, y hasta que me meto en la cama y me quedo dormida no logro dejar de pensar en Saúl.

8
Echar un cable

Lara

—Entonces ¿de cuánto presupuesto estaríamos hablando? —pregunto temerosa de la respuesta.

—Pues en este momento hay un descuento y durante los seis primeros meses de residencia solo se cobra mil trescientos cincuenta.

Joder. *Solo* mil trescientos cincuenta. Ni siquiera gano esa cantidad al mes.

—Está bien, muchas gracias por la información.

—Gracias a usted por llamar y recuerde que estamos aquí para lo que necesite. Y que…

Pulso el botón para cortar la llamada antes de que la mujer insista. Es la sexta residencia a la que llamo en lo que va de mañana y mi ánimo está por los suelos. El otro día estuve con la trabajadora social y, tras volver a sermonearme durante los diez primeros minutos de reunión, verificó que había entregado la documentación de manera correcta. El maldito papeleo burocrático es todo un mundo aparte. Un verdadero infierno, incluso para mí que estoy estudiando un maldito grado de Trabajo Social. El timbre de casa suena y voy a abrir la puerta.

—¿Ya estás aquí? —pregunto al ver a Irene con una montaña de apuntes en las manos.

—Me dijiste que a las once y media estuviese, he venido diez minutos antes para que puedas ir con tiempo de sobra a la tutoría.

—Gracias, Ire.

Ella sonríe y pasa dentro de nuestro hogar para sentarse en la mesa del salón y llenarla de hojas y libros. He tenido que pedirle el favor de que se quedara con la abuela mientras me acerco a la universidad para poder hablar con el profesor sobre las prácticas de cara al año que viene. Sé que sería una auténtica locura combinarlas con el trabajo, así que he luchado para ser de las mejores del curso y poder optar a prácticas remuneradas. Voy a mi cuarto, cojo el bolso y, con grandes zancadas, regreso a la puerta.

—Espero no tardar mucho —le digo a mi amiga.

—Venga, ¡a por esas prácticas! —me anima.

La abuela sigue centrada en un programa de televisión y ni se percata de que me voy. Hoy solo tiene ojos para sus películas favoritas.

Una vez en la calle me dirijo hacia mi Citroën C15, la vieja furgoneta roja que perteneció al abuelo y que heredé tras su muerte. Llego hasta el vehículo, abro, lanzo el bolso a la parte trasera y arranco. No, no logro arrancar, porque tras un gemido ahogado el coche es incapaz de encenderse.

—No, Manolito, no, por favor —lo llamo con cariño por el nombre que le puso el abuelo—. Necesito que arranques, hazlo, por lo que más quieras —le ruego.

Giro otra vez la llave de contacto. Parece que Manolito regresa de entre los muertos para... volver a morir. ¡No! Miro el reloj y veo que son las doce menos veinte. Con el transporte público no llego a tiempo y un taxi va a salirme demasiado caro. Estiro el brazo hacia el bolso y saco el móvil para tratar de llamar al tutor. Me hacen falta cuatro intentos para que lo coja.

—¿Sí? Dígame.

—¿Don Ernesto? Soy Lara, Lara Vergara.

—¿Y para qué me llama, señorita Vergara? —me pregunta con fastidio.

—Es porque necesitaría un cambio de hora para la reunión de hoy, me ha surgido un imprevisto y…

—No es posible, señorita Vergara. Ya sabe que la selección de prácticas se va a hacer con el resto de sus compañeros y en orden de notas. Si no está presente, deberá conformarse con los puestos que se queden vacantes. Usted verá si de verdad tiene un imprevisto.

El sonido inequívoco de que me ha colgado me desespera. Es increíble que un profesor que ha llegado de media quince minutos tarde a clase durante todo el año académico ahora me pida ser puntual y ni siquiera me pregunte que qué contratiempo tenía.

Intento una vez más arrancar la C15, pero nada. Manolito sigue sin querer revivir. Utilizo la rabia para ser resolutiva. Quito el freno de mano y con el cuerpo fuera del coche, lo arrastro por la calle. Tengo que agradecer que a estas horas no haya mucho tráfico y que mi destino esté cuesta abajo, porque de otra forma me hubiese resultado imposible mover el coche. Lo dejo en segunda fila y no dudo a la hora de atravesar la puerta de la cafetería para acercarme hasta la barra.

—¿Lara? ¿Qué haces aquí? Pensé que tenías la reunión con tu tutor —dice mi jefa sorprendida.

—Y la tengo, pero Manolito no quiere arrancar, ¿puedo utilizar tu coche para ver si así la batería revive?

—Claro, toma las llaves.

—Gracias, gracias, gracias. Te debo otra más, apúntatela.

—No seas boba.

De nuevo fuera, abro el coche de Nadima y saco el par de cables de mi maletero. Levanto la cabeza en un acto involuntario y veo quién está sentado al otro lado de la cristalera. Sus ojos azules me contemplan con atención tras la pantalla del portátil. Desvío la mirada y me centro en los coches de nuevo. Con los capós de ambos abiertos coloco las pinzas con cuidado en los bornes positivos y luego en los negativos. El reloj marca las doce menos diez. Los nervios atenazan mi estómago, pero me resisto a dejarme llevar por el pánico.

—¿Necesitas ayuda? —Su cabellera castaña aparece en mi ventana.

—No, solo me queda arrancar el coche de Nadima y ver si Manolito resucita.

—¿Manolito?

Saúl se recoloca el maletín que lleva colgado del hombro. La confusión en su gesto me resulta divertida, pero luego el enfado del otro día regresa a mí y me pongo seria.

—Mi coche —respondo—. ¿Te importa quitarte de en medio?

—Lo de echarte un cable era de verdad. Si me das la llave del coche de Nadima, puedo arrancarlo y así tú puedes ir al tuyo y, cuando te diga, giras el contacto a ver si… Manolito resucita.

Sé que eso facilitaría las cosas, pero no quiero dar mi brazo a torcer. Puedo hacer esto yo sola, no necesito que el niñato rico venga a socorrerme.

—¿Piensas que no sé lo que hay que hacer?

—¿Qué? No, no, no, para nada. —Saúl se pone rojo y se rasca la nuca—. Solo buscaba lanzarte un capote.

—No hace falta y no quiero que te manches. Esa camisa parece cara y es muy blanca —contesto con una expresiva mirada a la prenda que sobresale de sus puños y por el cuello medio abierto de su abrigo.

Aprovecho que el arquitecto agacha la cabeza para observar su vestimenta y mientras lo esquivo y me meto en el coche de Nadima. Un suave ronroneo lo recorre por entero y lo dejo un par de minutos para que la batería coja fuerza. Cambio de vehículo y trato de arrancar el mío.

—Mierda —gruño por lo bajo.

Saúl sigue en medio, aunque permanece callado. Lo cual no sé si agradezco o me pone de más mal humor. ¿Por qué no se va? Sentada en mi coche, giro la llave. El sonido es horrible. Manolito parece que sigue ahogado y, por más que giro y giro, no obtengo ninguna respuesta por parte de él.

—No creo que lo vayas a lograr —sentencia Saúl apareciendo a mi lado—. Y creo que no es solo la batería, por cómo suena, juraría que hay algo mal con las bujías.

—Oh, vaya, ¿además de arquitecto eres mecánico?

Él recibe el ataque con una sonrisa en la que muestra sus dientes.

—Mierda, mierda, no —gruño al ver que son en punto y que sigo aquí. Intento una vez más arrancar el coche, pese a que sé que es inútil.

—Lara —me llama con su voz grave—. ¿Necesitas que te acerque a algún sitio?

Me muerdo la lengua. Quiero soltarle que no, que no necesito su ayuda, que no quiero deberle nada y que simplemente deseo que me deje sola para poder llorar dentro del coche. Pero, en su lugar, de mi boca escapan otras palabras.

—Necesito ir a la universidad, tengo una tutoría muy importante y ya voy justa.

El arquitecto asiente un par de veces.

—Vamos, te llevo.

Se va hasta el coche de Nadima para apagar el motor, quita los cables con maestría y los deja en mi maletero. Me ayuda a meter mi coche en un hueco libre y lo sigo hasta el suyo. Me arrepiento nada más ver el Mercedes negro y brillante que tiene. Y me sorprende que siga entero y que nadie haya intentado robarle ya las ruedas o despiezarlo por completo. El interior de los asientos, en un impecable tono crema, contrasta con la suciedad que almaceno en las manos después de haber tocado los sucios motores de mi coche y el de Nadima. Siempre he sabido que soy pobre, pero estar en este automóvil me hace sentir inhumana, más como una rata callejera que como una persona.

—Entonces ¿adónde vamos?

—Lavapiés.

Él asiente, yo procuro mantenerme quieta y no tocar absolutamente nada, solo el cinturón de seguridad y porque no tengo más remedio. Saúl arranca el coche pulsando un botón (¡un botón!) y el motor es tan silencioso que casi ni lo noto. Cruzamos la calle principal y salimos en dirección a la M-30. Admito que el arquitecto no se lo piensa mucho y, con un control que me asombra, adelanta un coche tras otro. Lo curioso es que no me siento insegura, deja una buena distancia con el resto y sus frenadas me sorprenden por lo suaves que son comparadas con las mías.

Viajamos en silencio, ni siquiera ha encendido la radio, aunque no me resulta incómodo estar así. Nunca he sido una persona que necesite llenar los silencios. Lo encontraría hasta relajante si no fuese porque el minutero sigue avanzando y la ansiedad me come.

—¿Dónde te dejo?

—En la parada de metro está bien.

La veo al final de la calle, frente al teatro Valle-Inclán y, antes de que pare del todo, yo ya me he quitado el cinturón y tengo el bolso en la mano para abrir la puerta.

—Gracias por esto, te prometo que te lo pagaré.

—¿Pagarme? —repite sorprendido.

Mi mano se queda sobre la manija a mitad de movimiento y Saúl aprovecha que hemos tenido que parar en un paso de cebra para mirarme.

—Lara, no tienes que pagarme nada.

—Insisto, has perdido parte de tu tiempo en traerme hasta aquí, te lo compensaré. Sé que nada sale gratis en esta vida. Y no es el primer favor que te debo… —añado sin poder evitar pensar en el momento que encontró a la abuela y en su amabilidad al quedarse con ella casi todo el día en la cafetería.

Toma aire con fuerza por la nariz.

—¿Tú no haces cosas altruistas por los demás?

—Por supuesto que lo hago, pero esto no es lo mismo —replico con seguridad—. Tú y yo somos muy diferentes.

El arquitecto no responde. Tengo tres minutos para recorrer la calle hasta la facultad, por lo que no me paro a pensar en lo que pueda suceder dentro de su cabeza. Sin darle más vueltas, abro la puerta.

—Adiós, juro que te lo pagaré.

Saúl solo asiente. Cierro y me aventuro por la callejuela, esquivando como puedo a los transeúntes. Llego a la facultad con el estómago tenso y la boca seca con un extraño sabor metálico que recorre mis papilas gustativas; aun así, no me doy tregua y tomo las escaleras para subir al despacho del profesor. El resto de los compañeros a los que ha citado están repartidos por el pasillo y todos me contemplan cuando aparezco con la lengua fuera. Trato de arreglar el estropicio en el que me he convertido entre mis apaños como mecánica y la carrera que me he pegado y, pese al lamentable estado de mi pelo y mi cara, para cuando llega el tutor —veinte minutos más tarde—, tengo un aspecto medio presentable. Él no presta atención a ninguno de nosotros antes de encerrarse en el despacho. Ocho minutos más tarde nos hace pasar uno a uno. Para cuando me toca, la tercera en la lista, la plaza que quería aún está disponible.

—¿Está segura de que es el destino que quiere, señorita Vergara? —me pregunta el profesor bajando con su dedo índice la montura de las gafas hasta la punta de la nariz—. ¿Usted sabe por qué estas prácticas son remuneradas? —No me deja responder, por supuesto—. Las prácticas son remuneradas en esta asociación porque se trata de los peores jóvenes que hay en la Comunidad de Madrid.

Sus diminutos ojos me recorren de arriba abajo.

—Lo sé.

—No son críos detenidos por hacer un par de pintadas en la calle o por beber en los parques. Son delincuentes.

—Sé muy bien cómo es la asociación y con qué clase de jóvenes trabaja. Resulta que el centro está en mi barrio.

Él me observa un segundo más, como quien contempla la reacción de un par de reactivos químicos. Juraría que va a decir algo, pero elige callar y luego escribe mi nombre en el listado que tiene en las manos.

—Le deseo suerte, la va a necesitar.

9
Sobrevivir al sistema

Lara

Estiro el brazo para atrapar entre los dedos la verja metálica y tiro de ella con fuerza. Me ha tocado cerrar y debo admitir que es una tarea que disfruto. Puede parecer una idiotez, a fin de cuentas, esto hace que me quede hasta cerca de las nueve de la noche en la cafetería, pero hay algo muy gratificante en ello. Supongo que me gusta porque es el único momento en el que puedo estar completamente sola. En el que me siento más yo que nunca. No tengo responsabilidades más allá de tareas sencillas: limpiar, recoger, organizar, contar el dinero, guardar la comida en las neveras para que no se estropee... Acciones simples que me relajan, que me permiten disfrutar de un instante conmigo misma.

Expulso una bocanada de aire y echo a andar de regreso a casa. Estoy a medio camino, voy justo por el parque, pero, de pronto, una figura pasa a gran velocidad a unos metros de mí y me veo obligada a frenar de sopetón. Lo reconozco al momento, pese a que la calle está poco iluminada y apenas lo he visto un par de veces; se trata de Martín, el compañero de Saúl. Él sigue su carrera y se pierde en dirección a la avenida principal. Me dispongo a retomar el camino, juro que lo voy a hacer, pero… mi estúpida curiosidad me lo impide.

Mi curiosidad y un presentimiento. Durante tres días ninguno de los dos se ha pasado por la cafetería y, pese a que pensé que era algo que ocurriría, en vez de estar tranquila y relajada, no he parado de darle vueltas a si su ausencia se debe a cómo me comporté con Saúl la última vez que lo vi. Él se presta a llevarme a la universidad y yo vuelvo a ser una borde. Pero ¡es que tiene algo que me irrita!

Aun así, aquí estoy, en el camino contrario al que ha tomado Martín. Paso por el enorme descampado y me adentro en la zona de las obras. En un principio nada capta mi atención, hasta que agudizo el oído y lo escucho: un par de voces entre las que la tensión va en aumento. Me cuesta localizar el sitio exacto donde están, porque la falta de edificios hace que se propaguen de manera inestable.

Me adentro en el pequeño laberinto que forman los pocos bloques que se mantienen en pie en precario equilibrio. Siento las voces cada vez más cerca y reconozco sin problemas la de Saúl. Busco el origen y logro dar con dos sombras recortadas al fondo de un callejón. La larga corresponde al arquitecto, no hay duda. Su interlocutor es más bajito que él, pero, por su lenguaje corporal, percibo que lo está amenazando, hecho que ratifico por el reflejo de un objeto metálico en su mano, una navaja.

—Puto pijo de mierda, que dejes de intentar torearme. Tu amiguito se ha ido, así que ahora tengo que conseguir sacarte todo lo que tengas. Empezando por el reloj, dámelo.

—¿El reloj?

—¿Estás sordo o qué coño te pasa? ¡El puto reloj! Y el móvil, porque seguro que tienes uno de esos último modelo, ¿a que sí?

Saúl se mantiene en calma. No sé si es fachada y por dentro está atemorizado, pero, si es así, su exterior no le delata.

—¡Que me des lo que te estoy pidiendo! ¿Quieres que te apuñale? Al último le arranqué una oreja. A ti te puedo cortar las dos.

La risita maliciosa que sale de mi boca corta la escena.

—No le vas a cortar nada a nadie —intervengo saliendo de entre las sombras.

Apoyo la espalda en el muro de ladrillos y cruzo los brazos sobre el pecho

—¿Qué coño? —pregunta dudoso.

El chico me mira. Baja un poco la navaja para acto seguido levantarla de nuevo y dar un paso hacia delante. Es el momento en el que Saúl al fin hace algo y se interpone entre ambos.

—Eh, arquitecto, tranquilo. No me va a hacer nada. A Josito le cuidaba por las tardes cuando era un crío —digo poniéndole la mano en el hombro. Me sorprende lo feroces que se muestran sus ojos azules. Le aprieto el antebrazo y él se retira, no mucho, pero sí lo suficiente como para tener una visión clara de la situación—. José Carlos, como se entere tu madre de que estás volviendo a las andadas, sabes que quien se va a quedar sin orejas eres tú.

—Lara, no…, ¡joder! No le digas nada.

—No le tendría que decir nada si pensases las cosas dos veces antes de actuar. ¿Se puede saber a qué viene intentar atracar a este tío?

José Carlos agacha la cabeza y sus brazos caen a los lados.

—Es que…

—¿Es que qué? —insisto—. ¿Quieres acabar como tu hermano mayor y darle otro disgusto a tu madre? —le reprocho—. Sus dos hijos en la cárcel, ¿le harías eso?

—No, no quiero ser como él ni quiero que ella sufra más —admite derrotado.

Baja el arma y mis palabras calan en él.

—Dame eso. —Señalo la navaja. Me la pasa y la guardo con un movimiento rápido en el bolsillo—. Tira para casa.

Da un primer paso vacilante, luego otro, pero antes del tercero se frena.

—¿Se lo vas a decir a mi madre? —pregunta con temor.

Aprieto con fuerza el puente de mi nariz.

—No le voy a decir nada, pero como te vuelva a ver amenazando a alguien con una navaja para robarle... —No termino la frase, no hace falta.

José Carlos no se disculpa con Saúl, aunque la forma mansa con la que pasa por su lado nos deja ver que admite el error. Ya solos en el callejón, decido tomar la iniciativa.

—Puedes pensar que te camuflas bien entre el resto, pero llamas demasiado la atención en este barrio, arquitecto.

Él me dedica una sonrisa. No queda rastro de esa letalidad que he percibido en él, ha vuelto a ser ese Saúl de sonrisa afable al que se le caen las gafas cada dos por tres hasta la punta de la nariz.

—Gracias por salvarme.

Sus palabras me sacuden más fuerte de lo que quiero reconocer.

—En este barrio no temo a nadie, los conozco a todos desde que era una niña y me sé sus puntos débiles. Has tenido suerte, he visto a tu compañero salir corriendo y he venido para ver de qué huía.

—Hablando de Martín, debería llamarlo. Estoy seguro de que ha tenido que pasarlo fatal, le ha entrado el pánico. —Saca el teléfono del bolsillo del abrigo y teclea sobre la pantalla—. No lleva muy bien las interacciones sociales y esto habrá sido demasiado para él y...

—¿Estás sangrando?

Saúl se mira la mano y comprueba que tengo razón.

—Vaya, no me he dado cuenta.

—A lo mejor ha sido cuando te has puesto entre José Carlos y yo. Espera, ven.

Rebusco en mi bolso y saco un pañuelo de papel para poder taponar la herida. No me lo pienso mucho a la hora de coger la mano de Saúl y rodearla. Caigo en la cuenta de que es la primera vez que le toco, pero alejo ese pensamiento y me centro en el corte. ¿Qué importancia tiene que le toque? Ninguna.

—Estás sangrando mucho. —Veo cómo el clínex blanco se tiñe de rojo con rapidez—. No puedo ver si es muy profunda, está demasiado oscuro.

—No será nada, apenas un rasguño, tranquila, con esto puedo aguantar hasta llegar a casa.

—Así no vas a poder llegar a ningún sitio. ¿Quieres manchar la tapicería crema del coche? —lo pico.

Consigo arrancarle una sonrisa.

—En serio, Lara, estoy bien, es solo un arañazo.

Él quiere quitarle importancia, pero el goteo de sangre saca mi lado más testarudo.

—Te debo tres favores.

—Vaya, ¿tienes una lista? —Se ríe.

Levanto la cabeza y él para, pero una medio sonrisa se coloca en su lugar.

—Deja que te compense —le pido.

Nuestras miradas se encuentran. Quiero leer en sus ojos qué es lo que piensa en estos momentos, pero me es imposible. Ahí está otra vez esa sensación, la misma que tuve la primera vez que lo vi. Esa extraña comezón, como si tuviese la clave de un misterio más grande justo delante de mí, pero sin saber ver la conexión.

—Está bien —accede.

Abro la puerta de casa y le dejo pasar delante. No avanza, sino que Saúl se queda en el pequeño recibidor y espera que sea yo quien lo guíe.

—Buenas noches, Francisca, Carmen... —digo entrando en el salón y llamando la atención de la madre de Olimpia y de la abuela.

Ha sido ella quien me ha hecho el favor de quedarse durante esta tarde con ella. Están las dos entretenidas delante del televisor. La abuela apenas gira la cabeza para ver quiénes somos y vuelve a disfrutar de la película de Manolo Escobar.

—Buenas noches, Lara —responde Francisca.

Sus ojos miran detrás de mí. Hago las presentaciones antes de que el ambiente se torne incómodo.

—Este es Saúl, es uno de los arquitectos de la obra.

—Encantada —contesta ella con una sonrisa. Va a darle la mano, pero advierte que él sostiene con ambas el pañuelo ensangrentado—. Vaya, ¿estás bien?

—Eh, sí, sí. He sido un poco torpe y me he cortado. —Busco con mis ojos los suyos. ¿Acaba de encubrir a José Carlos?—. Me iba a casa ya, pero Lara se ha ofrecido a hacerme una pequeña cura.

—¿Necesitas que me quede con tu abuela mientras tanto?

Miro el reloj que está sobre el televisor y me doy cuenta de lo tarde que es.

—No, no, tranquila. Sé que mañana te toca madrugar mucho para ir a trabajar.

—No es molestia, Lara, ya lo sabes —añade maternal.

Puede que mi madre ya no esté presente, pero de lo que no puedo quejarme es del amor que me profesan las de mis amigas.

—En serio, ve y descansa.

La mujer me lanza una última mirada antes de darse por vencida y hacerme caso. Francisca se marcha y nos deja a la abuela, a Saúl y a mí solos. Él no se lo piensa dos veces y se acerca hasta ella, ocultando su mano herida.

—Buenas noches, doña Carmen.

Ella se gira. Por un instante, pienso que lo va a ignorar, pero, por extraño que parezca, le recuerda.

—¿Saúl? —pronuncia su nombre con una mezcla de familiaridad y vacilación—. ¿Qué te trae por aquí, hijo?

—Quería ver qué tal se encontraba.

La abuela sonríe de oreja a oreja.

—Ahora que estás tú, mucho mejor.

Saúl deja su maletín en el sofá y se quita el abrigo. Contrae el rostro al tener que pasar la mano por la manga.

—Voy a por el botiquín —le aviso.

Él asiente y continúa la conversación con mi abuela. Yo me encamino hacia el baño y agarro la caja de plástico que contiene lo esencial para los primeros auxilios. También cojo un paño y lleno un cuenco con agua. Cuando vuelvo a plantar el pie en el salón, la abuela solo tiene ojos para la película. Mientras, los de Saúl vagan por la casa. Analiza cada rincón, cada objeto que hay sobre las paredes o en los muebles y me siento… inferior.

Sé que no debería y que tengo que estar muy orgullosa de este hogar que hemos construido, pero cuando lo veo a él en mitad de esta estampa, con las grietas de la casa, la pintura llena de rozaduras y el suelo irregular, no puedo evitar pensar que la suya será la perfecta copia de una revista de decoración: grandes techos, obras de arte por doquier, muebles de diseñador… Y en esa comparación no salgo ganando.

Sigo la trayectoria de su mirada y veo que observa las flores de papel que hay por todas partes. Las busca como quien sigue las migas de pan que llevan a la salida del bosque. Toso para que note que he regresado y para no tener que explicarle lo que esas flores significan y por qué está la casa llena de ellas. Saúl les echa un último vistazo antes de acercarse a la mesa en donde he dejado todo lo necesario para curarle. Se deshace del pañuelo que cubre su mano y gracias a la luz puedo ver que el corte va a necesitar puntos de sutura adhesivos para cerrar bien.

—Métela en el cuenco —le pido. Él obedece y ni se inmuta al hacerlo—. Remángate, se te va a mojar el puño.

Él se muestra reticente, pero al final se quita el botón y desliza la camisa y el jersey hacia arriba, aunque tampoco demasiado. Eso no me impide ver el legado de cicatrices que se amontonan por su piel expuesta. Algunas de ellas son largas y profundas, otras redondas y un par tienen formas irregulares. No quiero ser descortés, por lo que no menciono nada, sin embargo, Saúl sí que lo hace.

—He hecho muchos deportes cuerpo a cuerpo y terminan dejando marca —explica con una risa y un brillo acuoso en los ojos.

Ningún deporte cuerpo a cuerpo hace que uno termine con quemaduras de cigarrillos en los antebrazos, pero permanezco callada. No voy a indagar en un tema que, está claro, no quiere tocar. Saco su mano del recipiente con agua y la seco con pequeños toques.

—No le has contado a Francisca la verdad.

El arquitecto ha recobrado su serenidad característica y sonríe con levedad.

—Si tú no vas a decir nada sobre ello, como le has prometido a José Carlos, yo tampoco. No soy un chivato —comenta, y eleva aún más las comisuras de su boca.

—Gracias por no hacerlo. Te prometo que es un buen chico, pero este barrio puede llegar a envenenar a los mejores cuando ven que los peores tienen vidas más fáciles —le explico—. Es… complicado.

—Lo sé —responde y me gusta pensar que es sincero, que lo entiende y puede que lo haga.

¿Puede? Mi mirada se desvía por su brazo, pero freno mis conjeturas de inmediato. Aplico desinfectante, seco la zona y cierro la herida con cuatro puntos americanos. Rozo una última vez sus largos dedos y apoyo su mano sobre la madera de la mesa con cuidado.

—Gracias —dice él.

—Dos favores pagados. Uno por sacarte de un atraco y otro por la cura —respondo—. Así solo te debo el viaje del otro día.

La sonrisa se esfuma por completo de su semblante y la cambia por una mueca neutra que no me deja descifrar qué siente.

—¿Llegaste a la tutoría a tiempo?

—Sí —contesto mientras voy recogiendo todo.

—Me alegro. —Repasa con el dedo índice los puntos antes de seguir con la conversación—. ¿Puedo preguntar qué estudias?

—¿No es esa una forma indirecta de hacerlo? —le contesto con un deje divertido. Saúl recupera una sonrisa comedida—. Estoy tratando de sacarme el grado de Trabajo Social a distancia.

—¿En serio? —Por un segundo pienso que se va a reír de mí o que va a soltar algún comentario despectivo al respecto de mi elección; sin embargo, me sorprende con un gesto de puro asombro y seriedad—. ¿Trabajas en la cafetería, estudias y cuidas de tu abuela tú sola?

—Bueno, mis amigas y sus familias, incluso Nadima, me echan una mano de vez en cuando. Además, los estudios los he ido dividiendo según la carga lectiva… Llevo casi diez años con la carrera.

—Sigue siendo demasiada carga para una sola persona. Debe de ser muy duro.

El pinchazo detrás del esternón me obliga a no mirarlo al responder.

—Me he acostumbrado. Además, en su momento ella lo dio todo por mí, ahora es mi turno.

La voz me falla hacia el final de la frase, pero lo disimulo como puedo con una tos rápida.

—¿Por qué elegiste Trabajo Social? —sigue preguntando el arquitecto. Y agradezco de manera interna que no indague en mi familia—. No pienses que lo critico, todo lo contrario, creo que hay que ser una persona muy empática y generosa para elegir dedicar la vida a intentar ayudar a los demás.

—Gracias —digo adulada. Me debato entre si contárselo o no, pero al final lo hago—. Fue... por un amigo de mi infancia —respondo sincera, y me sorprendo a mí misma por mantener una conversación que fluye tan bien con el niño rico arquitecto. Es raro, pero no raro malo. Raro bueno.

—¿Un amigo?

Desvío la mirada hacia la terraza que, aunque ahora está a oscuras, sé muy bien que da al parque en el que Andrés jugaba cuando éramos niños. Bueno, el parque en el que trataba de huir todas las horas posibles de su casa, como la llamaban el resto de personas. Su infierno.

—Sí... Aunque perdimos el contacto —trago saliva con dificultad—, pero su recuerdo sigue conmigo. —A mi mente acude lo de la otra noche. Esa visión fantasmal y la caja roja con su nombre—. Tuvo una infancia difícil y me gustaría que no hubiese más niños como él. —No miro a Saúl mientras se lo explico. Me siento demasiado vulnerable porque, a excepción de Olimpia e Irene, nadie sabe que mi mayor inspiración es el niño más triste del universo, el niño que desapareció—. Lo único que quiero es poder ayudar a los chicos del barrio.

—Como José Carlos —apunta él con avidez y la voz ronca.

—Como José Carlos —confirmo y levanto el mentón. El azul en los ojos de Saúl clarea y pasa de índigo a cerúleo. Compartimos una sonrisa cómplice y me siento extraña—. Conocer el sistema te ayuda a sobrevivir al sistema —sentencio con amargura—. Aunque a veces el sistema sea demasiado complicado y me arrolle.

Lanzo una mirada al sillón rosa. Vaya trabajadora social estoy hecha si no puedo ni asegurar la plaza a mi propia abuela en un centro de día. La congoja quiere hacer nido en mi pecho, pero no se lo permito. El arquitecto permanece quieto, con su mirada clavada en mí. Va a abrir la boca, pero nos interrumpen.

—Larita, ¿me puedo poner otra película? —pregunta la abuela con un gesto infantil.

—No, es muy tarde y debería acostarte ya. Dame un segundo que termino de…

Saúl se levanta con gran impulso de la silla y se baja la manga.

—Tienes toda la razón, es tarde y bastante has hecho ya por mí. Será mejor que me vaya y deje de ser una molestia. Además, tengo mucho trabajo aún por delante y no paran de salir nuevas complicaciones. Debo ponerme a revisar unas cosas en cuanto llegue a casa.

Tras estos minutos de charla, he de confesar que me siento fatal por el comentario que hice el otro día sobre lo de ser muy diferentes y sobre pagar favores; porque hoy me ha dado un par de pruebas de que quizá no lo somos tanto. Cualquier otro hubiese llamado a la policía tras ser atracado y él no solo no lo ha hecho, sino que ha encubierto a José Carlos. No me da mucho tiempo a reaccionar. Él sale escopetado hacia la puerta y, antes de que pueda alcanzarlo, ya se ha hecho con el picaporte y está en el descansillo para bajar las escaleras.

—Saúl. —Se frena en el primer tramo—. Lo que dijiste sobre el proyecto, sobre querer ayudar a mejorar el barrio con esta nueva obra, ¿lo decías en serio? —Asiente con vehemencia. La dicotomía lucha en mi interior y esta vez mi orgullo y odio hacia la figura del niño pijo arquitecto quedan arrinconados—. Creo que... puedo ayudarte. Bueno, ayudaros.

—¿En serio? —La idea parece gustarle, porque sube tres peldaños.

—Sí.

—Lara, eso sería fantástico —dice ilusionado—, pero no quiero robarte el poco tiempo libre que tienes —recalca y arruga el ceño con preocupación.

Que tenga eso en mente me enternece. Me apoyo en la barandilla y me inclino un poco hacia delante.

—Si con mi tiempo libre puedo ayudarte para que de verdad se realicen unas obras que hagan que el barrio regrese a su esplendor y la gente tenga mejores viviendas, calles más seguras y más oportunidades..., gastaré con gusto cada segundo.

Saúl muestra los dientes en una sonrisa radiante y asiente repetidas veces, aceptando mi ofrecimiento.

—¿Lo hablamos mañana en la cafetería? —sugiere.

—Está bien —confirmo—. Aunque espero que estés dispuesto a que te critique todo lo que vea mal.

—No espero menos de ti.

Nos miramos una última vez y Saúl se marcha. No pasa mucho tiempo hasta que dos puertas se abren a coro.

—Nos tienes que contar qué ha pasado ya de ya. —Olimpia está acelerada—. He flipado cuando mi madre me ha dicho que has aparecido con un chico. ¡Y resulta que es ni más ni menos que don arquitecto! —chilla entusiasmada—. Está cañón, ¿eh?

—Olimpia... —murmura Irene.

—¿Qué? Es que está tremendo. ¿Qué os parece si le tiro la caña? Total, ¡ya le he tirado un tomate! —Se ríe de su propio chiste. Aprieto los dientes ante la idea y me doy un pequeño pellizco en la punta de la lengua sin querer—. ¿Creéis que puede tener pareja? Yo creo que es soltero. Si es arquitecto, tiene que serlo, no puede tener mucho tiempo libre.

—¿Qué os parece si entramos en casa de Lara y dejamos de dar voces en mitad de las escaleras? ¡Son cerca de las once de la noche! —propone Irene, siempre prudente.

Nos metemos en mi casa y les cuento a las chicas lo que ha pasado; o casi…, porque les miento al no mencionar a José Carlos y me apropio de la versión de Saúl. ¿Es chocante que la idea me reconforte? Puede ser, pero es que el arquitecto… Ay, el arquitecto.

10

No somos chivatos

Lara

A las doce y media aparecen por la puerta Saúl y Martín. El primero me saluda con una sonrisa, el segundo por poco se come a un cliente por mirar solo al suelo.

—Lara, ¿puedes…?

—Ya voy, jefa.

Antes de que Nadima termine de hablar, salgo de detrás de la barra y me acerco a los chicos.

—¿Qué va a ser para hoy?

—Té verde y un café con leche.

—Marchando.

Regreso a la barra y me pongo con la preparación del pedido. Soy rápida y en nada lo tengo listo. También ayuda que no sea un día muy ajetreado.

—Aquí lo tenéis.

—Muchas gracias, Lara —responde Saúl.

Su compañero no dice nada, solo agacha la cabeza y toma el café entre sus manos.

—Por cierto —empiezo como quien no quiere la cosa—, respecto a lo que hablamos ayer de echaros una mano…

—¿Sí?

Lanzo un vistazo a la pantalla del ordenador de Saúl en la que un conglomerado de viviendas enormes ocupa la zona que se echó abajo hace unos años.

—Os faltan espacios verdes. En el barrio quedan muy pocos parques y es una de las cosas que más pide la gente y que necesita.

—Ya… —dice sin dejar de observar la pantalla para luego lanzar un par de rápidas miradas a Martín—. Es que… El problema está en que en un principio habíamos pensado que esta parte no era la más indicada para zona verde.

Se atusa el pelo en un tic nervioso.

—¿Y pretendéis poner un bloque de diez pisos en un terreno que con cuatro se hundió?

—¿Cómo? ¿Se hundió?

Confirmo con un movimiento rápido de cabeza.

—El primero de los bloques de aquí. —Señalo sobre la pantalla—. Tuvo problemas estructurales y el salón de uno de los bajos cedió. También lo hicieron varios de los muros. Resulta que la edificación se hizo en un terreno arenoso.

—Pero eso no sale en ninguno de los informes que nos han mandado.

Chasqueo la lengua. ¿Por qué no me sorprende?

—No sale porque hubo un… accidente y los pisos se incendiaron. Poco después reubicaron a las familias en otros barrios y así lograron callarlos y que no hubiese denuncias. A la administración le salía más barato que afrontar las demandas de los vecinos y para las familias fue mucho más rápido que esperar a un juicio y una posible indemnización que podría no llegar nunca.

—Vaya.

—Este cuadrante de aquí lo máximo que va a poder tolerar es un parque. También tened en cuenta que se tendrá que reforzar esta otra zona. El metro pasa justo por debajo y durante las obras algunos edificios quedaron afectados. Los apuntalaron y llevan así cuatro años.

—Sí, esos es posible que se derriben.

—¿Qué? —La exclamación me sale sin poder contenerme—. Pero ahí está la única asociación que tiene el barrio para gente mayor.

—Es peligroso que esté así. Tenemos que derribarlo para poder construir en condiciones, pero trasladaremos la asociación a otra parte —me tranquiliza—. Eso sí, solo con lo que me acabas de decir tengo dos días enteros de trabajo.

—De nada, supongo. —Él responde con una sonrisa. Por el rabillo del ojo veo a dos clientas que se sientan y me despido de los arquitectos—. Si necesitáis algo más, ya sea para tomar o bien respecto a los planos, podéis llamarme.

Saúl asiente con la cabeza y me alejo de ellos. Anoto el pedido de otras dos mesas más y me dirijo a la barra de nuevo. Nadima no pierde la ocasión y se aproxima a mí.

—Vaya…, pensaba que detestabas al arquitecto.

—Tampoco era eso —me defiendo.

—¿Qué ha pasado con lo de niño rico y con eso de que dijese que este es un barrio marginal? Poco más y le clavas una cucharilla de café en el ojo el otro día —insiste y coloca una mano en su cintura.

—Sigue siendo un niño rico, pero he pensado que puedo hacerle cambiar de opinión respecto a este barrio y también puedo aportar nuevas ideas a su proyecto.

—¿Vas a ayudarlos? Esto es más alucinante de lo que pensaba… ‏!أوه، لا أستطيع تصديق هذا*

---

* «¡No me lo puedo creer!».

—Tenemos la oportunidad de pedir directamente a quien controla el proyecto lo que necesitamos y lo que queremos. ¿Por qué no lo aprovechamos? —sugiero.

Nadima se queda callada y escruta mi rostro con capacidad analítica. Me pone nerviosa esta inquina.

—¿Seguro que es solo eso? —pregunta, y levanta un par de veces las cejas. Arrugo la frente sin comprender a qué se refiere—. ¡Oh, vamos, Lara! ¿No sientes que entre ese chico y tú hay una especie de atracción?

—¿Atracción? —Se me escapa una risa escéptica—. Tú misma has dicho hace tres segundos que lo aborrecía. ¿Ahora ves una atracción entre ambos?

—La atracción la noté desde el principio, no es de ahora. Y a lo que me refiero es que cuando una persona despierta sentimientos tan grandes en otra, a veces, puede llevarnos a odiarlo sin saber en realidad que lo que nos pasa es que se esconde algo más.

Lo niego moviendo la cabeza con fuerza, sin perder la sonrisa de incredulidad. ¿Atracción? ¿Por el arquitecto? Por favor...

—No hay nada más, Nadima, te lo aseguro.

Atajo la conversación y coloco en la bandeja las comandas para servirlas. Salgo de la barra aún con una mueca de superioridad en la cara, pero entonces la veo. No me da tiempo a actuar y nada le impide que se presente en la mesa de los arquitectos.

—Saúl, ¿verdad? —dice cuando se coloca delante de él.

—Eh, sí, soy yo. Espera. —La reconoce—. Tú eres...

—La chica que te tiró un tomate, sí.

Olimpia se hace la vergonzosa, pero a mí no me engaña. ¿Lo de ayer iba en serio? ¡Por supuesto que iba en serio! Y todo me lo confirma ese aleteo insistente de pestañas.

—He venido a disculparme. Lo que hice estuvo mal y yo... —Martín se levanta y camina a paso ligero hasta perderse en los servicios. Mi amiga aprovecha para robarle el sitio y sentarse—, necesitaba pedirte perdón por mi comportamiento.

Estira la mano y atrapa la de él entre las suyas. Saúl hace un gesto de dolor con su rostro, es en la que tiene el corte. Aun así, no la retira y deja que arranque con su discurso ensayado sobre lo mucho que lo siente y lo avergonzada que está por sus acciones. ¡Ella! Que siempre se vanagloria de que lo mejor que puede hacer cualquier persona es equivocarse para vivir nuevas aventuras. No lo soporto más e intervengo.

—Olimpia, suéltalo.

—Lara, amiga —recalca, y me da rabia que se escude en nuestra amistad para hacer esto—, solo le pido perdón a Saúl.

—¿Y le estrujas la mano herida? —le recrimino.

—Oh, vaya, ¡perdón! Parece que voy de disculpa en disculpa —dice ella en un intento de ser graciosa.

Le suelta la mano y él me mira agradecido, en un gesto disimulado que Oli no percibe.

—A lo que iba, siento muchísimo lo que hice. Fue un acto impulsivo y tan fuera de mi carácter que…

La risita de incredulidad que se me escapa la delata. Ella se gira hacia mí y me fulmina con la mirada. Sé que quiere replicarme, lo sé por la forma en la que las aletas de su nariz se ensanchan y su ojo izquierdo tiembla para aguantar la cólera que empieza a apoderarse de ella.

—Olimpia —la llama Saúl. Ella me ignora por completo y se centra en él—. No debes preocuparte, está perdonado. Entiendo que ha sido un malentendido y podemos dejar todo atrás.

—Qué amable eres. —Más aleteo de pestañas.

Esta chica es incorregible.

—¿Señorita? —Ahora es a mí a la que llaman.

—Oh, disculpe —digo a los clientes a los que no tengo más remedio que acercarme y atender.

En ese pequeño transcurso de tiempo me pierdo la conversación que mantienen Oli y Saúl, y al volver no sé cómo narices ha avanzado tanto como para que ella le pida una cena.

—Sería para compensar mi mala acción, no pienses mal —añade.

Seguro…

—De verdad, no hace falta. Con la disculpa tengo más que suficiente —responde él.

Saúl se lo toma bien, pero yo no, porque, si en vez de ser Olimpia la que no deja de insistir fuese al revés, la cosa cambiaría mucho. No me gusta nada su actitud.

—Olimpia, voy a tener que echarte del local si sigues molestando a los clientes —le reclamo.

—No le estoy molestando, ¿a que no?

Saúl no responde. La puerta se vuelve a abrir y por ella aparece Irene. Mi salvadora.

—Lara, venía a traerte…, ¿pasa algo? —Sus ojos se mueven de una a otra—. Por supuesto que pasa —murmura para sí misma. Miro de reojo a Olimpia y luego a Saúl. Mi amiga capta la señal a la primera—. He venido a traerte el pantalón que dejaste para arreglar en la sastrería y para llevarme a Oli, claro.

—¿Llevarme adónde? —pregunta mi amiga molesta.

—Me tienes que acompañar a… —trata de dar con el qué— comprar huevos.

—¿Qué dices?

—Que sí, vamos.

—Me estoy disculpando con Saúl.

—La disculpa esta más que aceptada —añade él muy sagaz.

—Perfecto. —Pongo la mano en el hombro de Olimpia y lo aprieto con una advertencia—. Ya puedes ir a ayudar a Irene con la compra.

—Pero… —Aprieto de nuevo su hombro.

Esta vez no me contengo y trato de clavarle las uñas, pese a saber que por el grosor del jersey no voy a hacerle ningún tipo de daño. Mi amiga se agita para que la deje y no cedo hasta que veo la derrota en sus ojos. Se levanta con la espalda muy erguida y se recoloca la larga melena pelirroja.

—Saúl, me marcho, pero… —temo lo que pueda venir ahora—, lo de la cena sigue en pie.

Irene pasa su brazo bajo el de Olimpia y la arrastra hacia la puerta.

—Adiós, Lara. —Siento el reproche de Olimpia en esa despedida porque le he fastidiado el plan.

—Eso, adiós.

Irene se despide con una sonrisa. Se van y la cafetería recupera de nuevo la tranquilidad.

—No sabes cuantísimo siento que Olimpia te haya molestado. De veras, perdón por el espectáculo y, bueno, lo del tomatazo. Debí haberte dicho que había sido una de mis mejores amigas, pero…

—No somos chivatos.

Su respuesta me hace sonreír porque no me la esperaba y soy consciente de lo tensa que he estado estos minutos.

—Exacto.

—No tiene importancia, en serio. Está todo bien, Lara.

En su rostro se dibuja una sonrisa sincera. Martín regresa del baño y toma asiento.

—¿Necesitáis algo más? —pregunto servicial y acepto que Saúl ha zanjado el tema.

—Otra ronda de té y café, por favor. Parece que tus ideas han despertado a las musas y hemos pensado en varias modificaciones que pueden ser justo lo que necesitamos.

—Me alegra oír que soy útil.

Comparto una última mirada cómplice con Saúl y me muerdo el labio inferior.

—¡Señorita! —me llaman desde otra mesa.

—Debo marcharme, pero ahora vuelvo con la comanda.

—Estoy a punto de irme sin más, pero añado un último—: Espero que se os dé bien.

Me llevo una nueva sonrisa de Saúl y logra que aparezca una en mi rostro. Nadima pasa por mi lado, con una ceja levantada, y trata de esconder la tercera sonrisa de la tanda.

—No es...

—No, no..., no lo es y yo no lo he insinuado —se defiende—. Nada de atracción.

Suspiro y decido que lo mejor es centrarme en el trabajo.

11
Desesperanza

Lara

Todo el mundo conoce la desesperanza de un mal diagnóstico. Todo el mundo recuerda el momento exacto en el que su mundo empezó a derrumbarse. Puede que no recuerde la escena al detalle, pero lo que sí que impregna el instante es el nudo en la garganta, la tensión en la mandíbula, el picor en los ojos, el dolor en las sienes y la incapacidad de escuchar porque los oídos se te han taponado. Ahí te das cuenta de que el dolor psicológico puede acabar con tu cuerpo físico, porque, aunque tú sigas en esa sala hospitalaria, tratando de ser una persona formal, una persona que se muestra serena, tu cuerpo grita, se despedaza y te pide que llores y que rompas algo antes de desgarrarte por completo. Luego viene lo peor y te aplasta el cañonazo de la verdad: te quedas sin tiempo. Lo único que el ser humano ha sido incapaz de domesticar y que se escapa de entre sus dedos por mucho que quiera luchar contra ello.

Ahora vives contra un reloj muy puñetero porque no sabes cuándo llegará a cero. Las fases del duelo se vuelven tus mejores y peores amigas, son sombras que te acompañan, danzan a tu alrededor y se burlan de ti. Lo peor es que, cuando crees que avanzas, tropiezas y regresas a la casilla de salida, como si esto fuese un juego para niños; un juego cruel en el que sabes que, sin importar las veces que tires el dado y busques la estrategia perfecta, vas a perder. Porque cuando llegas a la consulta de un médico y este te mira con pena, una sucesión de puñaladas se clavan y retuercen en tu estómago una a una. Porque, si una persona que lucha para que los demás vivan pierde la esperanza, sabes que ha llegado el fin.

Y tras las segundas opiniones, la repetición de pruebas, los lloros, los días sin comer ni dormir, las sonrisas falsas para que la persona enferma no se preocupe, las súplicas a entes superiores, los tratos a escondidas con la muerte; después de dejar el alma en cada sala de espera, solo te queda una cosa: asumir que la despedida puede ocurrir en cualquier momento. Es entonces cuando pasas a la peor fase de todas, la fase de las eternas despedidas cada vez que la muerte pasea cerca de la línea de la vida.

—Parece un resfriado —determina la doctora tras el reconocimiento—. Con la caída de las temperaturas de esta última semana es normal que haya cogido un virus. Lo bueno es que parece leve, pero recuerda que el alzhéimer hace que ella esté más débil. —Asiento apretando los dientes—. Te dejo esto por aquí. —Suelta un par de blísteres sobre la mesilla de la abuela—. Que no le falte el líquido y trata de que coma con normalidad, si ves que le cuesta comer sólidos, sustitúyelos por cremas y caldos.

—Gracias, Diana.

—Nada, ya sabes que cualquier cosa urgente puedes llamarme, sea la hora que sea. —Se incorpora y mira con ternura—. Es lo mínimo que puedo hacer por Carmen, te recuerdo que gracias a ella mi madre tuvo trabajo toda la vida en la empresa de limpieza y gracias a lo que ahorraron ella y mi padre yo pude estudiar.

Pese a lo mal que me encuentro, una sonrisa aparece en mi rostro.

—Y, si necesitas algo más, sabes que…

—Tranquila, estamos bien.

Diana me mira con gravedad, pese a no insistir en su ofrecimiento. Es probable que ella también crea que es un tema de orgullo, pero no es así. Lo que ocurre es que siento que la pena de todos los que me rodean me persigue y me genera una mala ansiedad que me bloquea. A nadie le gusta que le traten bien por pena, una busca la mano amiga cargada de entendimiento.

—Debo marcharme para terminar con el resto de las visitas domiciliarias, pero me paso en un par de días para ver qué tal sigue, ¿de acuerdo?

La acompaño hasta la puerta y me despido de ella con un abrazo. En el momento en el que giro la llave para cerrar, el cansancio hace que se quejen los músculos de mi cuerpo y el característico dolor de lumbares que siempre me acompaña se resiente aún más. No he dormido del tirón en tres noches, desde que noté cómo la temperatura corporal de la abuela subía hora tras hora varias décimas hasta llegar a los treinta y nueve grados. Lo peor es que ella no ha sido consciente de lo que le ha pasado; no podía expresarse, tan solo veía que cada día estaba un poco más callada, cada tarde más apática y cada noche se sumergía en un silencio doloroso que la hacía toser y gemir de dolor. Sin embargo, no me lo ha comunicado, no ha logrado decirme: «Lara, creo que estoy enferma». Y eso solo es una muestra más de que el alzhéimer me la arrebata. Aguanto un sollozo.

Desde la foto enmarcada que hay en el pasillo, mis padres y el abuelo me contemplan con una sonrisa en sus rostros, pero yo solo quiero llorar. Solo puedo deshacerme en pedacitos minúsculos de lo que un día fui, de lo que un día tuve. Vivir con miedo es una de las peores sensaciones del mundo. Y sé que no estoy sola, al menos no al cien por cien, pero… Es en instantes como este en el que me doy cuenta de que sí que lo estoy porque nadie a mi alrededor sabe lo que es perder a toda tu familia. Conocen la pérdida, pero no la desesperación de entender que todo el mundo se irá, que nadie se queda llegado el momento; que, una vez más, tengo que ver que alguien a quien quiero me deja. Lo peor es que la veo marcharse poco a poco, de una manera tan lenta y dolorosa que se clava debajo de mi piel como pequeños y agudos cortes.

La muerte no suele dejar que nos despidamos. Por eso, hay una parte de mí que desaparece un poco cada día cuando en mi cabeza me despido de ella, quiera o no quiera. Porque debo prepararme para el golpe, para el dolor, aunque sé que no puedo, no de verdad.

Regreso al pasillo cargada de congoja. Abro un poco la puerta de su habitación y miro dentro. Ella duerme tranquila, pese a que le cuesta respirar y un tono rojizo baña sus mejillas. Rezo, rezo…, aun a sabiendas de que nadie puede escuchar mis plegarias, porque la desesperación lleva a querer creer en los milagros y cuando entro y tomo asiento en la silla que hay junto a su cama solo pido que no me la arrebaten, solo pido que hoy no sea el día de la última despedida.

12
El barrio

Lara

—Ey, hola —me saluda el arquitecto al entrar en la cafetería—. No te he visto esta semana por aquí.

—Ya, lo siento. Justo te digo que os puedo echar una mano y desaparezco —me disculpo.

Saúl niega con la cabeza.

—Nada, tranquila. Solo espero que esté todo bien.

Lo miro para acto seguido desviar la vista y perderme en el horizonte.

—Mi abuela ha estado acatarrada y he tenido que cuidarla —explico.

Le doy la espalda y me pongo a recoger una mesa que acaba de quedarse vacía. Saúl se calla un par de segundos, pero no tarda en continuar la conversación.

—¿Ya está bien?

No me giro, me mantengo con las manos ocupadas entre tazas y platos.

—Sí, ya no tiene fiebre, solo un poco de tos.

—Siento mucho que haya estado enferma. —Me sigue hasta la barra—. Oye, conozco a un médico que podría reconocerla si lo necesitas, es muy amigo de mis padres y uno de los mejores doctores geriátricos de Madrid, bueno, de España.

De forma instintiva me doy la vuelta y frunzo el ceño. ¿Él también con la pena?

—No hace falta —lo corto—. Si me disculpas, voy a tomar nota.

Lo dejo plantado y, aunque me llevo una mirada de soslayo de Nadima que ha sido testigo de nuestro pequeño intercambio de palabras, él no me persigue.

—¿Otra vez está por aquí el arquitecto? —pregunta doña Ángela que entra en la cafetería con su aire señorial y hace un primer barrido de la situación—. Vaya...

Su interés nada disimulado me da una idea.

—¿Sabe que está buscando testimonios sobre gente que ha vivido en el barrio?

—¿En serio?

—Sí.

—Qué interesante.

—Usted lleva aquí toda la vida, ¿no? —digo para animarla a dar el paso.

A doña Ángela no le gusta seguir órdenes, pero, si planto la semilla en su cerebro, sé lo que hará.

—Desde que se inauguró..., bajo el mandato de Franco.

—Seguro que sabe muchas cosas sobre lo vivido y acontecido en estas calles.

—Por supuesto, niña. Recuerda que yo lo sé todo.

Y en ese *todo* veo a la vez una promesa y una amenaza. Me aparto de ella y sé que mi idea ha prosperado cuando se acerca al arquitecto, se presenta y se sienta con él. Sonrío satisfecha. Mi jefa no tarda en aparecer a mi lado.

—Sé lo que has hecho.

—¿El qué? —pregunto con inocencia en dirección a Nadima.

—Le has encasquetado a doña Ángela, te he visto.

—No he hecho tal cosa —me defiendo con la voz demasiado aguda.

Ella pone los ojos en blanco.

—Solo una cosa: que alguien se interese por ti o te ofrezca su ayuda no siempre es sinónimo de pena.

—¿De qué si no? —farfullo entre dientes, pero mis palabras no escapan del oído de Nadima.

—De admiración, altruismo, amistad, cariño, amor…

—El arquitecto no entra en ninguna de esas categorías —corto antes de que siga con la retahíla.

Nadima bufa.

—والله* —exclama presa de un arrebato de frustración—. Lara, aceptar la ayuda que otros ofrecen no te hace más débil ni te rebaja a un nivel inferior. Rechazarla por orgullo lo que sí hace de ti es una mártir estúpida. Sobre todo, estúpida. El chico solo quiere ayudar a tu abuela.

Mi jefa y sus palabras, como de costumbre, hacen que me replantee mi comportamiento. Observo a Saúl con doña Ángela y me fijo en que está incómodo, pero no pierde los modales ni un segundo. Sé de sobra que esa mujer puede llegar a ser cargante de manera extraordinaria, por lo que verlo actuar con tanto aplomo hace que se gane mis respetos. Eso y darme cuenta de que he pagado con quien no debo mi frustración y falta de sueño. Mierda. Maldita culpabilidad. Abro la vitrina en donde guardamos los pasteles y saco el bizcocho de limón. Corto un buen trozo y echo por encima el azúcar glaseado. Al llegar a la mesa, Saúl levanta la vista.

—Doña Ángela —intervengo para acabar de golpe con su discurso—, Nadima la busca.

---

* «Por Dios» o «lo juro por Dios».

—Oh, sí, casi me olvido. Yo hoy venía a por el alquiler. —Se levanta—. Si me disculpas, joven. —Va a marcharse, pero antes no pierde la oportunidad y se da la vuelta—. Podemos hablar en otro momento, tengo tanto que contarte…

—Por supuesto —acepta Saúl.

Solo cuando la mujer retoma su camino, muestra en su rostro un gesto extenuado. No pierdo el tiempo, tomo el plato con el bizcocho y lo pongo delante de Saúl.

—Vaya, ¿regalo de Nadima? —pregunta.

—No, esta vez es de mi parte —admito.

Sus ojos azules se enfrentan a los míos castaños. No esperaba que se lo llevase por iniciativa propia.

—Vaya, gra…, gracias —tartamudea. Hace una breve pausa y, cuando retoma la conversación, su voz es segura—. Por cierto, Lara, yo… no quería hacerte sentir incómoda antes.

Aprieto la bandeja entre mis manos con fuerza. Viene una disculpa y sé que no la merezco.

—No me pidas perdón, he sido un poco borde —concedo.

Él se ríe y trata de disimularlo con una tos.

—Tampoco diría borde, quizá un poco seca —añade con una mueca divertida y una sonrisa de medio lado.

Las gafas se escurren por el puente torcido de su nariz y le otorgan una dulzura casi infantil, inocente, que contrasta con lo alto que es, la espalda tan ancha que tiene y su… indudable atractivo. Una esperaría de él una actitud mucho más prepotente y dominante; sin embargo, hay en Saúl un aura dócil. Aunque justo en este instante acude a mi memoria la otra noche, cuando se interpuso entre José Carlos y yo. Esa mirada oscura y la forma en la que su cuerpo hizo de barrera nada tienen que ver con el hombre que tengo delante.

—Por cierto, he tenido una idea —propongo—. Como estos días no he podido estar aquí, he pensado en que quizá podría darte un pequeño recorrido por el barrio.

—¿De verdad? —pregunta ilusionado.

Es una idea que acabo de tener, pero creo que compensa mi mala baba de antes.

—Sí. Te lo debo. —Saúl tuerce el morro y me adelanto a cualquier tipo de intervención—. ¿Qué te parece mañana a las once? No entro hasta las cuatro de la tarde.

—¿Estás segura? Si tu abuela sigue enferma, no quiero ser un impedimento. —Siento una punzada en el pecho.

Nadima tenía razón, he sido idiota. Él está preocupado y quiere ayudarme con la abuela. Eso no se lo puedo reprochar.

—No te preocupes, está en buenas manos —respondo, y pienso en Matilde, que desde ayer me ayuda con ella y me ha permitido salir de casa después de una semana encerrada.

—Está bien. Mañana a las once te recojo en tu portal.

Con un asentimiento de cabeza, me marcho a atender al resto de clientes.

Las pisadas de Saúl acompañan a las mías sobre el barrizal en el que se ha convertido el descampado. He comenzado con la parte más antigua y la que él más conoce a estas alturas. Incluso hemos pasado por delante del contenedor que hace de oficina para él y su compañero Martín. Este último estaba dentro y ha hecho un amago de saludo. En realidad, nos ha mirado tan solo un segundo, ha querido decirle algo a Saúl, pero, al ver que yo estaba con él, ha permanecido en silencio. He decidido mostrarle la evolución que ha tenido el barrio y me resulta divertido escuchar su crítica a la poca armonía que hay entre los edificios.

—Encima sin locales y con la mayor parte de puertas de entrada en callejones oscuros… —comenta más para sí mismo que para mí—. ¿Para qué tener un poco de seguridad ciudadana?

—¿Los locales influyen en la seguridad? —pregunto con auténtica curiosidad, pues nunca lo había pensado.

—Sí, piensa que, si hay comercios cercanos, hay más flujo de personas y eso puede evitar que se den puntos ciegos, por así decirlo. Además, a los dueños de los locales, autónomos, no les agrada que haya líos en las puertas de sus negocios. Se crean cadenas de seguridad de manera orgánica, pero esto... —Suelta un bufido de fastidio—. Lo primero que provoca es que los habitantes tengan que desplazarse mucho para hacer sus compras, lo cual en un barrio envejecido es lo peor que puedes hacer. Y lo segundo es que crea calles fantasma. Ya no hay nadie que pasee o que se plantee pasear, porque no tiene alicientes.

—Sociedad de cajas de zapatos —digo recordando.

—¿Sociedad de cajas de zapatos? —me interroga con curiosidad.

—Mi abuelo solía decir que los pisos nuevos parecían más armarios que casas, que estábamos transformándonos en una sociedad de cajas de zapatos, personas que no interaccionan con sus vecinos y se mantienen dentro de la caja hasta que tienen que salir, igual que los zapatos; solo los sacas cuando te los pones.

—Tu abuelo tenía bastante razón.

Intercambio una mirada con él y sonreímos con amargura. No pensé que coincidiríamos en tantos puntos, pero durante esta última hora he descubierto que Saúl y yo no pensamos de manera tan dispar. Nunca había hablado con un arquitecto, por lo que ver el mundo a través de sus ojos resulta extraño y fascinante. Desconozco si es por su profesión o si, por el contrario, él ha llevado su manera de percibir el espacio a su área de trabajo, pero tiene una visión caleidoscópica de lo que le rodea. Me parece asombroso cómo describe lo que ve. Donde para mí solo hay ladrillos y cemento, Saúl advierte y siente la vida de quien pisó los edificios.

—Tienes razón —dice, e interrumpe mis pensamientos—. Lo mejor que se puede hacer con este terreno es una zona verde y así recuperar también el espacio del parque.

Señala a mis espaldas el sitio y mis pies caminan por propia voluntad hacia él. La pintura del tobogán está desconchada, las cadenas de uno de los cuatro columpios han desaparecido y los otros tres tienen los asientos pintados. Alguien ha arrancado de cuajo los balancines y ahora uno de ellos ha desaparecido, mientras que el otro está encajado entre dos árboles. Mis ojos recorren la mezcla extraña de arena y de suelo de caucho. Me fijo en el tren de madera para niños lleno de grafitis con genitales y, de fondo, el murete que sostenía a duras penas uno de los edificios ya derruidos. Lo más triste es que esta fue la última obra que se llevó a cabo en el barrio por el plan de mejoras en parques infantiles. Resulta que los de hierro amarillo en los que yo jugaba y con los que me hice tantas heridas siendo una niña no eran los más seguros. Tomo asiento —después de certificar que no me voy a caer de culo— en uno de los columpios y, para mi sorpresa, Saúl me acompaña.

—Vaya, hacía mucho que no me montaba en uno de estos —confiesa.

—Es un milagro que sigan enteros —respondo con tristeza—. Ahora los niños ya no juegan aquí, es demasiado peligroso, y las madres tienen miedo de lo que ocurre después de que se ponga el sol. Eso sin contar con que aún hay material de obra. —Señalo un montón de ladrillos rotos, piezas de metal y bolsas de basura que la gente ha dejado allí, porque llevarlo a los cubos no es tan divertido como esparcirlo por aquí.

Al mirar a Saúl, me doy cuenta de que tiene la vista clavada en un muro lleno de vegetación en el que algún grafitero dibujó una preciosa hada, pero otra persona sin talento decidió estropearla con un estúpido garabato en el que solo figura su firma. «Prepucio», juraría que se lee.

—Eso de ahí es lo único que queda en pie del parque de los años sesenta. —A mi mente acude una escena y la comparto con él de inmediato—. Cuando era pequeña estaba resquebrajado y vinieron a parchearlo con una cantidad ingente de hormigón. Tardó días en secarse y recuerdo cómo se filtraba poco a poco desde el muro por el suelo hasta crear ese riachuelo que ves ahora —le cuento mientras señalo el río irregular que nace en lo alto del muro y muere a escasos metros de nosotros—. Todos los que jugábamos aquí de pequeños tuvimos como objetivo durante aquel tiempo saltar de un lado a otro sin caer en el cemento húmedo. —Me río—. Tengo una buena cicatriz en el muslo de uno de mis saltos.

El arquitecto observa durante un segundo la pequeña pared. Cesa el balanceo suave en el columpio y se incorpora. Lo veo caminar hacia allí y darme la espalda. El aire aúlla y, al mirar al cielo, compruebo que no queda mucho para que una enorme nube negra descargue y nos empape.

—Arquitecto, será mejor que nos vayamos. El cielo tiene muy mala pinta —advierto. Él sigue con la vista fija en el muro, sin mirarme y parece que sin escucharme—. ¿Arquitecto? —Lo vuelvo a intentar.

Al ver que me ignora, me levanto del columpio y me acerco a él, con tan mala pata que tropiezo con un trozo levantado del río de hormigón y estoy a punto de caer. No lo hago porque Saúl es rápido y se gira justo para atraparme entre sus brazos. Me pega a su cuerpo y trago saliva. Tengo la cabeza sobre su pecho y mis brazos se agarran con fuerza a los suyos. Elevo la mirada para encontrarme con sus ojos azules, oscurecidos, y sin que el reflejo de las gafas me impida descubrir todos sus matices.

—Mil perdones por el placaje. Pies torpes.

Saúl me muestra una medio sonrisa.

—Sin duda, las aceras necesitan un repaso. —Su voz repiquetea dentro de mí.

Me separo con brusquedad y me alejo un par de pasos. Él se agacha y recupera las gafas que se le han caído por mi culpa. Cruzo los dedos para que no estén rotas.

—Será mejor que nos resguardemos —apremia poniéndoselas de nuevo—. ¿Podemos seguir con la visita otro día? Esto me ayuda mucho.

La intensidad de su mirada me provoca un cosquilleo en la boca del estómago.

—Por supuesto —respondo de inmediato y me sorprendo a mí misma.

El viento aúlla y agita nuestros cuerpos desprotegidos en mitad del parque. Saúl se coloca frente al torrente de aire y con una mano me indica que vaya delante. Pese a ello, un escalofrío recorre mi columna vertebral y cuando reanudo la marcha me aseguro de dejar entre ambos un buen espacio.

13

Juguetes rotos

Lara

—Han cambiado el formato de la solicitud y ahora se necesita uno más —me explica la trabajadora social—. Es este de aquí, te lo he impreso para que lo rellenes ahora y poder adjuntarlo con el resto de los papeles.

Cierro los ojos y lanzo un suspiro agotado a la nada. Estoy sentada al otro lado de su mesa, por lo que le da la vuelta a la pantalla de su ordenador y me pasa el teclado. Esta mañana a primera hora he recibido su llamada en la que me explicaba que, después de tres meses, han revisado al fin mi solicitud y resulta que faltaba un nuevo formulario que han incorporado a la petición. Así que no he tenido más remedio que venir lo antes posible para poder solventar el problema y volver a mandar cuanto antes el papeleo.

—A todo esto, ¿cómo sigue tu abuela? —pregunta.

Ceso en mi escritura y reflexiono un momento.

—Dentro de lo que cabe está estable, pero sí que he notado que desde que no está en la residencia tiene más días taciturnos.

La mujer aparta un mechón de su cara y lo coloca tras la oreja, tomándose su tiempo para responderme.

—Es algo bastante normal, le hemos cambiado otra vez su rutina, el contacto con sus compañeros y las actividades que realizaba en el centro. Me contaste que te estaban ayudando tus amigas y sus familias. ¿Cómo se ha adaptado tu abuela a ellos?

—Bien, la verdad. Es gente que la quiere mucho, la cuida y son capaces de acomodarse a sus cambios de humor y necesidades.

—¿Ha vuelto a irse de casa? —La culpabilidad pisotea mi estómago y lo reduce en tamaño.

Soy consciente de que su pregunta no busca herirme, es un mero seguimiento de cómo está mi abuela, pero escuece.

—No. Suelo comprobar la puerta tres veces antes de irme y es un comportamiento que he inculcado a todos los que se quedan con ella.

La trabajadora social asiente una sola vez, con un movimiento brusco de su cabeza. Pienso que se va a mantener en silencio para que termine de redactar los apartados que me quedan, pero no pasan ni treinta segundos antes de que vuelva a preguntar.

—¿Y tú? ¿Cómo estás? ¿Cómo te sientes?

—Bien —respondo de forma automática, sin muchos miramientos.

—Vale, ahora dame la contestación después de analizar de verdad cómo estás.

Aparto la vista del formulario. Tiene una actitud dominante de pie a mi lado y con su mano apoyada en el respaldo de la silla. Me siento atrapada y lo peor es que la mirada que me lanza me deja claro que no va a permitirme que suelte otro «bien» por mi boca.

—¿Qué es lo que quieres que te conteste?

—Lo que sientes. Te recuerdo que mi labor no es solo ayudarte con tu abuela, es también ayudarte a ti.

Trago saliva para tratar de disolver el nudo en la garganta que sus palabras han creado. Es como tener una bola con pinchos en la laringe.

—He dicho que estoy bien —afirmo con mala baba.

¿Qué pretende que le diga? ¿Qué siento que le estoy fallando? Pues sí, siento que le estoy fallando a la única persona que me importa y que no la estoy cuidando como se merece.

—¿Has mirado lo del grupo de apoyo para familiares de personas dependientes?

El maldito grupo de apoyo. Desde que atravesé por primera vez la puerta de este despacho en busca de ayuda para la abuela, no ha dejado de intentar que acuda a esas sesiones.

—No tengo tiempo.

—Lara, el grupo podría ayudarte mucho.

—Cuando tenga tiempo. —Doy un rápido vistazo a la hoja ante mí—. Parece que ya lo he rellenado. ¿Necesitas algo más? Tengo que regresar a casa cuanto antes.

Se da por vencida y vuelve a su asiento en donde revisa los campos que acabo de rellenar del documento.

—Todo completo.

—Perfecto, me marcho.

Si tenía intención de añadir algo a nuestra conversación, no le doy opción a ello y me largo con la misma rapidez con la que he llegado. Salgo del edificio a la llovizna que tiñe hoy Madrid de un gris plomizo. El agua me cala el pelo y deja pequeñas gotas diseminadas por mis largos mechones. Doy grandes zancadas de camino a casa. Cualquiera que me vea pensará que es porque quiero huir de la lluvia, pero no, huyo del sentimiento de culpa y de la desazón en el pecho tras las preguntas de la trabajadora social. Deseo dejar atrás este sentimiento de congoja constante en el que vivo.

¿Que cómo estoy? ¿Que cómo me siento? Estoy mal. Cansada. Agotada de tener que fingir que puedo con esta situación cuando nunca he podido y aún arrastro los fantasmas de la pérdida. Fantasmas que solo se hacen más evidentes en momentos como este en el que lo único que me pide el cuerpo es abrazar a mamá, llorar en el hombro de papá y pedirle consejo al abuelo.

—Lara, ¿estás llorando? —me pregunta Olimpia que choca conmigo cuando abro la puerta de casa.

—¿Qué? —Me seco la cara con la manga del abrigo, que también está empapada y que lo único que hace es mezclar las lágrimas con el agua que me ha caído encima—. No, no, es solo la lluvia.

Frunce el ceño y tuerce la boca, no muy convencida. Lo bueno es que Olimpia nunca fuerza a alguien a expresar sus sentimientos porque odia hablar de los propios.

—Has tardado muy poco, pensé que te llevaría más tiempo arreglar los papeles.

—No, por suerte ha sido una tontería —respondo.

Me deshago del abrigo y lo cuelgo en la entrada. Al pasar al salón la tele llena la estancia con Concha Velasco cantando a pleno pulmón. Una sonrisa nace en mi rostro al ver lo mucho que la abuela disfruta con la película. Acompaña a Concha, recordando por completo toda la letra. El instante eleva la losa de mi pecho e inspiro una gran bocanada de aire. Por ella, esto lo hago por ella. Y sé que mis sacrificios merecen la pena.

—¡Larita! —grita entusiasmada al verme.

Se levanta, no sin cierta dificultad, del sillón y me agarra de las manos para bailar conmigo.

—¡Estás empapada! —Se frena al notar la humedad de mis manos y me toca el pelo—. Vete ya mismo a la ducha.

Lanzo una mirada sobre el hombro y Olimpia asiente con la cabeza.

—Ve, no tengo prisa —asegura.

Voy hasta el baño y le doy un par de minutos al agua para que se caliente. En cuanto está lista, me desprendo de la ropa y me meto bajo el chorro que, ardiendo, libera a mi piel del frío e intenta calentar los rincones más oscuros de mi interior. Sin lograrlo, porque, aunque no se pueda apreciar, otro cúmulo de lágrimas lucha por salir de mis ojos y tengo que morderme los puños para no sollozar. Pero al final lo libero. Me doy tres minutos. Solo tres minutos en los que la tristeza me recorre por entero mientras convulsiono tratando de que no se me oiga. Para cuando salgo, la rojez de mis ojos es lo único que denota que he llorado. Aparto la mirada del espejo y voy hacia mi cuarto. Saco con tanta rapidez el pijama de debajo de la almohada que el codo choca con un objeto de la mesilla. Suelto un gemido de dolor.

—¿Lara, estás bien? —grita Olimpia desde el salón.

—¡Sí! Solo se me ha caído una cosa —respondo sin entrar en detalles.

Es la caja. La caja roja con el nombre de Andrés. La alcanzo. No había vuelto a pensar en ella desde la noche que la recogí en el solar abandonado. He tenido tan mala pata que los objetos de dentro están esparcidos por el suelo y tengo que recolectarlos uno a uno. Una piedra, un sacapuntas, dos fotos, una bolsa con cinco canicas, la flor de papel, un par de juguetes rotos y... la talla de un pequeño búho. Lo tomo entre mis manos y lo acaricio con cuidado.

La figura lanza un recuerdo a mi mente: el día en el que el abuelo lo talló para el niño con los ojos más tristes del universo. Era invierno, hacía mucho frío y esa tarde era imposible estar en el parque por la cantidad de lluvia que caía. Sin embargo, Andrés estaba allí y tiritaba debajo del tobogán. En un principio había creído que era una visión, la cortina de lluvia era tan densa que dificultaba la visibilidad, pero luego supe que era él.

—Abuela —la llamé.

—Lara, cierra la ventana, va a caer lluvia dentro de casa y... ¡Por los clavos de Cristo! —dijo en cuanto lo vio—. ¡Ese niño va a pillar una pulmonía! —Corrió hacia el salón y la seguí—. Jacobo, está ahí. Con el frío que hace y la lluvia.

—Carmen... —pronunció el nombre de la abuela con dulzura y a la vez con una carga que, a mi corta edad, no supe cómo interpretar—. Bajo.

Se levantó del sofá, se abrigó, cogió un paraguas y salió de casa con aquel caminar lento y seguro que tanto caracterizaba al abuelo. Yo corrí hasta la ventana y observé la escena con atención. El abuelo al fin apareció en la calle y, sin dudarlo, se aproximó al tobogán. Andrés dio un paso hacia atrás, pero no huyó y eso fue una buena señal. Hablaron durante lo que me parecieron demasiados minutos para alguien que llevaba horas allí debajo y que, estaba segura, no iba vestido para aguantar aquel frío.

—Tranquila, Larita, verás que lo sube a casa —dijo la abuela con voz calma en mi oído y abrazándome por detrás.

Hasta ese momento no había sido consciente de la preocupación tan grande que me recorría y apretaba con fuerza el estómago. Preocupación que se liberó cuando vi cómo el abuelo pegaba al niño a su cuerpo y lo traía en dirección a nuestro bloque.

Cuando el chico cruzó la puerta de casa, me fijé en que su rostro, siempre tan delgado, estaba aún más afilado, lo que provocaba que sus ojos destacasen como nunca antes. Dos luceros que combinaban de una manera macabra con el tono que habían adquirido sus labios. Fue una imagen impactante.

Un pensamiento horrible cruzó mi mente: se moría. Andrés se moría y, si yo no lo hubiese visto..., quizá al día siguiente me lo habría encontrado bajo aquel tobogán, acurrucado buscando el poco calor que su cuerpo podía proporcionarle.

—Vamos, vamos, este niño necesita una ducha caliente —apremió el abuelo—. Carmen, prepara un caldo —le pidió a la abuela—. Y tú, Larita. —Se detuvo y puso una mueca tensa en su cara—. Tú tienes una labor muy importante, ¿vale? —Asentí, y así pude escapar de la tristeza y aferrarme al pequeño resquicio de sentirme útil—. Debes buscar ropa para Andrés, para cuando salga de la ducha. ¿Entendido?

—S-sí —farfullé.

Corrí hasta mi habitación y elegí prendas de tejido grueso, aquellas que creí que podrían generar más calor. Tragué saliva al darme cuenta de que mi ropa le quedaría grande, porque estaba tan desnutrido que yo parecía el doble que él.

—Abuela, he cogido esto.

Le presenté las prendas. Paró de realizar sus tareas entre los fogones y se arrodilló para quedar a mi altura.

—Cariño. —Apartó un mechón de mi frente—. Sé que estás asustada, pero lo estás haciendo muy bien. Estás siendo muy responsable y generosa.

Sentí un calor húmedo descender por mi mejilla y me di cuenta de que estaba llorando.

—¿Se va… se va a morir? —La pregunta me salió a pedazos y tuve que enjugarme las lágrimas para poder ver a la abuela entre tanto borrón.

Tragó saliva.

—No lo sé —confesó, y admito que una parte de mí rogaba que me mintiese—. Lo que nosotras vamos a hacer junto con el abuelito es asegurarnos de ayudarlo hoy. ¿Vale? —Mi cabeza se movió con una afirmación.

—¿Por qué no se puede quedar con nosotros?

Abrió la boca un par de veces antes de suspirar apenada.

—Las cosas no son tan fáciles, Larita. Ese niño tiene unos padres y…

—Unos padres que no le tratan bien. Lo sabemos.

Un sentimiento muy diferente empezó a gestarse en mis entrañas. Era voraz y peligroso, muy peligroso.

—Si yo pudiese, si nosotros pudiésemos quedarnos con Andrés, mi niña, ten por seguro que viviría en esta casa.

La conversación se cortó al escuchar la puerta del baño abrirse.

—Llévale la ropa, corre —me pidió limpiándome el rostro. Iba a marcharme, pero la abuela me cogió de los hombros y me detuvo—. Cuando seas mayor, lo entenderás y sabrás que hicimos todo lo que estaba en nuestro poder por ese niñito.

Me costó, admito que me costó mucho entenderlo, pero la abuela tenía razón, las cosas no eran tan fáciles. ¿Cuándo lo han sido, lo son o lo serán? La vida es… una puta mierda. Es un conglomerado de momentos como aquel, frustrante, triste, doloroso e injusto. Le di la ropa a Andrés, se vistió y luego lo cubrimos de mantas. La abuela le sirvió un primer cuenco de sopa. Sus manos aún temblaban de frío. Los abuelos querían normalizar la situación charlando como si nada, pero yo era incapaz de pronunciar una sola palabra. Mi atención estaba por completo centrada en el movimiento lento que su brazo ejecutaba desde el bol hasta la boca. Cada vez que se tomaba una pausa, la angustia me recorría con un temblor. Tenía un ojo morado y un tremendo arañazo que cortaba su mejilla.

—¿Te apetece un postre, muchacho? —preguntó el abuelo, que se mantenía ocioso con un trozo de madera entre las manos y su preciada navaja.

—¿Puedo? —inquirió Andrés.

—¡Hay natillas de chocolate! —exclamé, quizá con demasiado entusiasmo—. ¿Te gustan?

—No lo sé —confesó, y me alegró ver que ya no tenía los labios azules, sino que habían recuperado un color más rojizo.

—¿No?

—Es que… —Se arrebujó entre las mantas—. Nunca las he probado.

—Voy a por una —me ofrecí llena de una nueva energía.

Rebusqué en la nevera y agarré dos. Una para él y otra para mí.

—Toma.

Sus ojos parecían entusiasmados con la experiencia. Abrió con cierta dificultad la tapa e introdujo la cuchara dentro. Se la llevó a la boca y sonrió.

—¿A que están buenas?

Asintió.

Andrés disfrutó con paciencia el dulce, mientras que yo la acabé enseguida. Cuando terminó, pude ver que sus parpadeos se volvían cada vez más lentos, pues estaba agotado.

—¿Quieres que te enseñe alguno de mis libros? El abuelo me compró el otro día uno de una niña que es una bruja.

—¿Una bruja? ¿No es eso malo?

—¿Ser una bruja? ¡No! Es superguay, aunque un poco complicado…, pero te prometo que mola mucho. Dame un segundo.

No tardé nada en ir hasta mi cuarto y coger el libro. Al regresar al salón, Andrés estaba muy cerca del abuelo y observaba los últimos toques que le estaba dando a lo que tallaba.

—Esto hay que hacerlo con muuucho cuidado —le explicaba—. Clavamos aquí y luego aquí. ¿Ves? Así es como hacemos el plumaje final del pecho. Y… listo. —El niño soltó un gemido de asombro—. Toma, para ti.

—¿Qué? —Terror, luego confusión y, para finalizar, esperanza—. Es… ¿para mí?

—Eso he dicho, creo que no te has lavado del todo esos oídos —bromeó.

Andrés alargó la mano y agarró entre sus pequeños dedos la talla. Repasó las líneas ásperas que la navaja había dejado sobre la madera y sonrió. Lo hizo de una manera tan sincera que se convirtió en mi vara de medir cuando alguien sonreía por mera cordialidad o cuando lo sentía de verdad. Me senté a su lado y comencé a leer. Era torpe y lenta en mi desempeño, pero Andrés escuchó con atención, al menos hasta que el sueño lo venció y apoyó su cabeza sobre mi hombro. Entre sus manos seguía aferrando el búho. Este mismo que ahora tengo entre las mías y cuyos bordes y esquinas están redondeados y son suaves al tacto.

—¿Lara? —pregunta Olimpia llamando a mi puerta—. Tía, ¿va todo bien?

—Sí.

—Joder, ¿y por qué no respondes? ¡Casi me da un patatús!

Meto el búho en la caja de nuevo. Olimpia empieza con una cháchara sobre la última noticia que ha visto en el televisor mientras yo me visto. Le digo que no tardo y oigo que sus pasos se alejan. Cuando termina, regreso al salón.

14
Al otro lado del teléfono

Lara

—Así que este chico solo te pide hablar —repite Olimpia por décima vez.

—Ya te he dicho que sí.

—Solo hablar —incide—. Pero ¿sabe que es una línea erótica y que le cobras por minuto?

—Lo sabe.

—Es que se me escapa algo de todo este razonamiento. ¿Por qué demonios iba un tío a gastarse el sueldo en hablar contigo? —Irene arruga la nariz y sus labios finos tiemblan—. Me refiero a lo que paga, Ire. Dime si no es extraño. Es que suena fatal, a psicópata por lo menos.

—¿Así que el que solo quiere hablar es el raro? —lo defiende mi amiga.

—Repito: llama a una línea erótica. ¡Claro que es raro que un tío llame solo para hablar contigo! —Olimpia se rasca la barbilla en un intento por dilucidar el misterio—. ¿Y si es un asesino en serie y eres su próxima víctima? ¡En *Mentes criminales* salía uno así!

—¡Olimpia! —la regaño al ver lo mucho que esta conversación afecta a Irene—. No digas burradas.

—Solo me preocupo —se excusa—. Una nunca debe fiarse de los hombres. Son una panda de mentirosos.

—Y allá vamos de nuevo —murmura la rubia.

—¡Te he oído!

—¿Otra vez no contesta a los mensajes? —adivino.

Olimpia guarda silencio. Voy a insistir, pero pierdo mi oportunidad.

—¡Oli! —grita una de sus hermanas.

La voz nos llega a través de la ventana de la cocina de la casa de Irene. Desde el salón podemos verla, por lo que Olimpia solo se inclina hacia un lado y grita como respuesta.

—¿Qué quieres, niñata?

Altea, la mediana y una versión más menuda de su hermana mayor, tiene medio cuerpo fuera del alfeizar y le lanza una mirada cargada de odio. Si se llevasen menos años, podrían confundirlas con gemelas.

—Me ha dicho mamá que me puedes acercar tú al centro comercial.

—Sí, claro, y qué más. Estoy tomándome un café con mis amigas.

—Eso quiero hacer yo con las mías —replica la veinteañera.

—Pues os quedáis por el barrio.

—¡No hay nada en este barrio!

—Está la cafetería de Nadima —insiste mi amiga.

—¡Olimpia! ¡Mamá ha dicho que me lleves al centro comercial, deja de ser una vaga y acércame allí, que voy a llegar tarde!

—¿Una vaga? ¿Yo? Me cago en mi vida —susurra—. Yo, una vaga. La niñata esta tiene una mochila nueva gracias a mí y a mi sueldo y soy una vaga.

Oli coge aire por la nariz con sonoridad. Irene y yo la contemplamos mientras lo retiene un par de segundos dentro de los pulmones y, cuando parece que se va a ahogar, lo suelta. Se la ve más calmada, o eso pienso hasta que se da la vuelta y de un salto se pone de pie.

—¡Eres insoportable! —la acusa—. ¡Papá y mamá nunca debieron recogerte de la basura!

—¡Al menos a mí me eligieron! ¡Tú eres un penalti! ¡Un polvo de San Valentín que terminó mal! —replica su hermana.

Podría sorprenderme si esta fuese la primera vez que se dicen semejantes linduras, pero la dinámica en casa de Olimpia para demostrar afecto es a través de los insultos. Cuanto mayor es el insulto, más amor es el que se quiere expresar. Irene y yo no lo entendemos muy bien, aunque si a ellos les funciona, que lo hace, ¿quiénes somos nosotras para meternos en esas dinámicas familiares? Las dos hermanas siguen discutiendo al tiempo que Olimpia coge sus cosas y sale de la casa de Irene para dirigirse hacia el descansillo y encontrarse con Altea. Ni siquiera se despide de nosotras.

—El jaleo de los Velasco es una cosa a la que una no se termina de acostumbrar nunca —dice Irene mientras se frota con cuidado las orejas.

—Por cierto, respecto a lo que ha dicho Oli sobre ese chico… —reanudo la conversación. Ella se mueve incómoda en el sillón—. Entiendo que para ti sea un respiro tener a un cliente que no te trata como un mero trozo de carne telefónica…

—¿Pero? Sé que tienes un pero esperando a salir —se me adelanta.

—Pero solo sé precavida. No le digas nada que pueda identificarte.

—Lara, llevo años con la línea, sé dónde tengo que dibujar la raya y no saltarla…

—¿Pero? —contesto—. Yo también sé cuándo viene uno.

Irene agacha los hombros y siento la pesadumbre en el rostro de mi amiga.

—Es que no sé qué hacer —dice. Toma un mechón de su pelo y lo acaricia, presa de la ansiedad—. Sé que el hecho de que llame a una línea erótica puede no hablar muy bien de lo que busca, pero te juro que es diferente, mucho, y con él siento una especie de conexión —revela ilusionada—. Además, no sabes lo listo que es. Entiende muchísimo de arte; en especial de pintores y escultores italianos del Renacimiento. El otro día estuvo más de una hora contándome datos superinteresantes y hasta me dijo que buscara unos cuadros en el navegador y me explicó cada pequeño detalle de las pinturas que veíamos mientras hablábamos. —Junta las manos sobre su pecho, casi como si rezara—. Alguien al que le gusta tanto el arte no puede ser un psicópata asesino en serie, ¿no?

Sus enormes ojos miel me contemplan cual cervatillo ante los faros de un coche en mitad de la noche. No quiero romperle las ilusiones, pero mucho menos quiero ponerla en peligro.

—No lo sé. La maldad tiene muchas caras, por desgracia, y una de las que más suele utilizar para esconderse es la de la bondad. —Mi amiga se deshincha—. Tú solo…, si crees que vas a quedar con él, avísanos para que Oli y yo vayamos de escolta.

Irene coloca las manos sobre su cabeza y se toca el pelo una y otra vez.

—A veces me gustaría ser normal —confiesa con un hilo de voz.

—¿Normal?

—Sí, ya sabes. Eso de tener treinta años y ser virgen no es muy común.

La contemplo. Ella no quiere mirarme, ha dejado de toquetearse el pelo y se entretiene acariciando con parsimonia la funda del sofá.

—Ire, te lo he dicho mil millones de veces. Es tu sexualidad, debes vivirla tú y como tú quieras. ¿Qué más da lo que opine el resto? Es tu cuerpo, es tu placer.

Aprieta los labios y arruga la nariz con desagrado.

—Ya, pero es que… a veces resulta difícil explicarle a la gente que el contacto físico con los hombres no es lo mío. La propia Olimpia no deja de chincharme con ello y sabe muy bien que necesito mucha confianza antes siquiera de pensar en cogerles de la mano y… —Se tapa los ojos con sus palmas—. Eso me hace sentir como un maldito bicho raro. Sé que para ellos soy un bicho raro.

—¡Aquí todas somos únicas en nuestra especie! —Mi ocurrencia le hace reír, pero es una sonrisa efímera. Atrapo sus manos junto a las mías y las aprieto—. Con esto no quiero menospreciar tu malestar, Irene.

—Lo sé —masculla bajito.

—Lo que quiero es que entiendas que eres increíble y que esa maldita creencia social sobre lo que valemos o no las mujeres, dependiendo de algo tan absurdo como lo es una membrana que tenemos en la vagina…, es una soberana gilipollez.

Empieza a sonreír poco a poco, hasta se le entrecierran los ojos. Irene no se lo piensa y me estrecha entre sus brazos. Yo le doy un par de palmadas en la espalda.

—Gracias, Lara.

—De nada, sabes que no me importa recordarte las veces que haga falta que eres maravillosa y que deberías mandar a la mierda a toda persona que piense lo contrario. Sobre todo si es un *onvre*, ya sabes… —Irene se retira con disimulo un par de lágrimas de los ojos—. Sé que a veces Olimpia se pasa de insistente y juega demasiado con que seas virgen, pero sabes que estaría dispuesta a arrancarle las pelotas a todo tío que te haga daño, ¿verdad?

—Tampoco sería la primera vez que lo hace.

Ambas soltamos un par de sonoras carcajadas y compruebo que vuelve a ser la misma chica tranquila de siempre.

—Y respecto a este chico, que sea lo que tenga que ser. No adelantemos acontecimientos y, si de momento va todo bien, habla con él, pero sé precavida.

—Sin adelantar y precavida, me siento como en las clases de la autoescuela.

Una última carcajada antes de terminar el café y volver a enfrentarnos a nuestra jornada laboral.

15
Que sangre la herida

Lara

Estoy tan concentrada en la pantalla del ordenador que no advierto su presencia hasta que apoya la mano en mi hombro. Y, entonces, doy un salto en la silla y tiro sin querer la taza que hasta hace unos minutos contenía mi café con leche. Menos mal que casi lo había terminado y solo quedaban un par de sorbos.

—Lo siento, no quería asustarte —se disculpa Saúl, en cuyo rostro aparece un suave tono rosado.

—No, nada, ha sido culpa mía, pero es que... —Coloco la taza en el platillo y lo acerco a la barra para pasárselo a Adam, que lo recoge sin muchas ganas para meterlo en el lavavajillas—. Voy contra reloj y el ordenador no quiere colaborar —me quejo una vez regreso a la mesa, en la que Saúl limpia el pequeño reguero de café que con tanto peligro se ha extendido no muy lejos de mi portátil.

Observo el reloj. Me queda una hora escasa para que el portal de entrega del trabajo cierre. Como no me dé prisa, voy a terminar suspendiendo la asignatura. ¡Miércoles de ceniza!

—¿Necesitas ayuda? —se ofrece él.

Esta vez no me niego por orgullo, lo juro, sino porque no puede hacer nada.

—No creo que puedas ayudarme a redactar las conclusiones de un trabajo sobre la influencia de la violencia en el medio audiovisual y cómo afecta a los menores en su desarrollo.

De los labios de Saúl se desprende una sonrisa comedida.

—Con eso no, pero podría prestarte mi portátil.

Hace ademán de sacarlo de su maletín estilo mensajero, pero le freno apoyando mis manos sobre las de él. Un contacto del cual me arrepiento y procuro apartarme rápido.

—No es necesario, terminaré con el mío —le digo, y me siento de nuevo.

Trato de que se encienda de nuevo la pantalla del ladrillo que tengo por ordenador. Nada más volver a iluminarse, el ventilador suena como el motor de un maldito avión a la hora de despegar y el archivo de texto sobre el que estoy trabajando aparece con la pantalla blanquecina, que avisa de que se ha quedado pillado y necesita un par de segundos para poder volver a funcionar. No desvío la mirada del portátil, como si así pudiese intimidar al aparato de alguna forma y lograr que vuelva a la vida. Saúl, a mi lado, me observa de soslayo.

—Lara...

—Solo dale un segundo más y estará —me obceco.

—Pero si te presto mi portátil puedes acabar en la mitad de tiempo, como mínimo, y...

—Mira, ya funciona.

Guardo el archivo de nuevo en un acto reflejo e intento escribir, pero las letras surgen con tanta lentitud en la pantalla que resulta desesperante.

—Fuiste tú la que el otro día dijo que los favores se pagaban y te debo el tour que me diste, por lo que… —Saca el finísimo ordenador de su bolsa y lo planta a mi lado en la mesa—. La contraseña es Pájaro648*.

—Espera un…

Pero Saúl me ignora y se va a la barra en donde se pone a hablar con Adam sobre la bollería que hay en el expositor. Le lanzo una primera mirada al portátil. Tiene un aspecto carísimo, con una pantalla OLED en la que una fotografía de un gato me da la bienvenida, esperando a que meta la contraseña. No quiero utilizarlo, pero el tiempo corre en mi contra y he perdido quince minutos más. Joder. Extraigo el USB de mi portátil, meto la contraseña en el de Saúl y conecto el dispositivo. Lo detecta a la primera y, pese a que me cuesta hacerme unos minutos a la interfaz gráfica y a cómo funciona su programa de texto, me veo redactando a velocidad de vértigo durante los siguientes veinticinco minutos. No permito que nada ni nadie me moleste y hasta soy capaz de sacar tiempo para poder darle un repaso general a todo el archivo y comprobar que no tengo errores. Para cuando se acerca la hora de entrega, ya estoy en la página web de la universidad y el archivo se sube con una rapidez pasmosa.

—¡Lo he conseguido! —grito entusiasmada.

Levanto la vista y me encuentro a varios clientes que me miran con extrañeza. Vaya espectáculo acabo de dar. Una risilla capta mi atención y me encuentro a Saúl sentado frente a mí con un té verde y varios folios entre sus manos. ¿Lleva ahí todo este rato?

—Me alegra que lo hayas podido entregar —dice con una sonrisa encantadora.

—Yo…, gracias. No lo habría logrado si no me hubieses dejado tu ordenador.

—Bueno, yo solo he querido equilibrar la balanza.

Sus ojos zafiro se clavan en mi rostro y lo recorren. Necesito detener su escrutinio y lo hago cerrando el portátil y devolviéndoselo con torpeza.

—Voy a pedir algo, me muero de hambre.

Me levanto con tanto ímpetu que la silla está a punto de caerse al suelo, pero la retengo en el último instante. Logro escabullirme hacia la barra en donde mi jefa regaña a su hijo por ordenar de manera incorrecta los bollos y pasteles.

—Pero, mamá, si los colocas así es más difícil coger los pastelitos del fondo.

—Yo sí que te voy a dar pastelitos del fondo. Lo que no puedes es tener amontonado todo como lo tienes. Mira, pase que tengas tu habitación echa un desastre porque es tu espacio personal, pero ¡no mi sección de bollería! —le echa ella en cara—. Anda, ve a tomar nota a los clientes.

Adam pone los ojos en blanco antes de coger la bandeja y obedecer a su madre.

—¿Te echo una mano? —le pregunto a Nadima mientras me apoyo sobre la desgastada superficie de madera.

—¿En tu día libre? ¡Ni hablar! Dime, ¿qué te pongo? Debes reponer fuerzas después de pasar toda la mañana peleándote con ese trasto.

—Me apetece algo salado, así que ponme un hojaldre de queso y un café con leche.

—Marchando.

Mi jefa se pone a ello con la elegancia propia de alguien que hace las cosas con el corazón y me sirve con destreza el café. Luego abre la vitrina y extrae de ella el hojaldre. Entonces me fijo en el bizcocho de limón.

—Ponme también un trozo de bizcocho.

Nadima se detiene y gira la cabeza hacia mí.

—¿De limón? —Entrecierra sus ojos y me pongo nerviosa ante su análisis.

—¿Qué?

—¡Oh! —exclama. Su expresión se transforma y me sonríe con picardía—. ¿Le vas a llevar un trozo al arquitecto? Segunda vez que lo haces *motu proprio*.

—No pienses cosas que no son —me defiendo—. Es solo por ser agradecida, me ha prestado su portátil.

—Ajá.

Me llevo todo e ignoro a mi jefa. Regreso a la mesa y dejo el café junto con el hojaldre delante de mi silla. Saúl está mirando planos en el ordenador y anota cosas en un folio. Su caligrafía fina y alargada es indescifrable.

—¿Nadima o tuyo? —No tengo que levantar la cabeza para saber que se refiere al bizcocho.

Por un instante pienso en quedarme callada, pero mi boca cobra vida propia.

—Mío —respondo, ahora sí, encontrándome con sus ojos.

La reacción de Saúl es la de soltar la pluma sobre los folios y mirarme de frente. Me muerdo el labio superior y choco mis talones un par de veces.

—Así solo vuelves a desequilibrar la balanza —dice él mientras alarga la mano hacia el plato.

—Eso no es así, quien la ha desequilibrado has sido tú al prestarme el portátil —respondo con una sonrisa juguetona al ver su gesto divertido—. Pero si no lo quieres...

Voy a retirárselo, pero es rápido y agarra el plato sin dudar. Nuestros dedos se tocan y una agradable sensación de burbujeo recorre mi estómago.

—Me parecería muy descortés no aceptarlo —contesta con sus pupilas clavadas en las mías.

—Lo sería —admito—. Sobre todo porque tendría que tirarlo a la basura y eso sí que no te lo podría perdonar jamás.

Mi voz suena entrecortada, por lo que carraspeo para quitarme la sensación de sequedad de la garganta. Noto que a Saúl le asalta una emoción potente, que no identifico, pero que pasa a un segundo plano cuando sonríe. Retiro mis dedos de debajo de los suyos con facilidad y me recoloco en el asiento. Cojo mi taza de café y le doy un sorbo. La piel aún tiembla justo donde nos hemos tocado y lucho por deshacerme de la sensación.

—Jamás tiraría comida y, además, este bizcocho es mi punto débil, nunca podría rechazarlo.

Con el tenedor corta un pedazo. Sigo con atención el movimiento que hace desde el plato hasta su boca y la manera en la que lo prueba con cuidado, como si fuese una *delicatessen*. Pasa la lengua por sus labios con lentitud, dejándolos brillantes y jugosos. Es entonces cuando me doy cuenta de que no dejo de observar su boca y me recorre un escalofrío. Retiro la mirada, avergonzada, y me toco con nerviosismo la nariz. Necesito mantenerme ocupada y por eso tomo el hojaldre y me lo meto casi entero en la boca, lo que hace que me atragante y que comience a toser.

—¿Estás bien? —me pregunta preocupado.

Yo asiento, pero no es hasta que doy un par de sorbos al café que recupero mi entereza.

—Perfectamente, es que... acabo de ver la hora que es y... me tengo que marchar ya.

—Oh, bueno, entonces...

Dejo el café a medias, me coloco el bolso en el hombro y cojo mi portátil entre las manos.

—Nos vemos otro día.

—Espera, Lara, está lloviendo mucho, ¿quieres mi parag...?

La puerta se cierra a mis espaldas y la frase del arquitecto queda a medias. Huyo de la cafetería y me sumerjo en la cortina de lluvia que está cayendo, lo que hace que sienta la piel que ha estado en contacto con los dedos de Saúl más cálida, como si su presencia aún estuviese sobre ella. Agito la cabeza de un lado a otro y acelero el paso. El agua moja mis zapatos mientras corro a buscar dónde guarecerme de la tormenta que se ha desatado con la caída del sol. Es alucinante lo muchísimo que llueve y, por mucho que trato de esquivar los charcos, la riada que se ha generado y que arrastra todo a su paso me llega a la altura de los tobillos. Abro de un tirón el portal y, tras sacudirme sobre el enorme felpudo que hay en la entrada, subo con cuidado las escaleras. Al llegar al rellano, me encuentro a Olimpia hablando con Irene asomadas por la ventana que da a la calle. Me sorprendo al ver lo arreglada que va mi amiga pelirroja.

—¿Por qué tenía que llover hoy? —se queja Olimpia—. ¡Con lo mona que voy!

—Sin duda esos zapatos de tacón no son la mejor opción para esta noche —les digo con lo que consigo que ambas se giren al percatarse de mi presencia—. ¿Tienes una cita?

—Sí —responde con una mezcla de entusiasmo y fastidio.

—¿Con…? —interrogo con una advertencia.

—¡No! No es con ese cabeza de chorlito con complejo de ibuprofeno.

—Más bien de antibiótico —comenta por lo bajo Irene.

Oli la fulmina con la mirada.

—¿Y con quién es? —le pregunto al tiempo que busco las llaves de casa en el bolso.

—Pues resulta que el otro día me encontré por el barrio con Saúl.

Me detengo al instante.

—¿Con él! —No sé muy bien si lo que me ha salido es una pregunta o una exclamación.

Siento un escozor en la mano que sostiene las llaves, la que antes el arquitecto arropó con la suya.

—¡Ojalá! Pero no… —dice con un mohín—. Déjame que te lo cuente.

Irene sonríe de medio lado y se apoya contra la pared. En los ojos de mi amiga juguetea un resplandor, pero la verborrea de Olimpia lo llena todo y me veo obligada a prestarle total atención.

—Como os decía, el otro día me encontré a Saúl por el barrio y, después de que esta —acusa y señala a Irene— me tomase del brazo y obligase a marcharme de la cafetería la última vez que intenté hablar con él, no podía dejar pasar la oportunidad y… ¡le pedí una cita!

—¿No acabas de decir que no es con Saúl? —Agito con tanta fuerza las llaves que salen volando.

—¡Que no es él! Pero acabo de decirte que me dejes contártelo. Dios mío…, ¡cuánta impaciencia! Así una no puede relatar una buena anécdota.

A Irene se le escapa una risilla sagaz, muy poco propia de ella.

—Espero que esa risa no vaya dirigida a mí.

—No, te aseguro que no —contesta con sus ojos avellana clavados en mí.

—Sigue con la historia, ¿quieres? Pero ¡sé un poco más concisa! —le pido y me agacho para recoger las llaves.

—Si soy concisa, le quito la gracia —gruñe—. ¿Por dónde iba?

—Saúl —repito con la lengua áspera.

—Cierto. Pues me lo encontré el otro día por la calle y, como ya he dicho, le pedí una cita. En realidad, dije que era una cena de disculpas. —Le lanzo una mirada reprobatoria, ¡qué pesada con la cena de disculpas!—. Pero él insistió en que no hacía falta. Y os puedo jurar que fui muy sutil y no perdí las formas, porque sé que estáis pensando eso. —Vale, puede que sí que lo esté pensando—. Aun así, me dijo que no.

Que con la disculpa le había bastado. —Suspira de manera teatral—. Entonces me fui bastante hecha polvo y... ¿sabes a quién me encontré? —Levanto las cejas en señal de desconocimiento—. ¡A Quesada! Y nos pusimos a hablar y al final terminamos en un bar tomando algo y nos dimos los números de teléfono para quedar esta noche.

—Un momento. ¿Mariano Quesada?

—¡El mismo! No sabes lo bien que le han sentado los años. ¡Le ha salido hasta barba! Poco queda del niño con el que todo el mundo se metía en el instituto.

—¡Eh! Nosotras nunca nos metimos con él, es más, le defendíamos —salta Irene.

Recuerdo aquellos tiempos y me da un escalofrío. Mariano no era el único objetivo de las peores burlas del curso. Irene era Betty Spaghetti y los comentarios sobre su cuerpo delgado y el enorme aparato que tuvo que llevar en los dientes eran diarios. Lo de Olimpia no se queda atrás: Cerdita Peggy, Ballena, Tragabollos. Y yo, bueno, con Larita la Huerfanita tenía más que de sobra.

—Pues esta noche me toca ponerme al día con él y, de paso, subir muchas historias a Instagram —añade toqueteándose los grandes rizos de su pelo.

—Olimpia... —la riño.

—¿Qué?

—¿En serio has quedado con él para darle celos otra vez a un tío que tú misma dices que tiene complejo de ibuprofeno y novia? —le recrimino enfadada.

Me clavo las llaves en la mano de la indignación.

—No es por ese.

Sobra decir que tiene la palabra «mentirosa» tatuada en la frente.

—¿No? ¿En serio? ¿No estás intentando llamar su atención para que así te conteste a una historia?

Saca el teléfono, pese a que dudo que haya recibido ninguna notificación. Lo hace para ignorarme.

—Se me hace tarde. Os cuento luego qué tal ha ido la noche —se despide.

—Ni lo intentes —me aconseja Irene—. Prefiere mantener los ojos cerrados ante la verdad.

—Eso es lo que peor llevo. ¿Qué más necesita para darse cuenta de que ese tío es imbécil?

—Lo sabe muy bien, pero a veces la gente necesita romper el último hilo para que sangre la herida y darse cuenta del daño que le están haciendo —pronuncia con solemnidad, volviendo al papel introspectivo y sentimental al que me tiene acostumbrada—. Si Olimpia necesita que ese idiota le rompa el corazón, se lo pisotee y queme para que, de una vez por todas, le dé la espalda, poco podemos hacer nosotras. Solo abrirle los brazos cuando ocurra.

Suspiro apesadumbrada y cansada.

—Necesito una cerveza. ¿Quieres otra?

—Y hasta dos y tres.

Sin mucho más que decir, nos metemos en mi casa en donde la madre de Irene y mi abuela nos dan la bienvenida.

16
La chica

Lara

—Hay gente inútil y luego están mis compañeros de trabajo. De verdad te lo digo, cada día están más empanados —bufa frustrada Olimpia.

Acaba de llegar hace unos minutos a casa cargada con el portátil, los enormes auriculares y un montón de hojas en las cuales su caligrafía irregular juega a crear códigos y flujos.

—Oye, Oli, si te viene muy mal quedarte hoy con mi abuela, puedo llamar a la cuidadora que me recomendó la señora Ángela.

—¿Estás de broma? ¿Esa que cobra sesenta euros la hora? Que yo no digo que no los merezca, pero es prohibitivo. No, no, descuida. Si está todo controlado, pero es que esta panda de inútiles me puede. Dame un segundo. —Levanta su dedo para que no hable y pulsa un botón de sus cascos que hace que la luz se vuelva roja—. Vamos a ver, cabezas de chorlito, os he dicho que eso no está relacionado. Lo que no estáis entendiendo es que hay un fallo mucho antes de que se haga la conexión. ¡Leed el puñetero *log* de errores! —brama con una voz que me da miedo hasta a mí.

Se silencia una vez más y suelta una especie de grito mezclado con un mugido.

—Tú vete, no puedes dejarla en mejores manos. ¿Verdad que sí, doña Carmen?

—Que se quede Olimpia que así, si el DVD se me vuelve a estropear, ella sabe cómo arreglarlo —la apoya la abuela.

—Por favor, solo pido que no la lieis como la última vez. Ya ha habido tres vecinas que se han quejado de vuestra sesión de copla a las cuatro de la tarde.

—¡Estamos en invierno! ¡No hay hora de siesta! —protesta mi amiga.

—¡Eso, eso! —sostiene mi abuela.

—Vais a lograr que al final me quede para no dejaros a vosotras dos solas, que tenéis un peligro…

—Vas a llegar tarde —advierte Olimpia—. Tú vete a la cafetería, provee a este barrio de la cafeína que necesita para no hundirse y ve tranquila. Está todo controlado.

Miro a la una y luego a la otra. No, nada está controlado, pero tiene razón. Debo marcharme si no quiero llegar tarde. Agarro mi bolso, el abrigo y me dirijo a la puerta.

Nada más salir, empieza a sonar a todo volumen la voz de Carmen Sevilla cantando «Cariño trianero» y solo me queda soltar una enorme bocanada de aire. Ya trataré con las vecinas luego.

Salgo escopetada escaleras abajo, abro el portal y enfilo en dirección a la cafetería. Mientras cruzo el parque, veo a Saúl a lo lejos, sobre un montículo. Desde que hui el otro día no nos hemos vuelto a ver. Estoy a punto de acercarme a él cuando, de pronto, una chica aparece a su lado; una chica a la que Saúl coge de la mano y ayuda a subir hasta donde está él, luego la toma por la cintura y ella aprovecha para abrazarlo. Me quedo congelada en el sitio y los observo durante un breve instante antes de largarme hacia la cafetería.

—¿Planeas terminar con toda mi vajilla?

—¿Qué? —contesto en dirección a Nadima.

—¿Se puede saber qué te han hecho mis vasos y platos para que los estés metiendo en el lavavajillas con tanta inquina? —Ceso mi actividad de inmediato porque, maldita sea mi suerte, sí que he roto un vaso.

Lo saco con cuidado pedazo a pedazo e intento no cortarme con ninguno de los filos.

—Réstamelo de la nómina.

—¿Te pasa algo? —pregunta con una mano apoyada en su cadera y el ceño arrugado.

—Nada —replico.

—Ya...

Como no podía ser de otro modo, Saúl aparece por la puerta y no, claro que no lo hace solo, sino que le acompaña la chica del descampado. No es que sea guapa, es que, sin lugar a duda, esa chica debe de ser modelo como mínimo.

—Voy a por más servilletas —le digo a mi jefa marchándome en dirección al almacén.

—¡Si tenemos esto lleno!

La ignoro y me paso mis buenos diez minutos toqueteando y reorganizando el cuartillo, pese a que Nadima es una obsesa del orden y todo está etiquetado mejor que en una biblioteca. Al regresar a la parte delantera de la cafetería, me endiña sin miramientos la bandeja cargada con varias comandas, entre las que se incluye un té verde con un trozo de bizcocho de limón. Una combinación que grita «arquitecto».

—¿Qué haces? —indaga mi jefa al ver cómo quito de la bandeja el té y el bizcocho.

—Es que voy a llevar primero esto y... —Ella suelta el aire por la nariz como un toro embravecido—. Está bien, está bien.

Coloco de nuevo sobre la bandeja las dos cosas y me encamino hacia la mesa en la que está Saúl sentado, a solas. Supongo que la chica estará en el baño, así que me planto delante de él y, tras un seco «hola», dejo con rapidez el pedido sobre la mesa.

—No, te has equivocado, no es café, es un chocolate.

He colocado el americano en el hueco frente a Saúl, porque supuse que era lo que había pedido su acompañante. Sus ojos se encuentran con los míos y ahí está ese remolino que he sentido antes cuando lo he visto con ella.

—¿Qué tal estás hoy? ¿Y tu abuela?

—Bien. Y ella también está bien, en casa con Olimpia.

Me maldigo a mí misma por haber respondido con tanta rapidez a su pregunta.

—Me alegro.

—¿Y tú? ¿Enseñando los avances de la obra? —curioseo.

—Sí.

Ese «sí», sin más agregados, me molesta. ¿Por qué no me cuenta más?

—¿Y qué opina? —insisto.

Él sonríe de oreja a oreja. Está feliz. Dudo de que sea consciente de ello, pero lanza un fugaz vistazo hacia el baño y sé que la fuente de su buen ánimo es ella. Permanece en silencio. Su mirada interrogante rebusca en mi cara y sonríe una vez más.

—Cree que tienes razón.

Su respuesta me confunde.

—¿Que tengo razón?

—Con las indicaciones que me has dado. Cree que debería hacerte caso.

Giro un instante la cabeza hacia atrás, a la puerta que aún permanece cerrada. Cuando mis ojos vuelven a centrarse en Saúl, su sonrisa es más amplia y ahora muestra hasta sus dientes. ¿Por qué parece que está leyendo algo en mi rostro que escapa a mi control?

—Así que habéis estado de excursión.

Siento un intenso sabor ácido en la punta de la lengua. Saúl no desvía sus ojos de los míos, pero sí que toma una actitud más relajada sobre la silla y apoya un codo sobre la mesa mientras con la mano masajea su barbilla con movimientos lentos que, en ocasiones, juegan a ocultar sus labios.

—Soy de los que piensan que, cuando uno se deja la piel en las cosas que ama, debe compartirlo con las personas que quiere.

¿Personas que quiere? ¡Vaya eufemismo! ¿Por qué no dice que es su novia?

—Tu novia estará orgullosa de ti.

—¿Novia? ¿Has logrado engañar a alguna pobre chica de nuevo? —Doy un pequeño salto ante la voz que surge detrás de mí y me pilla desprevenida—. Espero que no seas tú, eres demasiado guapa.

El timbre cantarín de la chica juega a mantenerse en el aire un par de segundos cuando termina la frase con una risilla. Miro a la una y luego al otro.

—Lara, te presento a mi hermana, Marta.

¿Her... ma... na?

—Es tu... ¿hermana? —No sé cómo decirlo de manera suave, pero mi bocota tampoco me deja plantearlo de otro modo, por lo que se me escapa un—: No os parecéis nada.

Ambos se ríen, pero yo no le encuentro la gracia a mi desafortunado comentario, pese a ser cierto. Saúl es alto, de cuerpo cuadrado, anguloso en sus facciones, pelo castaño oscuro, ojos azules y muy pálido; en contraposición ella es todo redondeces, con su piel oliva, un pelo negro muy espeso con grandes ondas y esos ojos gigantescos que pese a ser negros están llenos de luz.

—Claro que no nos parecemos, es adoptado —ataca ella sin contemplaciones.

—¡Tú también lo eres! —protesta él con el mismo tono que he oído mil veces utilizar a Olimpia con sus hermanas pequeñas.

—Un segundo…, pero…

Saúl me mira con una amplia sonrisa. Si hubiese sido yo, el gesto sería condescendiente y me regodearía, pero él ríe con simpatía y destruye mis esquemas.

—¿Aún no habéis llegado a esa parte de la relación en la que os contáis los dramas familiares? —me interroga—. A los dos nos adoptó un matrimonio de ricachones a los que ahora llamamos papá y mamá.

Marta se acerca a Saúl y le revuelve el pelo en un gesto tan de hermana mayor que me siento incómoda al haber pensado que era su novia. Está claro que la relación entre ambos es pura y absolutamente fraternal.

—Como puedes ver no siempre he sido un niñato rico con ropa cara. Hubo un tiempo en el que no tenía nada ni a nadie. —Ese «nadie» final me atraviesa el pecho.

La vergüenza que siento es inconmensurable. Noto que me arden la cara y las orejas. Me siento fatal y, encima, debo aceptar que el hecho de que Saúl admita que es adoptado me ha servido para darme cuenta de la definición tan errónea que tenía dentro de mi cabeza de lo que la gente puede definir como «persona adoptada». Yo, que siempre me he vanagloriado de creerme con una moralidad superior, he caído la primera.

—Lo bueno es que la vida le dio el mejor de los regalos: yo como hermana —sigue ella pasando por alto mi cara de circunstancias y apretando el moflete de Saúl.

Él se retuerce un poco, aunque no lo suficiente como para deshacerse del pellizco de Marta.

—¡Niña! —me grita uno de nuestros clientes—. ¿Viene el café ya? ¡Que se te va a enfriar!

—Eh, sí, ya voy. Perdonad, tengo que seguir trabajando —me excuso y lanzo una última mirada abochornada a Saúl—. Me llevo esto y enseguida te traigo el chocolate.

El arquitecto no hace leña del árbol caído; en cambio, las comisuras de su boca se elevan y me guiña un ojo. A lo mejor lo prejuzgué mal, demasiado mal...

17
Raíces

Lara

Regreso a casa más tarde de lo que esperaba y me sorprendo al abrir la puerta y detectar un delicioso aroma que hace rugir mi estómago. Irene asoma la cabeza por la cocina.

—Ya decía yo que Olimpia no podía ser la de los fogones.

—¡Eh! ¡Te he oído! —protesta la aludida.

—Te recuerdo que, la primera vez que nos fuimos las tres de vacaciones a Benidorm, se te pegó la pasta en la olla y terminaron viniendo los bomberos porque el agua se había evaporado y se había llenado el piso de humo negro.

—¿Y lo buenos que estaban los bomberos? —señala ella con una medio sonrisa traviesa.

—Hay una parte de mí que piensa que lo hizo a propósito —declara Irene.

—¿Te ayudo? —me ofrezco.

—¡Claro! —responde muy animada.

En el salón, le doy un gran abrazo a la abuela, que me recibe exultante y cargada de energía. Se nota mucho que hoy ha pasado el día con Olimpia. Ella es de esas personas que contagian al resto las dosis de hiperactividad. Bueno, no a todos, a mí tan solo me pone de los nervios cuando rebaso mi *dosis Olimpia* recomendada. Me quito el abrigo en mi habitación y me pongo cómoda antes de reunirme con Irene en la cocina. Ha preparado un caldo de verduras espeso que tiene buenísima pinta y lo va a acompañar con unos sándwiches de queso fundido, tarea para la que me pongo manos a la obra.

—¿Qué tal tu día?

Levanto la mirada de la sartén y arrugo el entrecejo.

—Puede que la haya cagado con el arquitecto —digo sin rodeos.

Mi amiga se queda pensativa. Gira un par de veces el cazo para que la sopa no se pegue y me mira interrogante.

—¿He oído la palabra «arquitecto»? —inquiere Olimpia, que acaba de aparecer por el umbral de la puerta.

—Tú tienes el oído muy fino cuando quieres —la reprendo.

—Sí, sí, sí…, di lo que quieras, pero ¿qué ha pasado con él? ¿Te ha comentado algo sobre mí?

—Solo que eres muy pesada —rebato.

—Nah, Saúl jamás diría eso, es demasiado bueno.

Lo que dice Olimpia me hace pensar, ¿soy la única que le ha prejuzgado mal? ¿La única que esperaba de él una actitud de niñato rico insoportable y ha terminado por darse el porrazo?

—¿Qué ha pasado? ¿No me contaste el otro día que le estabas echando una mano con el proyecto? —interviene Irene.

—¿Lo estás ayudando?

—Sí, lo estoy ayudando. Solo lo hago porque busca mejorar el barrio y es algo que necesitamos con urgencia.

—Ya…, por supuesto…, solo por eso —chincha Olimpia.

—A lo que iba… —digo sin hacer caso a su comentario—. Hoy, al salir de casa, lo he visto en la parte antigua, por la zona del descampado que hay tras el parque, y estaba con una chica y…

—¡No! ¿Tiene novia? Eso explicaría mi rechazo fulminante —vuelve a cortarme Oli.

—O podrías asumir que un chico puede decirte que no porque no le intereses y ya. —La observación que hace Irene no denota ni una pizca de maldad o de intención de hacer a nuestra amiga de menos—. Deberíamos asumir que si un hombre nos rechaza no es porque sea homosexual o porque tenga novia. Les dejamos en una posición bajísima y no me parece justo —lo defiende.

—Eso es porque has tratado con pocos tíos, Ire. Poco o ninguno hay que diga que no a un par de tetas. Los hombres son y tienen el privilegio de ser gilipollas —contesta Oli.

—Tu falta de fe en ellos me parece machista.

—¡Eh! —gruñe la pelirroja, que se ha ofendido.

—Es verdad. Usas la excusa que ellos mismos han propiciado durante milenios: «Los tíos son tíos». —Su tono de voz permanece neutro, no se altera y continúa exponiendo su punto de vista—. No lo son, son personas como nosotras y hay que empezar a responsabilizarlos y a asumir que tienen más de un par de neuronas. Aunque la sociedad les permita usar solo una.

El silencio inunda la cocina. Nuestra amiga analiza las palabras de Irene y su rostro pasa de una emoción a otra en cuestión de segundos hasta que llega a una conclusión.

—Lo de aguantarlos en la línea erótica te está dando un conocimiento de la mente masculina increíble. Joder, rubia, tienes razón. —Me quedo en silencio y muerdo mi labio con ímpetu hasta que me arranco un par de pieles y siento el escozor. La pelirroja se acerca a mí con una sonrisa maléfica—. Te ha pasado lo mismo que a mí y has pensado que era su novia.

—¿Yo? —Mi voz me delata y me sale un gallo. Olimpia insiste con una mirada acusadora—. Joder, vale…, lo pensé, pero porque los vi abrazándose y…

—¡Ya sé lo que ha pasado! ¡Le has montado una escena de celos!

—¿Una escena de celos? Pero ¿¡qué dices!? —protesto.

—No soy la única aprisionada entre las garras del patriarcado —se jacta.

—Lo primero, eso no es bueno y lo segundo, ¡no le he montado ninguna escena de nada! ¡No he sentido celos en ningún momento! —Irene apaga los fogones y decide no apoyarme. ¿Piensa que Olimpia tiene razón?—. No me miréis así, ¡que no han sido celos! La chica es su hermana. ¡Su hermana!

—Oh… —pronuncia Oli, que suele pensar con demasiada intensidad.

—Pero lo importante no es eso, sino que los dos son adoptados. —Si me esperaba algún tipo de reacción de máxima sorpresa por parte de ellas, no la tengo—. Quiere decir que he estado equivocada todo este tiempo con Saúl. Le he puesto verde, me he quejado de lo niñato pijo y clasista que es y resulta… resulta que… no lo es o, al menos, no del todo.

—¿Y eso es malo?

—¡Sí! —grito.

—No sé si es que tengo la cabeza llena de códigos y no entiendo nada o…

—Joder, es que… quiere decir que lo he prejuzgado mal y… Mierda. Ahora no sé cómo tratarlo y… Es que estoy hecha un lío.

Las tres permanecemos calladas y es el sonido de la campana extractora, del pan tostándose y de la película que tiene mi abuela lo que pone banda sonora a nuestro intercambio de miradas.

—Cariño, no estás hecha un lío —dice Olimpia cortando el momento—. ¡Es que te lo quieres follar!

Mi cara se transforma con una mueca de horror y me llevo una mano al pecho, la misma que sostiene la espátula con la que les doy la vuelta a los sándwiches. Soy Lara manos de espátula.

—Y es normal. ¿Tú lo has visto? ¡Qué digo! Lo tienes más que visto, ¡es un dios! Con esas espaldas anchas, cintura estrecha, glúteos altos y definidos, antebrazos marcados por esas venas, manos grandes…, ¡enormes! Y ese cuello, ese cuello cincelado por los genios renacentistas unido a esa mandíbula cuadrada, esos labios gruesos y esos ojos… ¡Joder, qué ojos azules!

—Empieza a preocuparme la cantidad de novela erótica que lees —le reprocha Irene, que mueve la sartén a la encimera y deja que los sabores se asienten.

—Saúl no me gusta —aclaro—. No me puede gustar —se me escapa.

Me doy cuenta de que no debería haber dicho eso en voz alta. Mis amigas se miran la una a la otra y yo me veo obligada a justificarme.

—Me tengo que centrar en mi abuela. Sigo con el maldito trámite del centro de día y bastante tengo ya con eso, además del trabajo y la carrera. No puedo descentrarme más —insisto.

—Lara, no todos son como Pablo.

La mención de mi ex me trae la combinación de una arcada junto con un escozor lacerante en el fondo de mi garganta. Con Pablo tuve uno de esos romances que surgen por inercia. Tuvo mucho que ver el contacto diario y el formar parte del mismo grupo de amigos del barrio. Esos dos factores hicieron que juntos tuviéramos nuestro primer beso, nuestro primer polvo, nuestras primeras veces de todo lo romántico. Menos las idas y venidas, de esas tuvimos la primera, segunda, tercera, cuarta, quinta y hasta sexta durante cinco años.

El punto final lo puse yo. Era marzo, para ser exactos el día 18. Llovía mucho, una de esas tormentas de finales de invierno que avisan de que la primavera está a la vuelta de la esquina. Pablo y yo habíamos tenido la noche anterior una discusión, una de las fuertes, una que me hizo darme cuenta de que aquello debía terminar. Él entró en la cafetería. Le había pedido que hablásemos una vez acabara mi turno. Me arrepentí de haberlo citado allí y no en un sitio donde acudiese menos. Aunque, si soy sincera, había pocos rincones del barrio donde no hubiésemos vivido algún momento juntos.

Se sentó frente a mí, de cara a la puerta de salida. Supe que estaba tomando la decisión correcta. En realidad, lo supe la noche anterior cuando la palabra «carga» y «tu abuela» habían formado parte de la misma oración. Pablo decía entender mi situación, pero, en realidad, no lo hacía. Yo tenía una «carga». En su cabeza, en su vida sin responsabilidades, el bienestar de mi abuela era tachado como tal. Cuando comprobé esto me rompí en mil pedazos y quise desprenderme de toda unión con él. Porque no era solo que lo pensase, fue que me lo echase en cara, casi como si yo hubiese elegido perder a mis padres y al abuelo y también hubiese decidido borrar los recuerdos de la abuela y perderla día a día.

Concluí que lo mejor era dejar a una persona que no iba a apoyarme, que veía a la abuela, mi única familia, como una «carga». En esa última conversación con él me di cuenta de otra cosa, de que, en realidad, y pese a que mis amigas y sus familias lo quisiesen negar, estamos solas, estoy sola.

Por eso he asumido que en algún momento ellas también se irán. Irene y Olimpia volarán lejos cuando puedan y yo me alegraré, porque es lo que más deseo en este mundo, ver que realizan todos los sueños que han tenido que aplazar. Y ellas se irán. Y yo me quedaré. Me quedaré hasta que la abuela no me recuerde para poder recodar por las dos a todos los que un día pasaron por nuestras vidas. Porque he asumido que tengo raíces en vez de pies que me clavan a esta tierra; he asumido que soy la que se queda, a la que el tiempo conserva entre estas calles y soportará los elementos, el paso de los días, las semanas y los años. Cuando no quede nada ni nadie que conozca, yo recordaré y eso…, eso es algo que asumí aquel 18 de marzo sentada frente a Pablo.

—Por suerte —agrego cuando regreso de mis divagaciones y trato de ocultar el nudo en mi garganta—, pero no es eso. En serio, Saúl no me gusta. Es solo que me siento un poco mal y bastante estúpida por haberme creado esa imagen de él. Le he echado en cara cosas que… no tenían razón de ser.

—Pues ya sabes lo que te toca, ¿verdad? —Coloco el último sándwich sobre la bandeja al mismo tiempo que Irene coge la olla e inicia nuestro camino de vuelta al salón-comedor—. Discúlpate con él. Tal vez el arquitecto tenga menos prejuicios que tú y te perdone.

—Ojalá no lo haga —replica Olimpia con malicia.

—Gracias por los ánimos.

—Ni caso, está irritada porque Mariano Quesada quiere quedar con ella este fin de semana también —cuenta Irene.

—Es que yo solo le quería para…

—¿Darle celos a Arturo? —completo por ella.

—No. Solo para pasar una tarde y punto. No para algo más —refunfuña Oli.

—¿No lo pasaste bien en la cena?

—Sí —contesta—, pero…, no sé. Fue… aburrido.

—¿Aburrido?

—En sí el chico fue majo, no digo que no, pero me faltó algo.

Frunzo el ceño y la analizo con detenimiento.

—¿No será que no estabas bajo la presión de que os pillasen juntos? —Mi amiga aprieta los labios. Lo sabía—. Oli, lo normal es vivir con tranquilidad y lo que esto demuestra, una vez más, es que lo que tienes con Arturo no es sano. Recuerda que hay mariposas en el estómago que son señales de alerta.

Hace un aspaviento.

—Bueno, es igual. No estamos aquí para hablar de Mariano Quesada. Estamos para hablar del arquitecto y lo que vas a hacer. ¿Le vas a pedir perdón o te va a poder el orgullo?

18
Pesadillas

Lara

Disculparse puede parecer sencillo y supongo que para la mayor parte de la gente lo es, pero para alguien tan cabezona como yo, admitir que ha metido la pata hasta el fondo es difícil. Proteger mi orgullo siempre ha sido clave para mí. Camino con una piedra encerrada dentro del estómago porque sé que, con toda probabilidad, Saúl ya estará dentro, seguro que con un té verde y puede que con un trozo de bizcocho de limón.

—Y si no… se lo sirvo —murmuro abriendo la puerta.

—¿Servir el qué?

El arquitecto está sentado junto a la ventana y me sonríe mientras cierra el portátil y se recoloca las gafas que se han deslizado sobre el puente de su nariz.

—Saúl. —Sube las cejas debido a que permanezco callada tras pronunciar su nombre—. Hola.

—Hola.

Doy un paso adelante para dirigirme hacia la barra, pero me detengo y vuelvo a enfrentarme a él. Las disculpas, como las tiritas, hay que quitarlas rápido.

—Saúl —repito.

Él sigue con la vista fija en mí, no se ha movido ni un milímetro.

—¿Sí?

—Yo... —Recuerda, Lara, tirita—. Te debo una disculpa.

El arquitecto parece genuinamente sorprendido y su sonrisa da paso a una mueca de confusión.

—Y, antes de que añadas nada, déjame decirte que puede que te haya tratado con condescendencia en más de una ocasión, pese a que quizá tú lo hayas ignorado por completo, pero recuerdo muy bien lo borde que he sido. Por ejemplo, cuando te dije lo de que eras un niño rico estirado o cuando me llevaste a la universidad y solté aquello de tener que devolverte el favor y que éramos muy diferentes...

Hago una pausa para tomar aire.

—¿Éramos?

—¿Qué? —Dudo en el siguiente paso que dar.

—Has dicho que «éramos» muy diferentes. ¿Ya no lo somos?

—No. Sí. —Me frustro—. Lo que quiero decir es que creo que te debo una disculpa por todas las veces en las que he sido una maleducada.

Él se echa hacia atrás en el asiento.

—Si lo dices por lo que pasó el otro día con mi hermana y lo que dije, puede que yo también haya pecado a la hora de hablar.

La disculpa es evidente en su rostro.

—No, no, la culpa la tengo yo e hiciste bien en callarme la boca.

—Lara...

—Ni se te ocurra —advierto—. Llevo tres días pensando en cómo pedirte perdón y ahora vienes tú a pedírmelo y... Ha sido culpa mía, en serio, culpa mía.

Trato de que mis ojos reflejen el pesar que no me ha dejado dormir estas noches y que ha otorgado a cada pedazo de comida que llegaba a mi boca un toque amargo.

—¿Disculpas aceptadas? —le pregunto—. Puedo traerte un trozo de bizcocho de limón.

El arquitecto se inclina hacia delante y sus comisuras se elevan poco a poco hasta formar una sonrisa enorme que deja al descubierto unos dientes blancos y pequeños.

—Eso es utilizar contra mí una de mis mayores debilidades.

Aprieto los labios para no contagiarme de su buen humor y de esa sonrisa que entrecierra sus ojos.

—Sería una ofrenda de paz —confieso—, bueno, eso y que me gustaría ayudarte con nuevas ideas para las obras. Tengo en mente varias cosas y también he preguntado a mis amigas para ver si podían iluminarme en algo que me podría haber olvidado.

—¿De verdad? —El interés genuino que refleja su rostro me advierte de que mis disculpas están más que aceptadas—. Eso sería un alivio porque la verdad es que no paro de discutir con mis jefes.

Tiene las ojeras más marcadas que de costumbre y compruebo que no se ha afeitado la barba y una suave sombra recorta su mandíbula.

—¿Y eso?

La alerta se dispara en su mirada.

—No, nada importante. —Tose y se rasca la nariz—. Es que un proyecto de esta magnitud a veces sufre cambios conforme se detectan cosas y no siempre es fácil tener a los de arriba contentos cuando una decisión puede afectar al presupuesto.

—Vaya…

—¡Lara! —me llama Nadima.

Al volver la cabeza hacia mi jefa, esta me apura con un gesto. Es verdad, tengo que trabajar.

—Será mejor que arranque ya.

—Perdón por entretenerte.

—No intentes empezar una lucha de «perdones» conmigo. Soy muy competitiva.

Le arranco una risotada a Saúl, y es extraño, pero me siento bien al lograrlo. Corro hacia la barra, dejo el bolso y el abrigo y me coloco con rapidez el delantal.

—¿He interrumpido una conversación importante? —curiosea Nadima.

—No, solo…, solo le he pedido disculpas —reconozco.

—¿Disculpas? Entonces poco ha durado esa charla. —Le lanzo una mirada cargada de reproche—. Muy poco.

No respondo y me acerco a la vitrina para sacar el bizcocho de limón. Por el rabillo del ojo vislumbro la sonrisa descarada de mi jefa y el burdo intento de disimular una carcajada. Corto un trozo del pastel, lo decoro con azúcar glaseado y preparo un nuevo té para Saúl. Se lo dejo todo en la mesa y él me responde con un asentimiento de cabeza mientras atiende una llamada telefónica.

Las campanillas de la puerta tintinean y nos avisan de la llegada de nuevos clientes y a partir de ese momento empieza un goteo constante que me hace ir de un lado para otro el resto del turno. Cuando queda una media hora de mi jornada por fin logro tomarme un respiro. Me sorprende ver que Saúl no se ha movido y que sigue aún en la mesa junto a la puerta, pero con muchísimo peor aspecto.

—Toma, llévaselo —me pide mi jefa.

—¿Té negro?

—Es lo que acaba de pedir.

Coloco la taza en la bandeja y me aproximo a él. Su pelo está revuelto de tantas veces que ha pasado los dedos por él y su cuerpo está alicaído. Tiene los hombros curvados hacia delante y sus ojos se mueven con rapidez por la pantalla como si buscara algo, pero sin hallarlo.

—¿Se resiste?

—Lara, gracias. —Suena casi a súplica—. Se me resiste, sí.

Me asomo sin disimulo y analizo la pantalla. La tiene dividida en cuatro cuadrantes diferentes y veo desde planos hasta varias fotografías.

—Vaya, se me había olvidado cómo era antes el barrio —digo señalando justo al recuadro en el que se muestra una foto de la plaza de la iglesia—. Es el lugar donde se hacían la mayor parte de los eventos, hasta nos solíamos juntar para las uvas en Nochevieja.

—Dejó de hacerse en el 2001 —responde él y yo me quedo muy sorprendida—. Eh, es… es lo que me contó doña Ángela el otro día.

—Sí, qué buena memoria tiene.

—He visto que la iglesia está abandonada —trae a colación el arquitecto.

—Sí. Hace unos años el cura abandonó el edificio y se trasladó a una nueva edificación que está cerca de la rotonda de la M-40 —le cuento—. No soy nada creyente, pero fue una pena. No por todo el tema de encontrar a Dios y eso —aclaro—, pero era uno de los centros neurálgicos del barrio. Ahí se hacían recogidas de comida, también de material escolar para los nuevos cursos, se daban clases entre los vecinos y hasta se celebraban algunos cumpleaños. Que dejasen el edificio solo ha servido para que ahora se convierta en un sitio de trapicheo.

Saúl aprieta la mandíbula y sus dedos se cierran poco a poco hasta que oigo crujir sus nudillos. Está… ¿enfadado? ¿El comentario sobre la iglesia le ha molestado? Pues anda que voy buena, pensaba que habíamos limado nuestras asperezas.

—En casa tengo montones de fotos —digo—. A lo mejor pueden ayudarte a encontrar inspiración.

Saúl regresa de algún rincón de su mente.

—¿Fotos?

—Sí, del barrio. Mi madre era una fanática de la fotografía y, desde que se hizo con una réflex de segunda mano, se pasaba los días con ella y no perdía oportunidad. Si creía tener una buena instantánea entre sus manos, disparaba.

La añoranza es una mala amiga que me atrapa por detrás y clava sus zarpas en mi espalda. Hay un deje de dolor que me invade la garganta cuando hablo de ellos, sobre todo cuando lo hago con alguien que no conoce su trágico final. Saúl no deja de mirarme con sus ojos azules.

—Yo no heredé esa faceta artística, por lo que no sé si son buenas o no, pero todo el mundo siempre decía que lo eran.

—Debió de ser duro perderlos. —La expresión de asombro en mi cara hace la pregunta sola, porque no tarda en añadir—. Te refieres a ella en pasado. He dado por supuesto que tus padres fallecieron. Nunca hablas de ellos y me dijiste que estás sola cuidando a tu abuela.

Tiene lógica lo que dice, pero me sorprende su nivel de comprensión.

—Fue hace años —respondo, porque esa frase suele hacer pensar a la gente que duele menos. Falacias, no es que duela menos, es que te acostumbras a que duela—. ¿Quieres venir a casa?

—¿Cómo? —Juraría que las mejillas de Saúl están más encendidas o puede que solo sea la luz que juega a crear sombras.

—Para ver las fotos. No sé, puede que te ayuden.

Parpadea varias veces y se frota la frente antes de contestar.

—¿Me las enseñarías?

Ahora que estamos frente a mi puerta, me han entrado unos nervios tremebundos que me hacen temblar y que ocasionan que mi columna vertebral sea atravesada por la electricidad. Logro abrir y me encuentro con Irene en la cocina, terminando de fregar los platos de la comida. Ella abre mucho los ojos al verme aparecer con el arquitecto, pero es discreta y lo disimula.

—Hola —saluda.

—Hola —responde él—, el otro día no nos presentaron. Soy Saúl, encantado.

—El gusto es mío. Soy Irene.

Se dan un par de besos después de que ella se seque las manos en un paño y los tres nos dirigimos al salón en donde la abuela tiene un café con leche delante y pinta sobre unos folios.

—No ha tenido muy buena mañana —me cuenta mi amiga en confidencia, que aprovecha que Saúl se ha acercado a ella para saludarla—. Ha pasado casi todo el rato en silencio y solo me ha pedido hojas para colorear.

—Lleva desde ayer muy taciturna —le explico preocupada.

—Eh, todas lo estamos con estos días de lluvia, no te preocupes en exceso. Necesitamos nuestros días tristes.

Asiento y acompaño el movimiento con una sonrisa afligida. Sé que tiene razón, pero es duro ver a alguien como la abuela, que en su momento fue un muro inamovible, y, sin embargo, ahora muestra una apariencia tan delicada como el cristal fino.

—Debo irme, tengo sesión con la preparadora de las oposiciones —avisa Irene—. Pasad buena tarde.

Agradezco que haya sido ella y no Olimpia la que me ha visto aparecer con él en casa porque sé que mi amiga la pelirroja habría soltado alguno de sus comentarios fuera de lugar con lo que el ambiente se habría enrarecido con Saúl.

—Hasta la próxima —dice él.

El sonido de la puerta nos avisa de que nos hemos quedado los tres solos y le muestro al arquitecto que puede tomar asiento mientras yo dejo mis cosas en el cuarto. Él obedece y, en lo que tardo en ir y volver, ha llenado la mesa con algunos de sus planos y el portátil. También acaricia con cuidado una de las flores de papel que hay en el florero que decora el centro. Recuerdo la otra vez que estuvo aquí y en cómo en aquella ocasión también le llamaron la atención. Es normal, la casa está plagada de ellas.

—Las hacía mi abuelo. —Él se da la vuelta, pero su mano sigue acariciando el pétalo de papel—. Se las regalaba a mi abuela todos los días. Solía recoger hojas de periódico que encontraba tiradas por ahí y le hacía las flores cuando volvía a casa en el bus. Le prometió que algún día serían de verdad, pero ella decía que estas tenían más valor, porque él las hacía con sus propias manos, callosas, secas de pasarse horas trabajando en la obra. —Me acerco a él y sonrío con añoranza al recordar al abuelo—. Así que él siguió haciéndoselas porque adoraba ver la cara de ilusión que ella le ponía.

Saúl y yo nos miramos. El silencio inunda el espacio entre nosotros, el silencio y una corriente paradójica. Los nervios me hacen actuar y me alejo de él.

—Voy a buscar los álbumes, están en el mueble de debajo de la tele.

Me acerco hasta allí y saco varios de ellos con diferentes fechas. Le paso a Saúl uno de los tomos y aprecio que lo abra con tanta delicadeza.

—Vaya, estas fotos son muy buenas. No exagerabas.

—Lo sé —respondo orgullosa—. Uno de los pocos recuerdos que conservo de mis padres es que él siempre le decía a mi madre que debería haberse dedicado a la fotografía.

—¿Por qué no lo hizo?

—Las fotos no daban mucho dinero y al final se convirtió en un pasatiempo.

Saúl se queda taciturno.

—Es una pena, el mundo se ha perdido una visión muy particular y hermosa.

Sonrío hasta notar mis mejillas tirantes. Ojalá ella pudiese escuchar las palabras de Saúl. El arquitecto saca varias de las instantáneas de sus lugares y, tras pedirme permiso, hace fotos de ellas con su teléfono.

—¿Te gustaría tomar un café?

—Claro —dice y se levanta. Lo miro confundida—. No esperarás que me quede sentado, ¿no?

—Bueno, eres mi invitado. Lo suyo es que te quedes sentado.

—Medio invitado —responde con una sonrisa traviesa—, ten en cuenta que me estás ayudando, por lo que no puedo permitir que la balanza vuelva a desequilibrarse.

Quiero replicar, pero él ya se ha adelantado y está de camino a la cocina. Al llegar allí coge la cafetera italiana y la desmonta.

—¿Dónde tenéis el café?

Me aproximo para tratar de hacerle volver al salón.

—Saúl, de verdad que no hace falta que me ayudes. Te recuerdo que trabajo en una cafetería —insisto.

—Sabes que eso es solo una razón más para que esté en la cocina, ¿verdad?

Se gira hacia mí y nos quedamos frente a frente. El único sonido que percibo es la respiración profunda y lenta de Saúl, interrumpida por un instante en el que traga saliva. Me fijo en sus pestañas oscuras, espesas, que enmarcan ese azul oscuro de sus iris; unos iris que no se apartan de los míos. Él sonríe de medio lado una vez más y deja caer un poco los párpados. Mi corazón golpetea con fuerza dentro de mi pecho.

—¿El café?

—¿Café? —Mi cerebro consigue oxigenarse tras la tercera bocanada de aire que introduzco en mis pulmones. Instante que utilizo para poner distancia entre ambos—. Oh, ¡claro! El café está aquí.

Retomo el control de mis acciones e ignoro por completo los reclamos de mi piel por permanecer un poco más cerca de él y me alejo para buscar la mezcla. Cedo y se la paso para que sea él quien lo prepare. Saco las tazas y un paquete de pastas. Permanezco de espaldas a Saúl, aunque el vello de mi nuca se eriza cuando lo detecto moverse de un lugar a otro. ¿Qué me pasa? ¿Qué me ocurre con el maldito arquitecto? Si hasta hace cuatro días no lo soportaba.

La cafetera empieza a burbujear con suavidad a los tres minutos. Saúl no se ha movido de delante de los hornillos y, ahora que he terminado con las tazas y el plato con las pastas, mis manos están ociosas. Entonces escucho a la abuela hablar. Dudo de si me está llamando, por lo que salgo hacia el salón. En el umbral me detengo y la observo. No me ha llamado a mí, sino que está teniendo otra de sus conversaciones. Pongo atención y descubro que, esta vez, es con el abuelo. Mis manos se aferran al marco de la puerta.

—El café ya está listo. ¿Quieres que lleve la cafetera al salón o nos servimos en la cocina directamente? —El arquitecto se dirige hacia mí—. ¿Lara? —pregunta al ver que no respondo—. ¿Pasa algo?

Tengo los ojos llorosos cuando lo miro, por lo que parpadeo con rapidez para que no lo perciba, aunque dudo mucho que no se haya dado cuenta.

—Está hablando sola otra vez —le explico—. Empezó hace un año a… a ver a mis padres y al abuelo. —Saúl contempla a la abuela desde nuestra posición y comprueba lo que digo.

En un principio no hace ningún tipo de comentario, solo la contempla. No hay burla en su rostro, pero tampoco preocupación. Se mantiene sereno, como si fuese lo más normal del mundo y no entiende lo mucho que me calma su actitud.

—¿Y si de verdad puede verlos? —cuestiona y me impresiona mucho su pregunta.

—¿Crees en los fantasmas?

—No en esos —añade. Sus hombros se redondean y su cabeza se agacha—, aunque sí que creo que a tu abuela le debe de tranquilizar la idea de poder volver a ellos.

—Supongo que sí —murmuro—, pero esto quiere decir que la enfermedad empeora, que cada vez está más lejos de mí.

Tiemblo. Su mano se levanta en el aire; sin embargo, justo antes de apoyarla en mi hombro, la baja. Pero no se aleja, sigue cerca y trata de amansar su presencia, de parecer inofensivo.

—No pienses eso —dice al fin—, la gente que queremos y que nos quiere nunca se aleja de nosotros. Voy a sonar muy cursi en este momento, pero tu abuela siempre va a estar contigo. En todo lo que hagas. Es parte de la magia que tiene querer, que en nosotros siempre queda un pedacito de esas personas.

Sonrío con amargura. Porque intento creer a ciegas en lo que dice. Sé que tiene razón, pues en mí hay partes de mi padre, de mi madre y del abuelo. No se han ido, siguen a mi lado porque han sido ellos quienes me han moldeado desde que soy pequeña y es por ellos que soy quien soy. Me tomo unos minutos más para recomponerme. Admito que la presencia cercana de Saúl es reconfortante y ha logrado que este instante tan doloroso, en el que soy plenamente consciente del camino de no retorno de la abuela, sea más llevadero.

—¿Vamos a por ese café? —ofrezco.

—Detrás de ti —responde colocándose las gafas de nuevo en su posición, en ese gesto que ya reconozco tan propio de él.

Nos servimos un par de tazas y regresamos al salón. La abuela continúa su conversación con el abuelo y lo hace durante un largo rato, incluso parece que discute con él sobre pequeñas rencillas pasadas. Saúl y yo compartimos un par de risillas mal disimuladas que, por suerte, ella ignora. Más pronto de lo que me gustaría, el sol se pone y los bostezos por parte de ambos se suceden. Hacemos una pausa cuando llega el turno de cenar de la abuela. Le ofrezco preparar un picoteo, pero él se niega.

—Voy a acostarla.

—Tranquila, haz lo que necesites, yo voy a ver si consigo rematar esto último y... —Un bostezo le interrumpe.

—Está bien —digo con una carcajada—. No tardo mucho.

Cambio a la abuela, le echo crema con cuidado por todo el cuerpo y la ayudo a cepillarse los dientes.

—Buenas noches, abuela —me despido de ella con un beso en la frente y vuelvo al salón.

La estancia está sumida en la quietud. No escucho ni el tecleo constante de Saúl en su portátil.

—¿Arquitecto?

No recibo respuesta porque lo encuentro dormido sobre la mesa. Camino despacio y lo recorro con la mirada. Está relajado y pequeños ronquiditos escapan de su pecho. Entrecierro los ojos y me permito este instante para analizarlo en detalle. Me fijo en el pelo negro que cae sobre la frente; en las cejas anchas y espesas pero bien peinadas y desciendo hasta las gafas que descansan en el puente torcido de su nariz, el mismo sobre el que han dejado marca a la altura de sus lagrimales. Contemplo las pestañas largas con vetas castañas entre las negras, apoyadas sobre un par de marcas púrpuras que ahora se notan aún más sobre su piel blanca y pecosa. Y... los labios finos pero marcados con ese tono rosado oscuro que los hace destacar tanto, rodeados de una barba castaña con toques pelirrojos. El pensamiento de acariciar su pelo atraviesa mi mente, pero un cambio brusco en su expresión hace que me olvide de ello. Eso y los murmullos cargados de terror de Saúl.

—No, por favor. No me hagas daño. —Lloriquea frunciendo el ceño—. No, no, prometo que no..., por favor. Por favor —suplica sin cesar.

—Saúl. —Lo zarandeo—. ¡Saúl!

Sus ojos se abren y se tapa con las manos para protegerse de su agresor. Le cuesta darse cuenta de quién soy y de dónde está. Su rostro cetrino me asusta.

—Estabas soñando.

—Yo... tengo que... —Se pone en pie deprisa y mete todas las cosas con una velocidad pasmosa en la bolsa.

—Saúl, ¿estás bien?

—Sí, solo ha sido una pesadilla. —Pero el hecho de que no me quiera mirar a la cara y de que le tiemblen las manos no me tranquiliza—. Es tardísimo y ya te he robado todo el día.

—No me has robado nada, ha sido bonito compartir contigo las fotos de mi madre —admito.

Es el único momento en el que él se detiene. Sus ojos azules son como tormentas en el mar.

—Gracias por haberlo hecho —expresa con gratitud.

Se pasa la lengua por los labios y su respiración parece volver un poco a la normalidad, eso no evita que su rostro siga transformado por el miedo, desencajado.

—¿Te acompaño al coche? —le ofrezco una vez se pone el abrigo y se lanza hacia la puerta.

—No, no, no. Ya has hecho suficiente por mí hoy y es muy tarde.

—No pasa nada, solo tengo que coger el abrigo.

—No, de verdad, me… me voy…, me voy ya. Adiós.

Abre y, sin mirar atrás, comienza a bajar los escalones de tres en tres. Para cuando me asomo, él ya ha terminado de bajar el primer tramo de escaleras y está a nada de comenzar el segundo. Lo dejo marcharse, pese a que la angustia y la adrenalina me recorren las venas.

19
Rayo de sol

Lara

Está inquieta, su cuerpo se mueve de un lado a otro, estudia, pero a la vez toda su atención está en la pantalla del teléfono.

—¿Esperas la llamada de alguien? —pregunto como quien no quiere la cosa.

—¿Qué?

—Que si estás esperando la llamada de alguien.

Irene me mira, el nerviosismo recorre su rostro y hace que sus pupilas se dilaten.

—No se lo digas a Olimpia —me pide.

—¿Qué pasa? No me asustes.

—Le he dado mi número privado al chico de la línea erótica.

La miro. Luego miro el móvil. De nuevo a ella.

—Sé que vas a decir que ha sido una mala idea.

—Irene...

—¡Lo sé! Lo sé..., créeme que lo sé, pero tienes que entenderme.

La capa acuosa que baña sus ojos me deja de piedra.

—Dios mío, te estás enamorando de él —digo con gravedad.

Agacha la cabeza y hunde los hombros. Aparto los apuntes, yo también estaba estudiando, muy consciente de que ni de broma voy a concentrarme en ellos lo que resta de tarde y centro mi atención en ella.

—Ire…

—Sé que soy una ridícula. ¿Quién demonios se enamora de un tío sin verlo? Encima después de conocerlo en una línea erótica.

Cubre su rostro con ambas manos y la primera lágrima cae sobre la mesa. Indago si la abuela está con la oreja puesta en nuestra conversación y me alegra comprobar que está muy atenta a la película de la tele y no se da cuenta del cataclismo en el que está metida mi amiga ahora mismo.

—Borra de tu mente eso de que eres una ridícula, eres humana y es normal que si habláis mucho…

—Todos los días.

—¿Todos? Ni siquiera nosotras nos vemos todos los días y vivimos enfrente.

—Y al menos hablamos dos veces, por la mañana y por la noche.

—Jo-der.

Mi amiga rompe a llorar.

—Llevo días pensando en cómo dejarlo. —Se sorbe los mocos antes de continuar—. Bueno, dejarlo…, ni siquiera estamos juntos. Dices que no, pero es que esto es ridículo. Completa y absolutamente ridículo.

Se echa sobre la mesa y se deshace entre sus lágrimas. Yo paso mi mano por su espalda en un suave masaje que busca infundirle un poco de consuelo.

—A ver…, Irene…, escúchame.

Mi amiga eleva un poco la cabeza y veo los churretones a causa de la llantina.

—¿Por qué no quedas con él?

—¿¡Qué!? Pero ¡cómo voy a hacer eso! —clama entre hipidos.

—Ah, mucho más lógico ponerse a llorar como una Magdalena en mitad de nuestra sesión de estudio mientras no dejas de mirar la pantalla del móvil por si te llama. ¡Claro! —respondo con ironía.

Ella no acepta muy bien mi comentario y vuelve a hundirse en la mesa.

—Es que no lo entiendes. —Es lo que logro dilucidar de lo que murmura.

—Estás asustada.

—Pueden salir tantas cosas mal, pero, si seguimos así, si no dejamos de hablar por teléfono…

—¿Y es eso lo que quieres? —pregunto—. Que no me responda la Irene asustada, quiero que hable la Irene sincera, ¿qué es lo que de verdad deseas?

—Quiero que salga bien —confiesa con un nuevo torrente de lágrimas—. Quiero que alguien se enamore de mí con la misma intensidad que lo puedo hacer yo y quiero que salga bien. Que sea una buena persona, que nos cuidemos el uno al otro, que sea mi mejor amigo. Eso quiero.

—¿Crees que este chico puede llegar a cumplir eso?

Se queda callada.

—No lo sé. No lo sé, Lara.

Tiene los ojos rojos e hinchados y es incapaz de cortar su llanto.

—¡Hazlo, chica! —grita mi abuela. Por un segundo creo que se lo dice al televisor, pero no, se lo ha dicho a Irene—. Toma el consejo de esta anciana, uno en la vida se arrepiente mucho más de lo que no hace que de lo que hace. ¿Qué te dicen las tripas?

—Ahora mismo que necesito una tila.

—Te la preparo —me ofrezco.

Me levanto y voy hacia la cocina para hervir el agua. Coloco la bolsita en una taza y, cuando el agua llega a ebullición, la echo. Camino de nuevo hacia el salón, pero me quedo en el umbral de la puerta para escuchar lo que la abuela le está diciendo a mi amiga.

—Irenilla, con lo fuerte que tú eres.

—Doña Carmen, eso es usted, que me ve con buenos ojos —replica ella que tiene un pañuelo entre las manos y trata de dejar de llorar.

—No, te veo con los ojos de alguien que te conoce de toda la vida y ahí donde tú te ves tan débil reside mucha fuerza. —Mi amiga sonríe de oreja a oreja, complacida por las palabras de la abuela—. Solo alguien fuerte puede ser tan generoso y amable con el resto, los débiles de verdad son rudos en sus modales y nunca piensan en los sentimientos de los otros. Exige mucha entereza querer como tú lo haces.

—¿Y de qué me sirve si luego me entra este miedo?

—Eso es porque no estás viviendo en el ahora, estás viviendo en el futuro —le explica con sabiduría—. ¿Te puedo confesar una cosa? —Irene asiente con la cabeza—. Cuando perdí a mi hija, me pasó como a ti. —Trago saliva—. Vivía horrorizada ante la idea de que le pasase algo a Larita. Me volví un ser temeroso, no quería que me quitasen a mi pequeña y… —La abuela tiene que parar cuando la emoción la sobrepasa—. Cuando perdí a mi Jacobo…, ahí sí que entendí que la vida es efímera, que es como una lluvia de verano, intensa pero corta, muy corta. ¿Y sabes lo que hay que hacer con las lluvias de verano?

—¿Meter la ropa dentro de casa y resguardarse de ellas? Sé que me va a decir que no, pero es lo primero que he pensado.

—¡Niña, las lluvias de verano hay que bailarlas! Una debe bailar bajo esas lluvias, así como debe hacerlo con la vida. —Suelta una risotada—. Lo que te quiero decir con esto es que te arriesgues, siempre con un mínimo de precaución y cordura, claro; pero arriésgate.

—Doña Carmen, justo eso es lo que más temo, arriesgarme y que me rompan el corazón.

La abuela chasquea la lengua de forma muy sonora.

—Nunca se debe temer a un corazón roto —sentencia con vehemencia—. El corazón hay que ponerlo en todas partes para que aprenda, se divierta, luche, vuele y se caiga. ¡Para eso está! ¿Tú sabes lo duro que es el corazón? Lo único que nos queda cuando no tenemos nada es esta cosa que late con fuerza dentro de nuestro pecho. —Su cuerpo se inclina más hacia delante, presa de la pasión de su discurso—. Aprende de quien lo ha perdido todo y, aun así, piensa seguir adelante hasta que la cabeza no le dé, porque esto —no la veo, pero sé que se señala el pecho— puede más que esto. Ya sé que dicen que al final todo está en el cerebro, pero, si fuese cierto, los días en los que no reconozco a mi nieta serían oscuros… y no lo son. Hay una parte de mí que aún sabe que Lara y yo tenemos una conexión más allá de toda lógica. Las mañanas en las que la niebla es espesa en mis recuerdos, una luz aparece cuando la miro a la cara. Sin saberlo, la recuerdo y eso no creo que sea mi cabeza, eso es mi corazón.

—Joder, doña Carmen, si es que me va a hacer llorar más, pero de lo bonito que es lo que ha dicho.

Irene gime y se aguanta un sollozo.

—Pues no seas boba y lánzate. Es lo mejor que puedes hacer, también para dejar de tener la cabeza en las nubes, que desde que has llegado esta tarde a casa no has estudiado nada. ¡Y tienes que sacarte las oposiciones!

—A usted no se le escapa ni una… —reconoce con una risilla mi amiga.

—Alguna cosa, alguna cosa…, pero ya sabes lo que dicen: más sabe el diablo por viejo que por diablo.

Ambas se ríen y aprovecho el momento para entrar en el salón.

—Vaya, menudo cambio de atmósfera.

—Tu abuela, que cura con sus palabras.

Le llevo la infusión a Irene y ella sopla para tomársela. Yo aprovecho para intercambiar una mirada cómplice con la abuela y darle las gracias en silencio. Me guiña un ojo y ahora soy yo quien tiene que tragar con fuerza para no llorar porque ella también es mi rayo de sol en los días más grises.

20
Serendipia

Lara

Miro y remiro con insistencia un par de fotos. Una de ellas es de sus padres, están solos y es evidente que alguien se la hizo en un momento de confidencias. Ambos ríen, no hacia el objetivo de la cámara, sino entre ellos. Existe una complicidad tal que es hasta envidiable. La otra es de los tres, es probable que sea la única foto que se sacaron. Es la típica de fotomatón y Andrés debía de tener como mucho dos años. Se los ve felices. Eso es lo que más me perturba, el hecho de que, pese a todo lo que estaba ocurriendo, las drogas, el maltrato, el abandono..., aquí parecen felices, parece una familia con dos jóvenes que ama y quiere a su hijo. ¿En qué momento ese amor se diluyó? ¿Cómo pudieron dejar que la adicción ganase? ¿Cómo pudieron dejar de lado a su hijo? La rabia me consume porque yo daría todo por recuperar por entero a mi familia y ellos... ellos se dejaron vencer. Suena el timbre y me levanto para ver si se trata de las chicas. La sorpresa que me llevo al abrir la puerta es mayúscula.

—Hola —dice cortado.

—¿Saúl? —logro contestar.

Confieso que también me tranquiliza tenerlo aquí tras su huida la última vez que nos vimos. He dormido fatal dándole vueltas a su cara mientras soñaba, a su reacción al despertar y a cómo el miedo corría por su rostro como un animal salvaje.

—¿Estás bien? —pregunto antes de que pueda añadir nada—. El otro día me asusté mucho y no tenía forma de saber si habías llegado bien a tu casa.

Saúl palidece y sus ojos se clavan en el suelo. Pasa la palma de su mano en repetidas ocasiones por su pantalón vaquero nervioso.

—Llegué bien. Siento la escena que monté y cómo me fui, es solo que… ¿Dije… dije algo que…? —No puede acabar la frase y decido ponérselo fácil.

—Pedías que te dejasen en paz.

Respira más tranquilo y se pasa la lengua por los labios antes de sonreír con amargura y decir:

—Una mala pesadilla. Seguro que a causa del estrés.

Juraría que miente. Hay algo más que estrés, pero no insisto, no creo tener la suficiente confianza con él como para eso. El arquitecto sonríe de manera forzada. Tiene la cara pálida y las bolsas bajo sus ojos de color púrpura.

—Perdona por aparecer en tu casa sin invitación. —Se rasca la frente—. Es que… he encontrado esto entre mis papeles esta mañana y… —Saca de su maletín una de las fotos de mi madre—. He venido en cuanto he tenido un hueco, bueno, en realidad me he pasado por la cafetería primero, pero Nadima me ha dicho que no tenías turno hasta mañana y he estado a punto de esperarme, pero sé lo importantes que son las fotos de tu madre para ti y… por eso he venido. Espero no molestar —agrega.

—¡Claro que no molestas! ¡Adelante! —grita la abuela desde el salón antes de que yo pueda decir nada.

—No, no, solo he venido a dejar esto aquí, de verdad.

—¡No digas tonterías! Pasa, pasa.

Mi abuela se ha levantado y ha venido hasta la entrada. Sin dudarlo, lo coge del brazo y lo arrastra dentro.

—Seguro que llevas toda la mañana trabajando y no has parado ni un segundo. Siéntate, voy a servirte unas pastitas.

—Doña Carmen, no es necesario, yo…

—¿Cómo va el proyecto? Cuéntame, muchacho. ¿Te sirven de algo las indicaciones de mi nieta?

—Sí, mucho —admite él, que ha terminado sentado en el sofá.

La abuela ha abierto el mueble frente al televisor y ha sacado las pastas que compré ayer mismo. Me asombro al ver que lo recuerda y sonrío.

—Lara, trae la cafetera.

—Con las pastas está bien —añade Saúl con una disculpa en su rostro.

Le hago caso a mi abuela y llevo la cafetera, un par de tazas y leche hasta el salón.

—Di la verdad, arquitecto, ¿has venido a mi casa para que sea tu camarera? —comento con maldad.

—¿Qué? ¡No! Lara, yo… —Me echo a reír al ver su cara de incomodidad.

—Larita, no seas así con el chico.

Saúl se deja caer en el respaldo del sillón y recupera el aliento. La abuela no pierde la oportunidad y trata de sonsacarle toda la información que puede sobre los avances de la obra. Yo los dejo charlar y regreso a mi sitio en la mesa alta en donde tengo extendidos los objetos de la caja de Andrés. Empiezo a recogerlos y me percato de la mirada de Saúl. Él se da cuenta de que lo observo, aprieta los labios en una sonrisa forzada y regresa a la conversación con mi abuela.

Me quedo extrañada, pero no le doy más importancia. Meto los objetos dentro de la caja con cuidado y la llevo a mi habitación.

—¿Las fotos de mi hija pueden ayudarte? —le pregunta la abuela cuando regreso a la estancia.

Saúl no me ve, porque me quedo justo detrás de él.

—Muchísimo. Era una artista.

—Sí que lo era. Y Lara se parece mucho a ella.

—Entonces era muy guapa.

La afirmación del arquitecto acelera mis pulsaciones. ¿Acaba de decir que le parezco guapa? Agito la cabeza. No debería darle mucha importancia, a fin de cuentas, habrá sido para quedar bien con la abuela y nada más.

—¿Queréis más café? —ofrezco.

—No, está bien.

—Siéntate, Larita.

—Abuela, debería…

—Lo que tengas que hacer hazlo luego, tenemos visita.

Me gustaría responderle que la tenemos porque ella le ha obligado a entrar. Es mi día libre y el que suelo utilizar para las tareas más pesadas de casa como la colada o la limpieza a fondo del baño.

—Pero…

—Siéntate.

No puedo negarme. Hago caso y planto el culo en el sofá.

—Cuéntanos un poco más sobre lo que vais a hacer por aquí. Porque no me lo has contado antes, ¿no? —interpela, de pronto, consciente de que quizá Saúl ha podido compartir con ella dicha información.

—Lo cierto es que, con la cantidad de cambios que llevamos a cabo cada día, el proyecto está más vivo que nunca. —El arquitecto se rasca la cabeza.

—¿Eso es bueno?

—Ni bueno ni malo, solo más trabajo.

—Si es para mejorar la idea inicial, yo creo que es bueno —planteo.

El arquitecto asiente con un golpe seco de su cabeza y mira en dirección a la mesa grande.

—Supongo que sí. En ocasiones es complicado… —Tose y se recoloca el jersey—. La arquitectura a veces requiere pensar demasiado antes de actuar y uno puede llegar a perderse entre todas las implicaciones que suponen un solo cambio.

—Vaya, ¿y cómo es que terminaste siendo arquitecto, hijo?

La pregunta de mi abuela consigue captar la atención de Saúl y él la mira de lleno y sonríe de oreja a oreja.

—Fue gracias a mi madre. —Su rostro se ilumina por completo—. De pequeño me regaló un juego de construcción y me enseñó a crear un hogar. Fue gracias a ella que descubrí lo mucho que pueden hacer cuatro paredes.

Habría ignorado por completo el comentario si no fuese porque sé que es adoptado. Clavo mi vista en él y me fijo en cómo juguetea con sus dedos.

—Entonces ¿lo has tenido siempre claro?

—Oh, no. Ojalá —afirma con una risa grave que hace retumbar mi interior—. En un principio no iba ni a ir a la universidad.

—¿En serio? —pregunto con más asombro del debido.

Saúl gira la cabeza hacia mí.

—Muy en serio.

—¿Por qué? —se interesa la abuela.

—Soy disléxico y eso me hizo creer durante mucho tiempo que no valdría para nada.

Hay un peso considerable en lo que acaba de decir, un peso que me hace sentir como una mierda.

—En un principio pensé que mis problemas de aprendizaje se debían a que era tonto.

—¿Tú? ¿Tonto? ¡Eso cómo va a ser! —exclama la abuela, que nunca ha llevado bien que la gente se diga a sí mismo cosas negativas.

Saúl ríe con dulzura. Aunque a continuación su expresión se entristece.

—Hasta que me di cuenta de que yo tenía una manera distinta de ver las cosas, me creí a pies juntillas lo que… lo que algunas personas no paraban de repetirme una y otra vez.

Aprieta la mandíbula con tanta fuerza que temo que pueda hacerse daño en los dientes y, de manera instintiva, rozo su brazo. Cuando me doy cuenta de lo que acabo de hacer, aparto la mano para llevarla a mi cuello.

—Hay gente que no sabe vivir sin hacer de menos al resto. Pero ¡mírate! Con lo guapo que eres, lo alto, lo inteligente, lo generoso, divertido, carismático…

La abuela sigue con los halagos y me doy cuenta muy rápido de adónde quiere llegar, por lo que le lanzo una mirada de advertencia que ella ignora por completo.

—¿Y con novia?

—Ah, no, no. Estoy… estoy soltero.

—¿Eres de esos para los que su trabajo lo es todo?

Me llevo la mano a la boca e intento que Saúl no pueda verme mientras le pido a mi abuela que pare. Ella me sonríe con malicia.

—Es una parte importante, sin duda, pero no lo es todo, por fortuna —responde él, que se ríe y aguanta con destreza este momento incómodo como si no lo fuese.

—¿Estás esperando a la adecuada? —insiste.

Aguanto la respiración.

—No creo que exista una persona adecuada. —Presto mucha atención a lo que va a decir—. Soy más de los que piensan que uno a veces tiene la oportunidad de coincidir en la vida con alguien que le complemente y, con suerte, reencontrarse tantas veces que al final... ambos decidan permanecer en la vida del otro y hacer algo bueno de ese descubrimiento casual.

—Serendipia —digo en voz alta.

—Supongo que sí, serendipia —conviene Saúl.

Sus pupilas se dilatan y apenas dejan espacio para el azul de su iris. Hoy son de un tono más claro que de costumbre que me hace pensar en los nomeolvides. Él sonríe y yo le imito. Eso hasta que su mirada vuelve a perderse en el horizonte, más allá de la mesa grande del comedor, y comienza a toser.

—Siento tener que irme ya, pero...

—Trabajo —dice la abuela.

—Eh..., sí, mucho, además.

Se levanta del sofá y camina hasta la puerta.

—Saúl —lo llamo antes de que se marche. Se gira y me veo obligada a tomar aire antes de contestar—: Gracias por traer la foto.

—Debía devolvértela.

Sonríe y con un movimiento rápido de cabeza se despide de mí y sale de casa.

21
La flor

Lara

—Abuela, espera, dame un segundo —le pido al tiempo que dejo sobre la mesa su desayuno.

Esta mañana he tenido que volver a traerla a la cafetería. Nadie ha podido cambiar su horario para hacerme el favor y yo no he querido insistir, bastante han hecho ya mis amigas y sus familias por mí durante estas semanas como para exigirles nada. Eso ha llevado a que la traiga a la cafetería y la tenga sentada en una de las mesas que quedan frente a la barra para poder controlarla. En especial hoy, que parece que se ha levantado en una versión más infantil de ella misma, una abuela distinta que me pide hacer cosas por ella como quitarle el papel a la magdalena que le he servido, porque es incapaz de hacerlo sola.

—Buenos días, doña Carmen.

Reconozco la voz del arquitecto de inmediato.

—Yo te conozco —responde ella a la vez que entrecierra los ojos y trata de recordar su nombre.

—Soy Saúl.

—No —niega—. Ese no es el nombre…

—Toma, Carmen, aquí tienes tu magdalena —intervengo, y añado en voz baja hacia el chico—: Hoy parece que no has tenido tanta suerte y no te reconoce.

Deja su maletín a un lado, se quita el abrigo y toma asiento frente a la abuela.

—No sé si es buena idea que te sientes con ella.

—Siempre es buena idea sentarme con tu abuela —contesta con una sonrisa cómplice.

Me guiña un ojo y saca el portátil.

—Venga, tranquila, yo me quedo con ella mientras trabajas. Así nos hacemos compañía.

—¿Té verde y bizcocho de limón? —pregunto con una sonrisa que nace en mi interior y que mis labios no pueden contener.

Una sonrisa que grita gracias.

—Soy un hombre de costumbres.

—Ahora mismo te lo traigo.

Regreso a la barra. Nadima garabatea algo sobre la pizarra de especiales.

—Así que borrón y cuenta nueva, ¿eh? —inquiere sagaz—. Parece que ha aceptado muy rápido las disculpas y que, ahora que no prejuzgas todo lo que hace, te das cuenta de que es un buenazo.

—Oh, calla. Tampoco es eso. Es majo, vale, pero...

Mis ojos se desplazan por el local hasta dar con él. Está conversando con mi abuela al tiempo que ella dibuja sobre un par de folios con los rotuladores que le he traído esta mañana para que estuviese entretenida. La trata con paciencia, pero me gusta que no lo haga con una delicadeza extrema, sino que busca compartir con ella un momento. Hasta cuando lo interrumpe, Saúl no se lo toma a malas, sino que la escucha y responde en consecuencia para, cuando ella tiene la contestación y se queda tranquila, volver a su trabajo. Una exhalación complacida surge de mi boca y mis comisuras se elevan. Es una escena muy tierna.

—Ay, Lara, Larita…

—¿Qué?

—No, nada, nada. Voy a colgar esto fuera.

Preparo las cosas y las llevo a la mesa. Saúl se lanza a por el bizcocho nada más verlo, con tanto ímpetu que se mancha la mejilla con el azúcar y, llevada por el impulso, se la quito con mi pulgar. No soy del todo consciente de lo que he hecho hasta que retiro la mano de su rostro.

—Lo siento —me disculpo—. Perdona, ha sido un acto reflejo. Estoy tan acostumbrada a limpiar a la abuela cuando se mancha que no me lo he pensado.

—Tranquila —responde con una leve risa—, no te preocupes. Prefiero no ir con comida en mitad de la cara. ¿Lo has quitado todo?

Mi cabeza se mueve arriba y abajo. Me pongo tan nerviosa que me retiro, dejo la bandeja en la barra y decido tomarme un par de minutos en el baño. Abro el grifo y me echo agua para despejarme. ¿Qué demonios acabo de hacer? Pero es que me ha salido tan natural, tan… como si lo hubiese hecho antes. La sensación que me ha rodeado ha sido muy parecida a un *flashback*, lo cual no tiene ningún sentido. Ninguno.

—¿Lara? ¿Estás ahí? ¡Te necesito! —me pide Nadima.

—¡Voy!

Me doy tres segundos más delante del espejo y salgo. Cuando llega la hora de comer, el trasiego de gente es alucinante y juraría que el número de obreros que se pasan por la cafetería para comer aquí o llevarse algo para picar no ha hecho más que aumentar. Hacía años que el local no estaba tan lleno y no nos veíamos en la tesitura de estar las dos atendiendo detrás de la barra para dar abasto.

Hacia las cuatro de la tarde, el goteo de gente se hace más liviano, lo que me permite echar un rápido vistazo a las mesas que tengo que recoger y limpiar. Son casi todas, menos dos, y una de ellas es la que comparten mi abuela y Saúl. Él está con el teléfono y su cara refleja preocupación. Se masajea con fuerza las sienes y llega a quitarse las gafas en un gesto hastiado. Debido a la poca gente que hay, escucho casi toda su conversación con claridad.

—Sé muy bien lo que se presentó, te recuerdo que fui yo quien desarrolló la propuesta y quien la tuvo que defender —gruñe entre dientes—. Pues porque las cosas han cambiado, por eso.

Se da cuenta de que estoy cerca y, pese a que intento disimular y hacer como que no he escuchado nada, él baja la voz por lo que ya no puedo saber qué más dice. Sea lo que sea, por su lenguaje corporal es evidente que no le gusta nada lo que le han dicho. Cierra su portátil con un golpe seco, que me hace encogerme y se pone de pie.

—Carmen, siento tener que irme ya, pero ¿nos vemos otro día?

La abuela le hace un mohín y él se agacha junto a su oído y le susurra algo que logra que ella sonría.

—Lara —me llama caminando en mi dirección—, debo marcharme.

—Oh, está bien. Espero que no sea nada grave.

—No, solo… trabajo. Ya sabes —dice tratando de quitarle importancia, pero con la preocupación en su rostro—. Nos vemos.

—Claro, y, si puedo ayudar, ya sabes dónde encontrarme —me ofrezco para tratar de animarlo.

—Gracias.

Sin más, se recoloca el maletín sobre el hombro y sale del local al mismo tiempo que su teléfono suena de nuevo. Lo persigo con la mirada hasta que desaparece por completo de mi vista. Una risilla a mis espaldas me hace girar sobre mis talones. Nadima me contempla con una mueca pícara en la cara.

—Antes te he visto.

—¿El qué? —Me pongo nerviosa y esquiva.

—Cuando le has quitado el azúcar de la mejilla.

—Ha sido un impulso por…

—Porque te gusta.

—¿Qué? —bramo con una seca carcajada—. ¿El arquitecto?

—El mismo. El chico es guapo, amable y es muy considerado con tu abuela, que no deja de ser un punto muy a su favor. Y eso es lo que hace que te fijes más en él.

—¿Estoy agradecida de su trato hacia mi abuela? ¡Por supuesto! Pero de ahí a que me guste hay un largo camino. Larguísimo. Infinito.

—Ya, infinito. Como el suspirito que acabas de soltar al ver que se iba.

—Nadima, no saques las cosas de contexto —le recrimino.

—Ajá…, fuera de contexto.

—Voy a seguir a lo mío. —Agacho la cabeza y cojo el cajón lleno de platos y vasos.

Nadima está equivocada. ¿El arquitecto? ¿Gustarme? ¡Ni hablar! Bastante con que hemos aclarado las cosas y nos llevamos bien. Suficiente… Pero, por alguna razón, al pensar en mi pulgar rozando de nuevo su mejilla, sonrío. Cojo los medicamentos de la abuela y retiro ese pensamiento de mi cabeza.

—Carmen, es hora de tus pasti…

Me quedo en silencio. Sobre la mesa hay una flor de papel. Y no se trata de una cualquiera, es exactamente igual a las que hacía mi abuelo. Cuando digo exactamente igual, quiero decir que es una reproducción fiel.

—¿Carmen, de dónde ha salido esta flor? ¿La has cogido esta mañana de casa? —pregunto.

Es la única explicación lógica para que esté ahí. Seguro que en un descuido se ha hecho con ella justo antes de que saliésemos.

—No. Me la ha dado el chico de los dos nombres.

Su respuesta me deja más confundida aún.

—¿El chico de los dos nombres?

¿Qué dos nombres? ¿Tiene Saúl un nombre compuesto? Mi abuela no responde, está centrada en su labor de pintar la luna de color celeste. Eso no me detiene e insisto.

—Carmen —la llamo y me acerco más a ella—, ¿esto te lo ha dado Saúl? ¿Es él el chico de los dos nombres? El chico que estaba sentado contigo. ¿Es él quien te la ha dado?

—Sí.

Reviso con atención los detalles de la flor y eso me convence de que es idéntica y, si bien pienso durante una fracción de segundo que es posible que Saúl la cogiese de casa, me deshago de esa idea al ver el periódico en la silla que hasta hace unos instantes ocupaba el arquitecto. ¿Cómo es posible? Apenas ha estado dos veces en casa y ni yo misma he sido capaz de reproducir tan bien el trabajo de mi abuelo. ¿Cómo puede haberle hecho esta flor a la abuela? Un pensamiento fugaz cruza mi mente. No. No es posible. No puede ser. Pero…

—Carmen, ¿por qué es Saúl el chico de los dos nombres? —le pregunto a mi abuela.

—Porque tiene dos.

Me veo obligada a reformular la pregunta.

—¿Qué dos nombres?

—Saúl y Andrés.

El escalofrío que recorre mi columna vertebral me paraliza. ¿Cómo que Andrés? «Espera, Lara… Espera», me digo a mí misma. Puede que solo haya mezclado pasado y presente, es eso. Y lo de la flor tiene una explicación mucho más sencilla que la que asoma desde el fondo de mi cabeza. Es muy probable que con un vistazo Saúl haya logrado descifrar cómo hacía el abuelo las flores. Puede que sea una de las ventajas de ser arquitecto, el poder reproducir con un simple vistazo lo que ve. Sí, ha sido eso, estoy segura. Porque no…, no es posible, pero…, pero ¿y si…?

Hago el regreso a casa con un sabor metálico en la boca. Si lo pienso con frialdad es imposible, es una auténtica locura. ¿Cómo van a ser Andrés y Saúl la misma persona? Además, si fuera así, ¿por qué no me lo habría dicho? ¿Por qué no me ha contado desde el principio la verdad? Un nudo aprieta mi estómago. Entramos en casa y llevo a la abuela directamente a su dormitorio para acostarla.

—Dame la flor, Carmen, no queremos que se estropee mientras te cambio.

—La dejo aquí —responde ella colocándola en su mesilla.

Comenzamos el ritual de todas las noches en las que la desvisto, le echo crema y la acuesto para que descanse. Incluido el beso en la frente, para terminar arropándola.

—Buenas noches.

—Buenas noches —contesta en medio de un bostezo.

Cierra los ojos y aprovecho que apago la lamparita para coger la flor y llevármela a escondidas. Necesito analizarla con más cuidado, por eso voy hasta mi habitación y enciendo el flexo de mi escritorio. Examino con extremo cuidado cada detalle, cada doblez del papel de periódico que forma la flor

desde el tallo hasta los pétalos. Estoy lo bastante familiariza-
da con las que hacía el abuelo como para darme cuenta de que
es igual. Lo cual podría ser una mera coincidencia. ¿Cuánta
gente habrá que haga el mismo tipo de flor? Quiero decir…,
es como cuando haces un barquito de papel o un avión, ¿no?
Alguien encontrarás que haga uno exactamente igual que tú.
El problema, el maldito problema, es que esta flor es demasiado idéntica a las que tengo por toda la casa.

Me siento en la silla y mordisqueo con insistencia la
uña de mi pulgar. Mil pensamientos atraviesan mi mente y,
entonces, veo la caja roja con el nombre de Andrés en su lateral. El impulso que tomo al ponerme en pie es tan fuerte que
la silla se cae al suelo, pero no me detengo a levantarla. Por el
contrario, alcanzo la caja y la abro. Ahí está la flor. En su momento me sorprendió que estuviese tan entera y tan poco
amarilla, no fue un detalle en el que me fijase demasiado, pero
ahora… ahora es otra historia. No me lo pienso dos veces.
Deshago la flor con cuidado de no romper el papel. Mi corazón se detiene cuando encuentro la fecha del periódico. Porque la fecha que figura es de hace dos meses, un día antes
de que Saúl encontrase a la abuela frente al edificio de Andrés. Eso significa que alguien colocó esta flor en la caja ese
mismo día, justo antes de que demoliesen el bloque de viviendas. Lo que me deja con una sola opción: enfrentarme al chico
de los dos nombres.

22
La verdad

Lara

Agradezco el ritmo frenético de la cafetería. Me ayuda a centrarme en el momento y a no dejar que mi mente divague; bueno, no soy del todo sincera. No paro de pensar en el arquitecto. No está. No ha hecho acto de presencia en todo el día y eso es raro si se tiene en cuenta que desde que descubrió la cafetería ha estado día sí y día también aquí. Como si al pensar en él lo hubiese invocado, Saúl cruza la puerta del local. Tiene muy mala cara. Peor de lo que lo he visto estos días.

—Lara, ¿podrías…?

—Tengo que reponer —digo antes de que Nadima pueda ordenarme que le tome nota.

Necesito tiempo, un poco más para meditar cómo enfrentarme a él. Porque pese a que llevo desde anoche planificando lo que le voy a decir y pensando lo que voy a hacer, me han entrado unos nervios paralizantes al verlo aparecer. Me hago la ocupada durante más de media hora y trato por todos los medios de no mirarlo, de no posar mis ojos en él. Sin embargo, es inútil, porque, en cuanto compruebo que está demasiado enfrascado en su trabajo, aprovecho la oportunidad y lo analizo. Cada parte de él, cada movimiento. Y empiezo a recordar varios momentos junto a él.

Aquel primer instante en el que se encontró con la abuela, la mañana en la cafetería, la noche en la que José Carlos quiso atracarlo, su brazo lleno de heridas cuando lo curé en mi casa, Saúl ofreciéndose en cada ocasión que ha tenido para ayudarme, su mirada fija en las flores del abuelo en las ocasiones en las que ha estado en casa, su rostro al ver la caja roja y… esos ojos azules que me acaban de pillar. Resisto la tentación de apartarlos de él. Busco en mi memoria, ¿de qué color eran los de Andrés? ¿De qué color eran los ojos del niño más triste del universo? La expresión de Saúl cambia y se quita las gafas, casi como si me hubiese leído el pensamiento. ¿He podido estar tan ciega como para no reconocerlo?

—¡Eh! ¡Tú! —me grita un cliente.

—¿Sí? Perdone, estaba…

—Empanada. A ver si la que se va a tener que tomar un café eres tú —bromea con mal gusto el obrero que echa un vistazo por encima de su hombro y busca la aprobación de sus dos acompañantes—. Ponte tres solos para llevar.

—Por supuesto —digo entre dientes.

Preparo los cafés y compruebo que son cerca de las siete de la tarde. La actividad de la cafetería está volviendo a tener un pico con la gente que sale de sus trabajos y quiere disfrutar de un momento de ocio antes de volver a casa.

—Aquí tienen.

Me pasa un billete y, para cuando le devuelvo el cambio, Saúl se ha puesto de nuevo las gafas y presta atención a su portátil. Atiendo al resto de clientes, pero me cuido de no volver a cometer el error de quedarme embobada mientras lo miro.

Las horas pasan, cada cual más pesada que la anterior hasta que el local empieza a vaciarse y Nadima se despide de mí y me deja con los tres últimos clientes. Una pareja y, como no podía ser de otro modo, Saúl. La chica levanta la mano para pedir la cuenta, se la llevo y me pagan en el momento.

—Quédate con el cambio —me contesta con un guiño.

Los dos se levantan y se marchan entre risas. El peso en mi estómago cae como el carillón de la Puerta del Sol en Año Nuevo y anuncia que algo grande se viene. Y vaya si se viene. Saco del bolsillo la talla. Llevo todo el día con ella encima y, si bien me la estoy jugando, necesito conocer la verdad. La quiero ya. No soporto ni un segundo más sin saber. Me giro y camino hasta la mesa del arquitecto. Él me contempla una vez estoy a su lado y no me tiembla la mano cuando dejo sobre la mesa el búho. La media sonrisa que se dibuja en su rostro me adelanta demasiado. Retira de su nariz las gafas, dobla las patillas y las deja a un lado. Alarga la mano y toma la figura entre sus largos dedos. Mis oídos pitan a causa de la tensión que tengo acumulada y, cuando parece que el silencio me va a engullir por completo, Saúl habla:

—Vaya, hacía mucho tiempo que no veía esto, chica de piedra.

Segunda parte

El chico de papel

23
La niña del parque

Saúl

La mayor parte de las historias empiezan por el principio. Así que supongo que debo comenzar la mía también por ahí.

Inicios de los noventa. Dos jóvenes adictos se dieron cuenta de que iban a ser padres. Bueno, padres, ese título les quedaba demasiado grande. Mejor sería decir que dos jóvenes adictos se dieron cuenta de que ella estaba embarazada. Ambos decidieron seguir adelante con el embarazo, aunque ella no dejó de consumir ni un solo día. De puro milagro, el niño nació. Aunque con problemas. Demasiados. El principal, el síndrome de abstinencia neonatal. Y lesiones graves en los riñones. Los médicos hicieron lo que estuvo en sus manos para que el pequeño sobreviviese y para que la madre se mantuviese sobria y limpia mientras estaba ingresada porque el parto fue desastroso y habían estado a punto de morir ambos.

El padre no los visitó. El padre estaba en Valencia con unos trapicheos y, el mismo día en que nació su hijo, estuvo a punto de morir cuando querían lanzarlo desde la décima planta de un hotel. Él rogó y se ganó una tregua. Y, al volver a Madrid, fue al hospital y sacó a los dos, pese a las advertencias de los médicos. Sin embargo, nadie lo frenó y ella lo apoyó. Porque no solo era adicta a las drogas. El bebé terminó con ellos y fue, durante esos primeros años de vida del pequeño, cuando las cosas empezaron a ir mejor porque pudieron utilizar al niño para hacer más viajes y mover más droga sin que les parasen. Nadie desconfiaba de un joven matrimonio con un bebé cargado con polvos blancos en tarros de comida para neonatos.

Parte de la deuda se saldó y, por un breve instante, una pequeña línea de luz se vislumbró al final del túnel. Y durante seis meses, tanto él como ella, decidieron permanecer limpios. Pero mintieron. Se engañaron entre ellos y a sí mismos. Aunque quedó un recuerdo, una fotografía en un fotomatón cuando el pequeño cumplió los dos años. Tres meses después, él volvió a pincharse. Y ella lo siguió, como hacía siempre.

El pequeño no entendía qué pasaba, no comprendía por qué cuando lloraba nadie lo consolaba. No sabía por qué pasaba tantas horas solo en ese sitio al que llamaban casa. Tenía mucha hambre, frío y calor y aprendió a no mostrar emociones porque, cuando lloraba o pedía algo, le llegaba un insulto y, en ocasiones, cada vez más, un golpe. El niño creció sin conocer la palabra «hogar». Solo sabía del dolor encerrado entre esas cuatro paredes de un bajo mohoso. Cuando tenía cinco años, comenzó a salir solo de casa. En el barrio lo miraban, pero nadie actuaba. A todo el mundo le gustaba pensar que ayudaría sin dudar a un crío cuando lo viese necesitado, pero no fue así, el dolor ajeno rara vez se transformaba en propio y mucho menos cuando el dolor era de *ese* niño.

Heredé de mi padre su nombre, sus ojos y el desprecio de todo un barrio por haber sumido a la mayor parte de una generación en la droga. La gente no me veía a mí, veía a mi padre y sabía que entre las malas hierbas no podía crecer nada bueno. Aquella era la razón por la que, pese a que me observaban suplicar comida a las puertas del mercado, nadie hacía nada. No existía. Era invisible. Aprendí muy pronto a buscar en los cubos de basura para encontrar alimentos que no siempre estaban en buen estado, pero eso era mejor que escuchar los maullidos y rugidos que mi estómago arrojaba día a día. Cáscaras de plátano, pan duro y alguna vez algún plato a medio comer que alguien había tirado sin ningún tipo de arrepentimiento.

Las horas en las que no buscaba comida las pasaba en el viejo parque, pese a que nadie jugaba conmigo y era condenado al ostracismo también por los niños. Por todos…, menos una. No era la primera vez que la veía. Estaba más que acostumbrado a su presencia por el barrio, siempre con sus padres o sus abuelos, a veces incluso con los cuatro, pero desde hacía unas semanas las cosas habían cambiado mucho para ella. La gran ventaja de ser invisible era que uno se enteraba de todo lo que ocurría a su alrededor sin la necesidad de preguntar y la muerte de los padres de Lara fue una noticia que conmocionó por completo al barrio. Ellos, a diferencia de mis padres, sí que eran queridos y el ejemplo de que podía salir gente buena y trabajadora de estas calles. Sin embargo, aquella tarde en la que bajó al parque y me habló por primera vez a mí, sí, a mí, no me fie. No podía confiar en ella, ¿por qué iba a ser su trato hacia mí diferente?

—Hola. Soy Lara. —No contesté, pese a que mis ojos estaban clavados en la comida envuelta que acababa de sacar—. He traído merienda.

—¿También… también para mí?

Me ofreció algo para comer y pensé en que podría tener veneno para ratas. La panadera ya había intentado matarme una vez de aquel modo cuando me ofreció un bollo rélleno de chocolate que me hizo vomitar al segundo mordisco.

—Es de jamón y queso.

Apreté los labios y coloqué las manos sobre mi estómago. Allí estaba de nuevo el maullido del gato que lo único que deseaba era comer, que me rogaba.

—¿Estás segura? —pregunté temeroso debatiéndome entre el hambre y la desconfianza.

—Sí —contestó.

Estaba tan segura y tenía tanta luz pese a la tristeza que inundaba su rostro… Tomé uno de los bocadillos. Lo hice de tal modo que tuve extremo cuidado de no tocar su piel en ningún momento. No quería mancharla con mis manos sucias. Desenvolví lo que me había dado y lo observé. Era el bocadillo más perfecto que jamás había visto. Puede sonar extraño decir eso, pero era la primera vez en años que alguien me regalaba comida, que alguien se preocupaba de que yo tuviese algo que llevarme a la boca. Di un primer bocado. Aguanté las lágrimas. Estaba triste y feliz al mismo tiempo. El pan fresco y el embutido abundante fueron maná. Saboreé el pedazo de la forma más lenta que pude. No solo por el hecho de alargar el disfrute, sino también porque sabía que, si comía muy rápido, me sentaría mal.

Lara terminó su bocadillo a toda velocidad, cuando yo aún no había engullido ni la mitad del mío. Después de ver que había acabado, sacó de la mochila un par de manzanas. Nunca había visto una pieza de fruta tan perfecta, tan bonita. Parecía de juguete, pero no lo era, lo único es que no estaba podrida como las que me había llevado a la boca hasta aquel día. Nos comimos la fruta en silencio, cada uno montado en uno de los columpios. Me gustó aquello. Me encantó ver que no era invisible. Para ella no lo era. No fue hasta que se marchó que me entró el miedo. Había disfrutado de la amabilidad, solo fueron unas horas, pero quería más. Necesitaba más. Regresé a casa de madrugada. Ninguno de mis padres estaba allí, era probable que no regresaran hasta por la mañana y yo esperaba despertarme mucho antes de que ellos llegasen.

Hice mi rutina. Vagué por el barrio. Robé un par de cosas del mercado, siempre comida pequeña, que no abultase mucho y con cuidado de que el de seguridad y los dependientes no se diesen cuenta. Me gané las miradas de desaprobación de un hombre y los gritos de una mujer que por poco me atropella con su carrito de la compra.

Por la tarde regresé a mi lugar seguro, el parque. Noté un cosquilleo en las puntas de los dedos y miré hacia el portal de la casa de Lara. Me regañé por ilusionarme. ¿No había aprendido en mi corta vida la lección? De nada servía esa falacia. No valía de nada tener esperanza, lo único que te podía dar era una caída más fuerte, un golpe más duro. Pero Lara bajó. Lara volvía a estar allí. Con comida. Con su sonrisa. Y su presencia me hizo tomar aire con fuerza. Volvimos a merendar juntos. Pese a que las palabras no fluían. Éramos dos animales heridos, aún asustados de lo que el otro pudiese hacer. No sé muy bien cómo lo logramos, pero, con el paso del tiempo, mi miedo y su parte más esquiva se hicieron amigos. Supongo que la gente herida reconoce a otros heridos, hablan el mismo lenguaje, el del dolor.

Lara me contaba cosas de la vida con sus abuelos, de lo mucho que echaba de menos a sus padres y de las dos niñas que vivían en su misma planta. Al principio las meriendas eran lo mejor, pero al final me di cuenta de que lo que de verdad ansiaba día a día no era la comida, sino reencontrarme con Lara. Era la única persona con la que podía socializar. Solo aquella niña me veía como a otro ser humano. Fue gracias a ella que comprendí que había gente que hacía cosas por los demás sin pedir nada a cambio. Como Lara y sus abuelos. Don Jacobo y doña Carmen me abrieron las puertas de su casa en incontables ocasiones. Aún siento sobre mi piel los cuidados que aquella mujer me ofreció para curar mis heridas. La forma en la que don Jacobo agitaba mi pelo cuando me veía aparecer por la puerta y la destreza con la que doña Carmen me cortaba el pelo cuando empezaba a tenerlo demasiado largo. Recuerdo una tarde en la que Lara no bajó, pero su abuela sí.

—Hola, Andrés —me dijo con una sonrisa—. Hoy no va a poder bajar Lara, ha cogido un resfriado y está en la cama.

—¿Está… está bien? Quiero decir, ¿se pondrá bien? —pregunté con más terror del que debía haber mostrado.

—Se pondrá bien. Solo necesita descansar un poco.

Asentí con la cabeza, aún inquieto. No me pasó desapercibida la duda en su cuerpo.

—¿Te gustaría subir un rato a casa?

—¿Me dejaría verla?

—Venga, sube conmigo. Además, he hecho mucha cena y no me gustaría tener que tirarla.

Doña Carmen me guiñó un ojo y ambos subimos. Me dejó asomarme a la habitación y vi a Lara. Estaba arropada, abrazaba a un osito de peluche y tenía las mejillas muy rojas. Le costaba respirar. Aquella fue la primera vez que me asustó la idea de perder a alguien. Regresamos al salón, en donde don Jacobo leía con interés el periódico.

—Siéntate mientras termino de hacer la cena —me dijo la abuela de Lara.

E hice caso. Así fue como el hombre apartó el periódico de su vista y la centró en mí.

—Oh, vamos, quita esa cara de preocupación. Mi nieta es dura como un roble. No le digas esto a mi mujer —agregó muy bajito—, pero esa niña ha heredado la fortaleza de Carmen y te aseguro que nada va a poder con ella.

Logró que sonriera. Con don Jacobo estar contento era muy sencillo.

—Te voy a enseñar una cosa. Mira, toma. —Me ofreció una hoja de periódico—. Uno puede no tener nada, pero el cariño por los demás se muestra con los detalles, chico.

Rasgamos, doblamos y retorcimos las tiras de papel hasta que logré hacer, con menos acierto del que me gustaría reconocer, mi primera flor de papel.

—La comida está lista —anunció Carmen—. ¿Le has enseñado al niño a hacer tus flores?

Su marido se levantó, caminó hacia ella y se la ofreció. La mujer la cogió entre sus manos y se la llevó al pecho al mismo tiempo que él besaba su mejilla. Ese tipo de amor no lo había visto nunca antes en persona. Eran como luciérnagas en mitad de la noche, todo un espectáculo. Cené con ellos y me llevé la flor a casa. La cuidé y me acompañó durante los siguientes tres días. Cuando Lara bajó de nuevo al parque, ella me entregó la comida y yo le respondí con la flor. Sus ojos se abrieron mucho. Muchísimo. Por un segundo, temí haber metido la pata. Pero Lara sonrió. Sonrió como uno espera que alguien le sonría durante toda la vida. Su sonrisa brillaba con destellos de pura felicidad.

—Gracias.

—¿Estás ya mejor?

—Sí. Mucho.

Quise ser parte de ese mucho. De esa sonrisa. De todas las tardes que aquella niña destinaba a estar conmigo. Lara me salvó. Lo hizo en todos los sentidos de la palabra y dudo que incluso hoy sea consciente de lo que hizo. Y, justo cuando encontré el hilo que podía salvarme, el destino jugó a cortarlo.

24
Amor a medias

Saúl

La luna brillaba en el cielo e iluminaba los callejones en los que las luces de las farolas hacía años que habían dejado de funcionar. Entré en la casa y, antes de que me diese tiempo siquiera a ser consciente de lo que ocurría, entraron a trompicones los dos.

—Te he dicho que me largo —escupió él.

Estaba colocado y de mal humor.

—No puedes irte, no puedes... —rogó ella.

—¿Que no puedo?

La agarró fuerte de la mandíbula, apretaba y clavaba las yemas de sus dedos en la piel hasta que ella se puso a llorar.

—Puedo hacer lo que me dé la gana. Y tenía que haberlo hecho antes. Mucho antes.

La empujó y se cayó al suelo. Se percató de mi presencia y de un manotazo me hizo chocar con la pared.

—Aparta, niño.

Se metió en el cuarto que compartían y sacó una mochila de debajo de la cama.

—No, ese dinero también es mío —peleó mi madre.

—¿Que es tuyo? ¡Serás puta! —La abofeteó—. ¿Quieres tu parte? —preguntó con odio en cada sílaba. Rebuscó y sacó un par de billetes—. Toma, zorra. Espero que cuando te lo metas pienses en mí y en que me voy a follar a otra mientras tú te pudres aquí.

Se lanzó sin contemplaciones hacia la puerta y ella trató de levantarse, pero la bofetada aún la tenía aturdida.

—Andrés —gimió—. ¡Andrés! —suplicó.

No obtuvo respuesta. Él ya se había ido. Empezó a llorar. Se desgarró sobre el frío y sucio suelo que componía nuestro salón y yo… yo caminé hacia ella y la intenté abrazar. En eso se quedó, en un intento porque la furia que debería haber destinado a mi padre fue toda para mí.

—Aléjate —bufó—. Se ha ido por tu culpa. ¡Por tu culpa! ¿Por qué tuviste que nacer, por qué sobreviviste?

Estaba colocada. La mezcla habitual de alcohol y heroína a la que me tenía acostumbrado, pero eso no me hizo perdonarle aquellas palabras. Cada una de ellas dolió y se clavaron en mí. Fueron peores que los golpes. Se levantó y trastabillaba sin dejar de gritar que todo aquello era por mi culpa. Y se marchó de allí. Recuerdo cómo la angustia me aprisionaba el pecho y me cortaba la respiración. Las lágrimas caían en una cascada por mi rostro y me invadía una sensación irrefutable de que lo mejor era morirme. Sin tener un concepto definido de la vida, estaba preparado para irme, para abandonar. Mi cuota de sufrimiento estaba llena y recé para desaparecer de aquel mundo. Para dejar de ser.

Me dormí en algún momento de la noche y desperté presa de la congoja cuando aún no había amanecido del todo. Supe antes de abrir los ojos que había ocurrido algo terrible. Parpadeé un par de veces y la vi. Estaba tumbada sobre el sofá, con uno de sus brazos colgando sobre el suelo. La mirada perdida en algún punto de la pared, pero sin enfocar, sin ver. La piel pálida, verdosa. Y su pecho quieto. Completamente quieto. Di un paso. Luego otro. Cuando estuve pegado a ella, traté de despertarla.

—¿Mamá? —pregunté. No hubo respuesta.

Volví a agitarla. Sus ojos no se movían, no parpadeaban. Apoyé la cabeza sobre su pecho. Silencio. No había un corazón latiendo ahí dentro. Y, por cruel que pueda resultar…, eso me reconfortó. Me hice un hueco en el sofá y la abracé. Rodeé con mis brazos el cuerpo sin vida de mi madre. El miedo era paralizante y, a la vez, liberador. Lo que más me dolieron no fueron los golpes ni su abandono, fue su amor. Su tipo de amor. Si no hubiese buscado ese amor a medias con tanta desesperación, quizá habría huido de aquella casa, pero no pude; porque lo único que buscaba aquel niño era que su madre lo abrazase, que su padre lo llevase al parque y jugase con él.

Cuando tus padres te maltratan lo que más te duele no son los golpes, es el amor que hay entre una bofetada y la siguiente, porque lo necesitas, te hacen necesitarlo y es el único que recibes. En esa casa no había solo dos adictos, éramos tres. Aunque ahora estaba solo.

25
La casita y sus ventanas

Saúl

Pasé dos días enteros pegado al cadáver de mi madre. Dos días. Si no llega a ser porque un hombre que vino a pillar se encontró con la escena, no sé cuánto tiempo habría aguantado junto a ella, paralizado. Primero, apareció la policía. Luego, la ambulancia. Y, al final, los servicios sociales. Pasé de unos adultos a otros, como quien intercambia cromos. Acabé en un centro de acogida. Y me transformé en uno más que llenaba la cama de una litera. Uno más que comía sin ganas. Uno más que importaba nada o poco.

El trauma de convivir con el cadáver de tu madre deja una huella curiosa. Me obsesioné durante meses con la muerte, con los procesos por los que pasaba el cuerpo una vez que deja de estar vivo. Se sucedieron interminables sesiones con las psicólogas y problemas… Muchos. Pesadillas recurrentes. Vómitos a medianoche. Volví a orinarme en la cama.

Fueron meses en los que el recuerdo de Lara se deshizo. No quedó nada del hilo de supervivencia que fue para mí más que una sombra, una marca, como la que dejaría un cordel atado en un dedo. Los meses se convirtieron en años y, antes de cumplir los diez, tuve una visita. La elegancia de aquella pareja se me hizo tan ajena que no les presté casi atención y mucho menos a lo que me dijeron. Antes de que pudiese entender, metí mis cosas en una mochila y me fui con ellos. La casa a la que me llevaron era enorme. Aquella pareja representaba lo que hablaban el resto de compañeros en el centro de acogida: una casita y sus ventanas con la familia perfecta dentro. Se presentaron de nuevo una vez estuvimos los tres solos en la entrada de la casa: Emilio y Victoria. No tuvieron tiempo a nada más, porque un torbellino bajó las escaleras y se abalanzó sobre mí.

—¡Marta! —gritó la mujer—. ¡Ve con cuidado!

—Lo siento —se disculpó la niña. Debía de ser un par de años mayor que yo—. Es que tenía muchas ganas de conocer a mi hermanito. Bueno, como mamá ha dicho, soy Marta. Tu hermana mayor. Tú eres Andrés, ¿verdad?

Odiaba aquel nombre. Por eso fruncí el ceño al escucharlo.

—Marta, dale un poco de espacio. Acaba de llegar a casa. ¿Recuerdas cómo fue para ti? —la mujer le llamó la atención con ternura y se agachó para quedar a nuestra altura.

La niña asintió, torció el morro y se separó de mí.

—¿Te gustaría ver tu habitación? —preguntó mi padre, pese a que no comencé a llamarle papá hasta mucho tiempo después.

—¿Puede subir Marta conmigo?

El asombro en sus caras. Luego, la felicidad.

—Claro que puede subir contigo.

Así hicimos. En realidad fue Marta quien me hizo la vida fácil. Fue ella quien logró que aquel sitio se convirtiese en mi hogar en pocos días, en que lo sintiese mi casa de verdad y no una mera parada en el camino. Yo no creí en eso de la casita y sus ventanas con la familia feliz hasta que mi hermana me rodeó con los brazos y mis padres sonrieron. En ese instante, supe que hay historias que tienen final feliz y familias que se crean sin compartir sangre.

26
El arquitecto

Saúl

Los años pasaron. Me reconstruí de una forma que no imaginé posible. Y, con la reconstrucción, llegó el mayor cambio de mi vida.

—¡Acaba de llegar! —anunció mi madre al entrar en el salón con la carta en la mano—. Venga, hijo, ¡ábrela!

Tomé el sobre y rasgué el lateral. Las manos me temblaban y me miraban fijamente tres pares de ojos que ahora reconocía como mi red segura, mi apoyo, mi familia. Desdoblé el folio y lo leí.

—Está hecho.

—Saúl Rojas de Ulloa, feliz cumpleaños —dijo mi hermana antes de lanzarse sobre mí.

—Estamos muy felices por ti —aseguró mi padre que nos contemplaba con cariño.

Desde los trece años tuve claro que quería y necesitaba cambiarme el nombre. Aquello era lo último que me enlazaba con las personas que me habían dado la vida e hicieron de ella un infierno. Necesitaba desprenderme de aquel Andrés que tanto me había marcado. Y tan mal. Así que lo hice. Y aquel se convirtió en el mejor cumpleaños que había vivido hasta la fecha.

Romper con el pasado siempre alivia las cicatrices que deja e inicia nuevos caminos. Yo comencé el mío alrededor de los veinte. El niño que se creía estúpido se dio cuenta de que solo tenía un pequeño problema de aprendizaje. Con la paciencia de sus padres y el apoyo incondicional de su hermana, logró estudiar otra vez y llegó hasta la universidad.

Elegí arquitectura por mi madre. El primer juguete que me compró fue un set de bloques de construcción. Lo elegí yo mismo en la juguetería. Tenía miles de colores y, por alguna extraña razón, cuando vi aquellas piezas y todo lo que podían dar de sí, aposté de inmediato por ese juguete. Pasé horas y horas montando y desmontando todo lo que mi cabeza y mis manos podían fabricar.

—Mi pequeño arquitecto —solía decir ella—. ¿Qué me vas a construir hoy?

—Lo que tú me pidas, mamá.

Cada vez que la llamaba así, sus ojos brillaban presas de la felicidad.

—¿Una casa? Y cuantos más bloques de colores tenga, mejor. Quiero que pintes con todos los tonos que puedas.

Su apoyo hizo que me graduase con honores y que nada más terminar la carrera fuese admitido en un estudio de arquitectura. Yo. Arquitecto. El chico que una vez no tuvo hogar ahora se encargaría de construirlos.

Hace tres años, la casualidad o el destino provocó que saliese a concurso el proyecto de un barrio que conocía muy bien y con ello… mi plan de venganza. Aquella era mi oportunidad para destrozar y separar a la gente que en el pasado me había dado la espalda. Podía hacer borrón y cuenta nueva con lo último que quedaba de mi vida anterior. Por ello desarrollé una propuesta que sabía que nos haría ganar. Fue mi proyecto personal durante más de un año y, cuando al fin nos dieron el sí, comenzó mi plan para demoler hasta el último ladrillo.

27

La caja de Andrés

Saúl

Un día antes de que empezasen con las demoliciones tuve que pasarme por allí. En los pocos retazos que quedaban de estas calles en mi memoria, todo era mucho más grande. En cambio, cuando las recorrí de nuevo, me pareció un sitio muy pequeño y oscuro. Una ratonera. Y justo lo que necesitaba aquel sitio era desaparecer. Cada baldosa, cada muro, cada maldita casa debía quedar reducida a cenizas y yo me iba a encargar personalmente de ello. Acabar con el barrio era lo correcto. Terminar con mi pasado estaba bien. Por eso fui hasta el bajo en el que vivía. Sentí las cicatrices de mi cuerpo reabrirse como heridas sin sanar. El viejo sofá en el que había muerto la mujer que me había dado la vida seguía allí. Y basura. Montones y montones que se acumulaban por todas partes. Además de ratas que huyeron al verme aparecer.

Caminé hasta el pequeño cuarto en el que dormí y retiré con cuidado el viejo ladrillo suelto de la esquina. Ahí estaba, justo donde la había dejado, mi caja. No, mi caja no. La caja de Andrés. La caja de aquel niño. Pero no mía. La abrí y observé con familiaridad y extrañeza los retazos de una vida que me quedaba muy lejos. Las fotos no pude soportarlas más de un par de segundos, pero la talla de madera aún estaba allí. La congoja hizo un nudo en mi garganta y me costó mucho tragar. Recordé a la familia que me había dado aquel hilo de esperanza entre tanto dolor. Me pregunté qué habría sido de ellos. ¿Estarían aún en el barrio? Y, por un instante, pensé en buscarlos, pero… no. Mi objetivo era uno. Mi meta era acabar con aquel sitio y así lo haría.

De ellos también tenía que desprenderme. Saqué de mi maletín el periódico que aquella mañana había comprado con la noticia en portada del inicio de las obras del proyecto y cogí varias de las páginas interiores. Habían pasado años, pero las instrucciones del señor Jacobo seguían en mi recuerdo. Fue fácil montar aquella flor. Y, tal y como la terminé, la metí dentro. Mi último adiós a todo lo que me aferraba a aquel sitio. Cerré la caja, la volví a dejar donde estaba y me marché sin mirar atrás. Lo que no me podía imaginar era que, como si de un hechizo se tratase, aquella despedida iba a traer un reencuentro.

28
La chica de piedra

Saúl

Paz. Siempre se ha pintado la venganza como algo malo, pero el día que vi al fin aquel edificio destruido, yo solo sentí paz. Calma. No hubo ruidos en mi cabeza, no hubo recuerdos ni voces ni golpes ni heridas ni cigarrillos sobre mi piel. No hubo desplantes a mis muestras de amor. No quedó nada del niño que se llamaba igual que su padre y que durmió con el cadáver de su madre. Era libre. Lo sentía de verdad. Respiré el aire de ese nuevo día y sonreí. Me giré para marcharme y entonces fue cuando la vi. Bata rosa, zapatillas de igual color y mirada perdida. Caminaba en círculos, buscaba algo o a alguien y, al darse la vuelta, la reconocí. Habían pasado más de veinte años, pero la cara de la señora Carmen estaba clavada en mi retina. Uno no olvida el rostro de la mujer que una vez quiso tener como abuela. Caminó con paso lento hasta mí y sus ojos me analizaron con curiosidad. Tenía una mano en su barbilla y la otra apoyada en la cadera.

—Tú —pronunció la palabra no muy segura—. Te conozco.

¿Cómo era posible? ¿Me... me recordaba?

—¡Eres el hijo de Herminia!

No. No a mí. Ese era el nombre de mi abuela. Me estaba confundiendo con el hombre que me había dado la vida. Me quedé paralizado por un miedo que creía olvidado.

—Andrés.

Sin embargo, un momento después su expresión cambió por completo.

—No, no… No eres él. Eres su hijo. —Se tapó la boca, presa de la sorpresa—. Pero tú, tú eres un niño y Larita…

Volvió a mirarme y, en esa ocasión, sus ojos se oscurecieron. Se alejó de mí, no en el plano físico, pero su mente huyó lejos. Para el instante en el que regresó, parecía haber olvidado lo que acababa de pasar.

—Hola, muy buenos días, joven. Venía a buscar a mi marido, creo… —Giró sobre sí misma—. Qué raro, porque… esto juraría que es la calle en la que tiene su taller y… ¿Cómo es posible?

—¡Abuela!

El grito a lo lejos me paralizó. Su voz había cambiado mucho. Ya no tenía ese trasfondo campanilleado de cuando era una niña, los años le habían dado una voz firme, pese a que podía apreciarse el miedo que encerraba ese alarido.

—¡Doña Carmen!

Aceleró el paso hasta llegar a nosotros y yo alcé la cabeza para admirarla. Ella me ignoró mientras recobraba el aliento y comprobaba que su abuela estaba bien, lo que me dio la oportunidad de repasar su perfil con calma. La reconocí en esos enormes ojos castaño oscuro, demasiado grandes y alertas para un rostro tan pequeño y de facciones tan redondeadas. Lara. Aquella chica era Lara.

—Está bien —quise tranquilizarla.

La mirada feroz que me devolvió me advirtió de muchas cosas. Una de ellas y la principal era que no se fiaba de mí.

Podía leerlo en la forma en la que su labio superior se torció hacia un lado y en cómo me analizó de pies a cabeza. No me gustó. Quise decirle que era yo, que era aquel niño al que había ayudado a sobrevivir. Pero fui interrumpido.

—¿La conoces? —preguntó doña Carmen.

Su nieta apartó el rostro y pasé a ser un figurante.

—Soy yo, abuela, Lara.

—¿Lara? —dudó la mujer.

La sospecha se hizo realidad. Doña Carmen estaba perdiendo sus recuerdos, su memoria. Trataba por todos los medios de saber quién era esa chica delante de ella que la miraba con devoción. Lara estaba tan quieta, tan vulnerable…, y no fue hasta que doña Carmen pronunció su nombre que respiró de nuevo.

—Larita. —La anciana alargó la mano hasta su nieta y esta la cogió con ternura—. ¿Qué hago aquí? ¡Y con mi bata puesta delante de este muchacho! —Tuve que tragarme la risa—. Al menos no llevo los rulos. —Luego, apareció en su rostro una mueca seria y se dio cuenta de lo que ocurría—. ¿Me he vuelto a ir?

La culpa. El arrepentimiento. El dolor.

—No pasa nada, lo importante es que estás bien —respondió con rapidez Lara, que al momento se lanzó a abrazarla.

Nuestros ojos volvieron a cruzarse y solo pude tratar de hacerle ver que todo estaba bien. Que iban a estar bien.

—Gracias.

La palabra salió de entre sus labios como una súplica más que un agradecimiento y me pregunté si me lo decía a mí o a la suerte de que a doña Carmen no le hubiese pasado nada.

—No hay por qué darlas.

—Será mejor que nos vayamos.

Deseé retenerlas. Me hubiese gustado hablar con ambas y contarles quién era. Sin embargo, me quedé muy quieto en el sitio. Ni siquiera respondí a su despedida. Solo las observé alejarse de mí. Lara miró por encima de su hombro. Debería haberle echado un par de huevos, debería habérselo dicho. Volvió a girar su cabeza una última vez antes de perderse por el barrio y envenenar mis pensamientos el resto de ese día. Porque, por más que quise no pensar en ella, no me la quitaba de la cabeza. En cada plano, en cada boceto, en cada mail que intercambiaba con mis jefes y… en el hecho de que su bloque solo permanecería en pie un año más. En seis meses les llegaría una carta con la expropiación en la que se les explicaría con mucha palabrería, y escudándose en razones de urbanismo, que los dejaban en la calle.

—¿Estás bien? —me preguntó Martín al verme apoyar mi mano en el pecho y apretarlo con fuerza.

—Sí, tranquilo —mentí.

—Tienes mala cara, ¿estás seguro? ¿Te duele el pecho? No será un amago de infarto.

—Estoy bien, descuida.

Le quité importancia, porque no era un infarto, lo que tenía era un ataque de ansiedad. Había sufrido muchos como ese. En especial durante mi periodo de adaptación a mi nueva vida. Me despertaba noche tras noche con la sensación de que me secuestraban y me alejaban de mi nueva familia. Por eso sabía identificarlos tan bien, eran mis indeseados compañeros nocturnos.

Me puse en pie y decidí salir de aquel cubículo. Tenía que caminar. Ya era de noche, hacía frío, pero eso no me detuvo. Mis pisadas sonaban duras contra la acera y la presión en el pecho solo se hizo más aguda al llegar al parque. Ya no quedaba nada de las estructuras de hierro que me protegieron de niño. Aquel enorme tobogán amarillo había sido sustituido por uno más pequeño y ahora estaba hasta los topes de grafitis.

Levanté el rostro y miré hacia el piso. La silueta de Lara y de su abuela se recortaban gracias a la luz del interior y la oscuridad de fuera. Las perdí de vista y supuse que estarían en el pasillo. No volví a verlas hasta que se encendió la habitación del fondo. Sabía de sobra que era la de doña Carmen y don Jacobo. O quizá… ahora solo fuese de ella. Me parecía raro que no hubiese más luces y no verlas más que a ellas.

Otra punzada en el pecho me obligó a tomar aire con fuerza. ¿Había fallecido el abuelo de Lara? ¿Estaban solas? Antes de que pudiese elucubrar nada más, la puerta corrediza de la terraza se abrió y por ella apareció Lara. Estaba demasiado lejos como para apreciar con claridad su cara, pero la forma en la que se dejó caer hasta el suelo y se ovilló me lo dijo todo. Lloraba. Lara lloraba y yo solo la observaba. Impávido. No. Impávido no. Culpable.

Los recuerdos que tanto bloqueé durante años volvieron como una ola que me arrastró al mar más oscuro de mis pensamientos. Ella que siempre había sido mi salvavidas, ahora miraba al cielo pidiendo ayuda y clamaba por ver la luz entre tanta oscuridad. Se lo debía. Le debía demasiado a Lara. Literalmente le debía la vida y yo ahora confabulaba por destrozar la suya. El golpe de realidad que me dio verla deshacerse en mitad de su terraza fue suficiente como para darme el impulso. Lara me había tendido una mano cuando nadie más había osado hacerlo. Era mi turno de cederle la mía.

Tercera parte

La chica de piedra
y el chico de papel

29
Proyecto de caridad

Saúl

Lara me mira con ferocidad, aún de pie. La desconfianza que hay en ella es evidente y la entiendo.

—No he querido ocultarte quién soy, pero no sabía cómo decírtelo —trato de explicarle.

—¿No sabías cómo? —Arruga el entrecejo y da un paso hacia atrás para poner distancia entre ambos—. ¿Tal vez siendo directo?

Se me escapa un suspiro cansado.

—Me prejuzgaste desde el momento en el que me viste. Esa mirada…, esa primera mirada hacia mí, me lo dijo todo. Luego me lo confirmaste con tu actitud.

Niega varias veces con la cabeza.

—He buscado la manera de decírtelo, pero ha sido complicado.

—¿Complicado? —Su mirada está cargada de reproche.

—Sí —confieso herido—. Lara, tú… me salvaste y no me refiero solo a la comida. —Aprieto los dientes—. Me mostraste que no todas las relaciones en este mundo duelen, que no todo el mundo te abandona, que puedes llegar a ser importante para alguien. Fue tu recuerdo lo que me hizo seguir adelante justo cuando más perdido estaba, fue tu ejemplo el que me hizo aprender a tener una familia, a querer a mis padres, a mi hermana... —Pierdo la voz—. Fuiste tú.

Ella se da la vuelta. Por un segundo parece que se va a marchar, pero no. Aunque me da la espalda, habla.

—Entonces lo que has hecho durante estas semanas... ¿ha sido para devolverme el favor? ¿Te acercaste a mí porque querías pagarme de algún modo lo que hice por ti de pequeño?

Al girarse, el fuego de la rabia cabalga en sus ojos. Tiene el ceño fruncido y las manos sobre el pecho.

—¿Qué? No, Lara, no es...

—Solo has estado aquí por pena.

La última palabra es un disparo.

—Déjame que te explique. Tengo la oportunidad y los medios para...

—Oh, Dios mío, ¿es ahora cuando vuelves a mi vida en plan salvador? —ladra frustrada—. ¡No soy un maldito proyecto de caridad, Saúl! ¿O debería decir Andrés?

Está furiosa.

—Lárgate. —No me lo pide, me lo exige.

Sé que nada de lo que le diga va a cambiar en estos momentos su pensamiento. Es demasiado tozuda como para querer entrar en razón. Así que no la presiono, por el contrario, recojo mis cosas y me levanto para marcharme. Una vez estoy fuera, me froto la cara una y otra vez. Joder. Me cuestiono si fue una buena idea hacerle la flor a doña Carmen. Sé que Lara tiene razón, que debería haber sido sincero con ella desde el primer día en el que nos reencontramos, pero... no pude. Justo ahora que había conseguido ganarme su confianza y no ser solo el niño rico arquitecto... Vaya cagada. Saco el móvil del bolsillo y llamo a la única persona que sé que puede ayudarme y aguantarme.

—¿Qué horas son estas de llamar, hermanito?

—Marta…, Lara sabe quién soy.

—¡Al fin! —celebra ilusionada—. Aunque por tu tono de voz imagino que no se lo ha tomado muy bien. Anda, ven a casa, te espero con una botella de vino fría.

30
El muro

Lara

Las manos me tiemblan cuando Irene me sirve la valeriana.

—A drama esta semana, gana Lara, adjudicado —añade Olimpia que, sentada con las piernas cruzadas en el sofá de mi casa, sigue con los ojos abiertos como platos—. ¿Veis? Es que todos mienten. Absolutamente todos los tíos. No se salva ni este. Si es que nadie es tan perfecto, os dije que olía a chamusquina.

—Pero si hasta hace nada te querías liar con él —recuerda Irene, que sentada a mi lado pasa su mano de arriba abajo por mi espalda para calmarme los nervios.

—Caí bajo su embrujo, pero he visto la luz. —Se queda pensativa y agrega—: Puedo tirarle otro tomate o mejor... ¡huevos!

—Deja de arrojar comida a la gente —batalla Irene que se inclina hacia mí y añade con calma—: A lo mejor tiene razones de peso para no haberte contado quién era. ¿Te has parado a pensarlo?

Que si me he parado a pensarlo... Llevo desde que he salido de la cafetería con un runrún constante que a ratos no me deja ni escuchar lo que dicen porque me nubla por completo el juicio.

—¿Qué razón puede tener para ocultarle su identidad? —acusa Oli.

El silencio que se instala entre nosotras es denso.

—A lo mejor… —comienza Irene, pero no encuentra las palabras.

Mi estómago se estrangula a sí mismo y siento mi cabeza dar mil y una vueltas.

—¿Y si lo denunciamos a la policía? —sugiere Olimpia.

—¿De qué hablas? —Me enderezo en el sofá y derramo parte de la infusión sobre la mesa al dejar la taza.

—Ha ocultado su identidad para acercarse a ti, eso es una orden de alejamiento como mínimo.

—¿No estamos sacando las cosas un poco de quicio? —interviene Irene, que levanta las manos en el aire pidiendo calma—. Lara no le ha dejado explicarse.

—¿Explicarse? ¡Le ha mentido durante meses!

Irene tuerce la boca hacia un lado.

—No todo es tan sencillo, a veces…, a veces la vida se complica —trata de defenderlo—. Además, no creo que seas la más indicada en estos momentos para criticar a Saúl.

Olimpia la fulmina con la mirada. Irene aguanta como puede la presión indómita de nuestra amiga y se inclina hacia mí dándole ligeramente la espalda.

—¿Por qué no lo consultas con la almohada y, si crees que mañana cuando te despiertes quieres escuchar lo que tenga que decirte, lo haces?

Me tapo la cara con las manos. Puede que Irene tenga razón; sin embargo, la angustia me aplasta y me encierra dentro de una corriente de pensamientos oscuros. Porque no dejo de pensar en el hecho de que Saúl ha sido amable conmigo durante estas semanas porque sentía que me debía algo.

Me ha devuelto los favores, me los ha pagado, no han sido gestos altruistas, no ha sido… sincero.

Me veo obligada a tomar una bocanada de aire cuando me doy cuenta de lo mucho que me afecta esto, pese a no saber en realidad por qué. ¿No debería otorgarme cierta calma el hecho de que llevo razón? Es un maldito niño rico que solo se mueve por interés, que ha hecho cosas por mí para pagarme lo que hice por él en el pasado. «La oportunidad y los medios». Eso dijo. Ahora tiene la oportunidad y los medios para pagarme, para saldar su cuenta y seguir con su vida. Y, una vez lo logre, se irá. Se marchará. Otra vez. Esta vez con otro nombre, pero volverá a irse. Me agarro a la tela del sofá. Estoy enfadada, sí. Frustrada. Y… y… no sé identificar la última emoción, pero me veo obligada a parpadear un par de veces para aguantar una lágrima que pretende caer de mis ojos.

—Tienes dos opciones —dice Irene cuando los abro de nuevo—, echarlo por completo de tu vida o pedirle explicaciones y escucharlas.

—E incluso echarlo de tu vida después —chincha Olimpia como toque final.

Cuatro días. Han pasado cuatro días y no hay ni rastro del maldito arquitecto. ¿Se puede saber dónde se ha metido? El primer día suspiré aliviada al no tener que enfrentarme a él. El segundo me cargué de fuerzas y me pasé la jornada laboral sin dejar de mirar a la puerta cada vez que se abría. El tercero comenzó mi irritación. Y hoy ya no aguanto más. Es por eso por lo que me he aventurado y he atravesado el descampado de obras y he atraído las miradas de todos los operarios que trabajan.

—¡Señorita, que se va a hacer daño! —grita uno.

Le lanzo una mirada mortífera y él se queda muy quieto. Ningún otro hombre osa pronunciar palabra y sigo avanzando hasta que llego a un enorme remolque desde el que veo a Saúl a través de una ventana. Tiene mucho peor aspecto que estos días atrás y eso es decir bastante. Parpadea con lentitud y trata de concentrarse en un plano que tiene sobre la mesa, pero no lo logra, se quita las gafas y las arroja sobre la superficie. Doy un paso hacia atrás con tan mala pata que tropiezo con alguien.

—Per-per-perdón.

—¿Martín? —Él se queda muy callado al darse cuenta de que soy yo. Como no lo veo capaz de decir nada más, yo también me disculpo—. Perdona, no te he visto, pasaba por aquí y...

—¿Lara?

Es el momento que he esperado durante estos cuatro días. Le echo valor y me doy la vuelta para enfrentarme al arquitecto. Sus ojos abiertos me indican que está sorprendido de verme allí, sin duda. Una parte de mí también lo está, no lo niego.

—¿Qué haces aquí? —pregunta con precaución.

Cruzo los brazos delante del pecho, a la defensiva.

—Tenemos que hablar. Y ya que el señor arquitecto ha decidido no volver a pisar la cafetería en la que trabajo...

—Yo... yo... —balbucea. Mira al suelo avergonzado—. No quería molestarte y he pensado que lo mejor era...

—Vamos a dar un paseo —propongo.

Él no duda y agarra con rapidez el abrigo. Sale del contenedor y, antes de seguirme, le pide un favor a Martín.

—Volveré en un rato.

Su compañero asiente, pero se cuida de no decir ni una sola palabra conmigo delante. Iniciamos nuestra marcha y nos alejamos poco a poco de la zona de obras. Nos mantenemos callados hasta que llegamos al parque y decido sentarme en los columpios.

—Esta es tu oportunidad para explicarte. No vas a tener más, así que ya puedes empezar a hablar.

Quiero utilizar un tono cortante y parecer más entera de lo que me siento. Soy lo bastante buena actriz como para que Saúl se ponga serio y tome asiento en el columpio junto a mí.

—Lo primero que quiero que sepas es que no he pretendido engañarte en ningún momento. —Chasqueo la lengua—. Es en serio, Lara. Pensé en decírtelo el primer día que pisé la cafetería, pero pronto me di cuenta de que no te caía especialmente bien —dice con una risa nerviosa.

Gruño con una tos seca. Él intenta ocultar una sonrisa al ver que tiene razón.

—Y luego está el hecho de que yo vine aquí a dejar este pasado de una vez por todas atrás. De enterrarlo... —Y la forma en la que dice esa última palabra me pone la piel de gallina—. Es solo que... no sabes lo mucho que he luchado por separarme de ese niño que guardas en tu memoria.

Lo miro. ¿Cómo no pude verlo? ¿Cómo no pude darme cuenta de que esos enormes ojos azules eran los del niño más triste del universo? Puede que porque ahora ya no albergan ni una décima parte del pesar que vi cuando era una niña.

—¿Y deshacerte de quien fuiste no podía incluir decírmelo? —salto a la defensiva—. Me has hecho sentir como una tonta.

Él eleva la cabeza al cielo.

—Ya te lo dije, ¿cómo iba a llegar y soltarte que yo era Andrés? No me reconociste. —No es una acusación, es un hecho—. Además, en un principio ni siquiera sabía si aún formaba parte de tu memoria. Solo fueron unos meses los que compartimos con siete años.

—¿Cómo podría haberte olvidado? —arguyo.

Saúl recorre mi rostro con una expresión indescifrable que me hace sentir desnuda.

—¿Y por qué me recordarías?

—¿Me lo dices en serio? —digo frustrada—. ¿Piensas que podría olvidarte? Aunque hubiesen sido dos días o cinco meses, Saúl. La forma en la que me marcaste… Eso no se olvida.

Mis palabras lo golpean. Es un balazo duro y certero. Y no oculta lo que hace en él lo que acabo de decir.

—Me di cuenta de ello tarde —confiesa—. Cuando vi la caja en tu casa. —Esto le cuesta y trata de buscar las fuerzas para seguir—. No entendía cómo podías tenerla tú. Yo pensé que estaba con el resto de los escombros y, de pronto, ahí la tenías. —Apoya los brazos en sus rodillas y el resto del relato lo hace con la vista clavada en el suelo—. Venir aquí era el último paso de mi pequeño funeral personal. Lo primero fue tratar de vivir y no solo sobrevivir al día a día. No sabes lo que fue que mi familia me adoptase. —Trago saliva, culpable—. Marta tenía razón cuando te dijo que ella había sido el mejor regalo que me ha dado la vida. Sin ella no sé si las cosas hubiesen salido así de bien. —Me echa una ojeada por encima de su hombro—. Luego, siguió el cambio de nombre. No podía avanzar con el mismo nombre que él. —No tiene que especificar que se está refiriendo a su padre—. Y el último paso era despedirme por completo de esto.

Levanta los dedos índices y hace un pequeño círculo en el aire.

—He luchado mucho por dejar a ese niño que conociste en el pasado y tener un futuro. —Se endereza—. Reencontrarme contigo no entraba en mis planes.

Eso no sé si suena a inconveniente.

—¿Si no tenías pensado decirme quién eras por qué le hiciste la flor a mi abuela? —lo acuso.

—Porque sí que pretendía decírtelo, pero he sido cobarde. No quería perder lo que estábamos construyendo después de que tu animadversión hacia mí desapareciese —agrega temiendo haber metido de nuevo la pata.

Saúl permanece a la espera mientras yo reflexiono sobre lo que me ha contado. Es demasiado y no sé muy bien qué hacer. A lo lejos se escucha el ruido de las máquinas que remueven escombros de un lado para otro y a varios hombres que gritan.

—¿También me has mentido respecto a lo de necesitar mi ayuda con el barrio?

Él aprieta la mandíbula y deja escapar el aire de sus pulmones casi por completo.

—No, no te he mentido. —Su mirada azul es un mar profundo—. Sí que necesito tu ayuda porque… —Se muerde el labio inferior antes de contestar—. Porque tú mejor que nadie sabes lo que este sitio necesita.

Muevo la cabeza para afirmar. Sopeso mis opciones y valoro lo que me ha dicho.

—Entonces ¿has venido a despedirte por completo de ese niño? —cuestiono mucho más relajada a estas alturas de la conversación.

—Lo he intentado, pero me he dado cuenta de que sigue aquí.

Saúl se pone de pie y me presenta su mano para que la coja. Dudo, pero acepto. El contacto de su palma con la mía lanza un latigazo de nerviosismo a mi estómago. Me conduce hasta el murete del fondo y, tras soltarme, aparta varios matojos que tapan la parte inferior. En el muro alguien escarbó un par de iniciales en el cemento cuando aún estaba húmedo. Son una A y una L. Se me encoge el corazón.

—Seguimos aquí.

31

Golpe a golpe

Saúl

—Así que tenéis una conversación sincera en la cual te abres respecto a tu pasado, pero no le cuentas que su futuro está en peligro —gruñe Marta al otro lado del teléfono.

—No está en peligro porque ya te he dicho que lo voy a solucionar. Es más, está casi solucionado.

—¡Saúl! —grita y, gracias al sistema integrado en el coche, su voz retumba como el interior de una campana—. El plan de la obra sigue siendo el de tirar su bloque y cinco viviendas más. No ha cambiado nada.

—Te prometo que estoy a un par de movimientos de conseguir que me hagan caso y...

—Esto no es una partida de ajedrez —me corta—. Y tanto tú como yo sabemos que eso es casi imposible —sentencia. Expulsa una gran bocanada de aire y el tiempo que nos mantenemos en silencio me sirve para aparcar el coche—. Se lo tienes que decir, y lo tienes que hacer ya, porque, si Lara se entera más adelante de lo que está planeado o bien lo hace por terceras personas, no te lo va a perdonar y con toda la razón del mundo.

—Te prometo que lo tengo controlado. —Apago el coche—. Marta, acabo de llegar, te cuelgo.

—¡Díselo! —grita por última vez antes de que le dé al botón y termine la llamada.

Cierro los ojos y los aprieto con fuerza. Ver aparecer a Lara en la obra fue algo que no me esperaba. Mucho menos el hecho de que me diese la oportunidad de explicarme; sin embargo, cuando quise contarle el verdadero motivo del proyecto, fue como intentar tragarme una piedra. No pude. Las palabras no querían ni podían salir. Pero ¿qué más da? Trabajo para solucionarlo y sé que lo haré, sé que Lara no va a perder su casa. Ni su abuela ni ella van a perder ese piso. Todo va a salir bien. Debe salir bien.

Abro la puerta y salgo del coche. Paso de largo por el contenedor que hace de oficina y me dirijo al café Los Ángeles. Admito que mis primeras visitas fueron para acercarme a Lara, pero el motivo principal por el que seguí acudiendo al sitio fue porque la extraña mezcla del entorno hace que uno se sienta parte de algo. No sé si me explico, pero es que, justo por no encajar nada, todo encaja. La combinación de colores, texturas, hasta la particular forma en la que está distribuido el espacio hacen que el local acoja a quien entre por la puerta sin importar cómo sea o de dónde venga. Y luego está Nadima. Esa mujer es pura bondad. Por eso, al verla acercarse a mí para darme los buenos días aparece en mi rostro una sonrisa de oreja a oreja.

—¿Qué va a ser hoy, Saúl?

Pronuncia mi nombre con familiaridad y cariño.

—Un té verde con miel, por favor.

Me siento y saco el portátil mientras ella termina de apuntarlo en su libreta.

—¿Nada para comer? Tenemos bizcocho de limón recién hecho —me tienta.

—Está bien. —Caigo.

No puedo decirle que no a Nadima y mucho menos a ese bizcocho. Ella sonríe y se marcha hacia la barra. La comida pasa a un segundo lugar en el instante en el que la cabellera castaña de Lara irrumpe en escena. Me fascina el hecho de que tenga el pelo tan sumamente largo y que la parte de sus puntas se rice en suaves tirabuzones de manera natural. Parece cansada, pero no duda a la hora de sonreír a su jefa y juraría que también suelta algún comentario ingenioso que hace que Nadima se ría. Nuestras miradas se cruzan y me alegra ver que no aparta sus ojos de los míos y que hasta su comisura izquierda se eleva un poco.

Corta el contacto visual para contestar a lo que le dice Nadima, niega con la cabeza y se centra en colocar las tazas y vasos en su bandeja de servir. El recorrido que hace por el local suele seguir un patrón, aunque creo que ella no es consciente de esto. Siempre va hacia la cristalera y una vez allí se mueve de izquierda a derecha, poco a poco en una línea casi perfecta que me recuerda al movimiento que hacen las máquinas de escribir. Ver trabajar a Lara es una actividad fascinante. Con la gente mayor es atenta y muy respetuosa; con los adultos que le sacan un par de décadas mantiene su tono educado, pero no deja que la mangoneen. A los que somos o rondamos su edad nos aleja con su cordialidad y trata de no establecer una relación en la cual ella pueda quedar por debajo. Y lo más fascinante es observar sus interacciones con los niños. Es una magia difícil de expresar con palabras. Porque, cuando atiende a los pequeños, solo con su mera presencia es capaz de calmar hasta al niño más revoltoso y mostrar cariño al más rudo.

Lara es un espejo o más bien un lago. Uno puede verse en ella, entenderse en el mero trato que recibe porque devuelve lo que le dan; pero también muestra profundidad. Como en estos momentos en los que, ni corta ni perezosa, acaba de llamarle la atención a uno de los clientes por un comentario hacia Nadima.

—La basura la sacamos de noche, pero puedo hacer una excepción con usted —le suelta con una sonrisa de advertencia—. Lárguese.

El hombre pretende que alguno de los presentes lo secundemos. Ninguno lo hacemos y él se da por vencido al comprobar de primera mano la fuerza que encierra Lara. Nadima se lo agradece en silencio y, sin mucho más que añadir, la cafetería recupera su funcionamiento normal.

—Té verde y bizcocho de limón —dice colocando delante de mí el pedido.

—Gracias —respondo.

Ella no se lo piensa mucho y se asoma para ver el contenido de mi pantalla. Ahogo una risa al ver la confusión en su rostro. Es un plano con la sección de uno de los edificios que he diseñado y al que estoy haciendo modificaciones. Hago clic con el ratón y la pantalla cambia a un modelo en tres dimensiones en el que puede apreciarse de manera más visual mi idea.

—Espera un segundo..., ¿este es el edificio que me mostraste hace tres semanas?

—Sí, el que albergará el centro para mayores.

—A ver, no me malinterpretes, pero... está mucho mejor.

En esta ocasión la carcajada se me escapa y suelto una risotada. Lara me mira con una seriedad impostada, porque la risa asoma a sus ojos.

—Oye, no te rías. Es cierto. Los primeros diseños que me enseñaste eran un desastre. Parecía una cárcel futurista.

Razón no le falta. Lo que Lara no sabe es que eso que llama cárcel futurista, en realidad, es una muestra de los edificios de última generación. Modernos pero carentes de vida. Los bloques perfectos para lo que la Comunidad de Madrid busca: la gentrificación. Porque cada uno de esos pisos iba a venderse por tres veces lo que cuestan las viviendas aquí, con la promesa de un futuro en el que el barrio y los servicios que ofrece serían exclusivos. Y lo que ahora intento hacer es humanizar y armonizar la parte más antigua del barrio con la nueva construcción. Para ello he elegido un elemento clave de los pisos viejos y que a mi parecer le otorga a este barrio una marca muy distintiva: las corralas exteriores que conectan todas las terrazas de los vecinos.

—También quería enseñarte esto.

Pulso sobre la tercera pestaña y le muestro el nuevo diseño del parque. Donde en origen todo iba a ser una enorme plaza hormigonada, ahora contiene verde a raudales con zonas tanto para mayores como para los más pequeños y con el objetivo de que las nuevas edificaciones hagan pasillo hacia él para que la seguridad regrese.

—¿Y el muro? —pregunta mordiéndose el labio—. ¿Lo... vais a tirar?

Desvío la vista hacia Lara y me pierdo en sus ojos. Las vetas más oscuras son chocolate espeso. Le dan a su mirada una fuerza que contrasta con el dulzor suave de los tonos más claros.

—Es... es la idea —admito y me siento culpable sin comprender muy bien el porqué.

—Ah...

Vuelve a morderse el labio inferior.

—¿Lo preguntas por algo en especial?

Suelta un chasquido con la lengua y cuadra los hombros.

—No por algo en especial, pero... —Tercera vez que se clava los dientes en su labio—, pero... nuestras iniciales están ahí y… Nada, déjalo, es una tontería, por supuesto que lo vais a tirar. ¿Qué harías? ¿Quedarte con un cacho de muro?

Niega varias veces con la cabeza y parpadea con fuerza para deshacerse de la mala sensación que parece haberse impregnado en ella. Yo clavo mi mirada en su rostro. Contengo una carcajada y aprieto los labios. Mi idea sí que era tirar el muro abajo y lanzarlo con el resto de los escombros, pero ahora… sé que no puedo hacerlo.

—Me llaman —avisa—. Pero, si necesitas algo, ya sabes.

La contemplo alejarse y seguir con su turno. Aprovecho para coger el móvil y mandarle un mensaje a Martín.

—¿Puedes explicarme por… por qué… por qué me has pedido que quede contigo al… al… al atardecer aquí? —dice Martín, que tartamudea a causa de los nervios—. Te recuerdo que… que… que tengo malos recuerdos de estas… estas calles oscuras.

—Te prometo que no te va a pasar nada. —Él frunce el ceño—. ¿Has traído el mazo? —le pregunto.

—Sí. —Me lo pasa, no sin esfuerzo—. ¿Para qué… para qué es?

—Tengo que tirar algo.

—Pero… esta zona aún no está en la planificación —responde mucho más entero y caminando a mi lado hasta el murete.

—Lo sé, es justo por eso.

Por eso y porque no he dejado de darle vueltas, desde que he visto la cara de Lara esta mañana, a cómo podría hacerme con ese cacho de pared. Arranco los hierbajos y dejo al descubierto las iniciales.

—¿Cuál dirías que es el punto óptimo para dar un golpe y extraer esas letras sin romperlas?

Mi compañero eleva su mirada hacia mí y parpadea un par de veces, atónito.

—¿Te quieres llevar un trozo de la obra a casa? —cuestiona—. Saúl…, yo necesito que me expliques a qué se debe todo esto.

Sus palabras hacen que deje el mazo sobre el suelo, apoyado en el muro.

—Cuando decidiste cambiar por completo el proyecto, me tragué tu discurso sobre cómo te habías dado cuenta de que no era la solución. Lo mismo que en su momento ya te dije que era lo peor que podías hacer porque significaría el fin de la gente de este barrio —apunta con agudeza—. Y ahora resulta que quieres llevarte a casa un trozo de muro viejo que se cae a pedazos con un par de letras torcidas y mal hechas. Necesito saber por qué.

Reflexiono sobre las palabras de Martín. Nos conocemos desde hace dos años y, para lo herméticos que somos ambos, sé que hemos desarrollado una relación laboral e incluso de amistad bastante férrea. Comprendemos los límites de cada uno. Sabemos hasta qué punto podemos tirar de la cuerda y cuándo parar porque el otro no quiere agregar ni una sílaba más. Ha sido él quien me ha respaldado delante de mis jefes desde el mismo momento en el que arrancó este proyecto y, más tarde, con mi cambio de perspectiva. Ha trabajado horas a mi lado, codo con codo. Sin echarme en cara ni un solo instante el enfrentamiento con los socios que dirigen el estudio y, por tanto, con la Comunidad de Madrid. Es tan consciente como yo de que, si esto sale mal…, podríamos no volver a ser contratados en ningún estudio de arquitectura de España e incluso del mundo.

—Tienes toda la razón y pienso darte las respuestas que buscas —prometo—, pero debo empezar a martillear esto si no quiero que, entre la marcha de los obreros y la llegada del de seguridad, nos pillen.

Aspira aire con fuerza por la nariz y lo libera de una sola bocanada.

—Está bien. Está bien… Aquí tres golpes, aquí diría que cuatro, pero no te pases de esta línea o se partirá por la mitad. En este punto vas a necesitar mínimo seis por el grosor y, por último, dos justo aquí.

Ejecuto los golpes como dice y, si bien en un par estoy a un centímetro de destrozar las iniciales, lo logramos.

—Pesa más de lo que esperaba —admito con un gruñido cogiendo como puedo el bloque de treinta por veinte—. Vamos, tengo el coche por ahí detrás.

—Ya puedes tener la mejor de las explicaciones, porque esto es una locura.

32
Estoy aquí. Estamos aquí

Lara

El ruido atronador que escuchamos hace que toda la clientela salga a raudales de la cafetería. Una nube enorme de polvo atraviesa con lentitud la calle, bajando desde la parte más alta del barrio hacia nosotros. Puede que solo llevemos en nuestra nueva tregua un par de días, pero debo confesar que mi primer pensamiento lo ocupa el maldito arquitecto.

—Dios mío, pero ¿qué habrá pasado? —inquiere Nadima apoyada en el marco de la puerta.

—Alguien debería ir a ver si necesitan llamar a los bomberos o a una ambulancia —comenta doña Ángela, que me lanza una mirada perspicaz.

La imperiosa necesidad que nace en mis tripas por correr hasta las obras se apodera de mí. Me quito el delantal y se lo paso a mi jefa.

—¿Adónde vas? ¡Es peligroso!

—No podemos quedarnos aquí mirando, doña Ángela tiene razón, a lo mejor necesitan ayuda.

Intercambiamos una mirada grave y acepta que va a dar igual lo que me diga, voy a ir hasta allí. Es así como corro hasta el enorme descampado. La nube de polvo se ha dispersado, aunque aún hay en el aire diminutas partículas que me hacen toser. Lo bueno es que no parece que haya nadie herido. A unos metros de donde me he parado, veo la figura de Saúl recortada contra el horizonte de escombros y me aproximo a él.

—Os dije que el terreno era inestable —pronuncia cada sílaba entre dientes y con los puños apretados.

—Mira, chaval, el problema aquí lo habéis tenido vosotros que nos habéis hecho cambiar el plan mil veces —alega un hombre fornido. Sus grandes manos se mueven mucho mientras habla y saca pecho para intimidar a Saúl—. Me tienes harto y encima voy y pierdo una de las máquinas. Mírala. —Señala al socavón que hay a un par de pasos de ellos—. ¿Quién me va a sacar la máquina de ahí y quién me la va a pagar?

—¿Te preocupa más la máquina que tu trabajador? —espeta Saúl.

Una presencia a mi lado hace que deje de mirarlos por un segundo.

—¿Martín? —Su compañero se da la vuelta y trata de hablar, pero nada sale de su boca.

Mueve sus manos entre temblores en dirección a Saúl; sin embargo, no entiendo lo que pretende que haga.

—De donde he sacado a ese, puedo coger a tres más. —Escucho que argumenta el que entiendo que es el capataz.

—Maldito cabrón —murmura alguien a mis espaldas.

—Tendría que haberse caído él en el hoyo.

Martín hace un sonido gutural y mi atención vuelve a Saúl. El hombre acaba de darle un empujón. No sé en qué instante me he perdido tanto de la conversación como para que hayan llegado a las manos, pero no me lo pienso cuando en cuatro grandes pasos estoy delante del tipo.

—¿Se puede saber qué coño te pasa? —bramo enfurecida.

—Eh, gatita, tranquila.

—Ni tranquila ni hostias.

—Qué humos… ¿El guaperas es tu novio? —Lanza una mirada prepotente por encima de mi hombro y se pasa la lengua por los dientes, tal y como haría un depredador—. Sí que aspira alto la camarerita.

El impulso que me nace es el de devolverle el empujón. Suerte la suya de que, antes de que vaya a lanzarme sobre su cuello, aparezca la policía junto con un grupo extenso de bomberos.

—Buenas tardes, caballeros. Hemos recibido una llamada —anuncia una de las policías, la que parece llevar la voz cantante.

—Sí, miren, hemos tenido un pequeño problema con el terreno.

El capataz es rápido y comienza su perorata para encandilar a la mujer. Pienso en intervenir; pero una mano se cierra con fuerza sobre mi brazo y me detiene. Me doy la vuelta y me encuentro con el rostro desencajado de Saúl.

—No, Lara, por favor.

Tiembla. Es ahora cuando me doy cuenta de lo que le ha ocasionado su enfrentamiento con ese hombre. Tomo su mano entre las mías y lo alejo del bullicio. Que se aclaren ellos con los agentes, tengo que sacar al arquitecto de aquí antes de que le termine de dar el ataque de pánico. Martín nos localiza y me ayuda a arrastrar a Saúl hasta el contenedor que tienen habilitado como despacho. No tarda mucho en hiperventilar una vez estamos ahí dentro. El terror oscuro en su mirada centellea bajo la luz de los fluorescentes. Saúl trata de serenarse, pero no puede.

—Martín —lo llamo y la voz me sale rasposa—, necesito que bajes a la cafetería y le pidas agua a Nadima. Si hace falta, se lo escribes en una hoja de papel. ¿Me estás escuchando?

Él asiente con los ojos desorbitados y, no sin tropezarse con sus propios pies, sale del cubículo, lo que me otorga que dedique a Saúl toda mi atención. Está peor. Los dientes le castañean y su respiración se ha vuelto más irregular.

—Saúl.

Él trata de mirarme, pero no puede. No sé si tocarle ayudará a calmarlo o empeorará la situación. Ni siquiera sé si puede escucharme. Su mano atrapa el nudo de su corbata y trata de quitársela. Ante su incapacidad, intervengo. Deslizo la tela con rapidez y desabrocho un par de botones. Cae al suelo de rodillas. Su caja torácica se mueve con sacudidas a causa de la falta de aire que el ataque que está teniendo le provoca. Me agacho frente a él.

—Estoy aquí —le digo con un nudo en la garganta.

Esta escena me trae recuerdos que pensaba olvidados. Recuerdos que se intercalan con la escena actual. Él en su versión de niño acurrucado en el suelo bajo el tobogán. Llorando de aquel modo, de esa forma en la que nunca antes había escuchado llorar a nadie. Era un animalillo al que acababan de atacar con una brutalidad despiadada. Y yo… fui todo lo que tuvo para aferrarse a la realidad. Por lo que esta vez vuelvo a ser esa balsa a la que sostenerse. Me cuelo dentro de su pecho y lo abrazo. Espero unos segundos para ver cuál va a ser su reacción. Cada persona es un mundo frente a los ataques de pánico; pero quiero confiar en que esto lo ayudará. Aquella vez cuando lo arropé bajo el tobogán y abracé su pequeño cuerpo, el llanto desconsolado de ese niño herido por la brutalidad de su padre se frenó poco a poco hasta que regresó. Y necesito lograrlo esta vez también. En un principio, sigue con la respiración entrecortada y las sacudidas que nos mueven a ambos de un lado a otro. Le aprieto y cuelo la cara entre su pecho.

—Estoy aquí. Estamos aquí —repito.

Justo cuando creo que mis gestos no consiguen nada, siento que sus manos vuelven a tomar el control y, de un momento a otro, el peso de su cuerpo descansa sobre el mío. Su cabeza cae y su respiración agita los mechones de mi pelo. Acaricio con suavidad su espalda. Es un movimiento estable, firme, con el que quiero hacerle entender que no va a pasarle nada, que no hay monstruos, que todo está bien y esto solo ha sido un mal espejismo. Levantamos la cabeza casi al mismo tiempo. El chico con los ojos más tristes del universo me devuelve la mirada. Es increíble ver cómo la fachada de Saúl ha caído en unos pocos minutos y el hombre de sonrisa fácil ha dado paso a un niño asustado, aterrado, que habita en un adulto que trata de seguir con su vida pese a un pasado que lo destrozó por completo.

—Lo siento —dice al fin—. Lo siento…

Se lleva una mano a la frente para apartarse el pelo húmedo por el sudor. Y pone distancia entre nosotros. Nos sentamos sobre nuestros talones y soy testigo de cómo trata de recuperar el aliento.

—No te disculpes por esto.

—Sé que no debería, es la costumbre, perdón.

—Ahí vas otra vez. —Sonrío con amargura y él me imita.

—No se lo digas a mi psicóloga —agrega con una mueca.

—Te guardo el secreto.

Nos mantenemos callados. La confianza que ha depositado en mí me sobrepasa. Uno no permite que cualquiera permanezca a su lado mientras está en medio de un ataque de pánico. La puerta se abre de sopetón y aparece Martín con una botella de agua. Me levanto del suelo y le dejo vía libre a su compañero para que se acerque a Saúl y pueda dársela. Él la acepta e intercambian entre ellos un par de gestos con los que Martín también se tranquiliza. Se susurran un par de cosas y Martín nos deja solos de nuevo. Saúl se pone de pie y camina hasta mí. Con la camisa abierta, el pelo despeinado y aún con el rastro de lo que acaba de pasar en su expresión.

—Gracias, Lara.

—No hay nada que agradecer.

—Sabes que eso no es verdad —contesta—. Parece que la balanza siempre va a estar inclinada hacia un lado.

Suelta una risa cansada.

—No hay balanza —sentencio.

Saúl me mira con esos luceros azules que crean mareas en mi estómago. El corazón se me acelera y aprieto los labios. Trago saliva con dificultad.

—Debería marcharme —anuncio.

Él asiente con la cabeza. Meto las manos en los bolsillos de mi vaquero y tomo el camino de vuelta. Estoy cruzando el marco del contenedor cuando apoyo las manos en los laterales y me doy la vuelta.

—Gracias por confiar en mí. —Sus labios se entreabren—. Y espero que no dejes que ese gilipollas te vuelva a traer malos recuerdos porque te juro que la próxima vez no tendrá tanta suerte y pienso ponerle en su lugar.

Le guiño un ojo y, con una última sonrisa, me marcho.

33
Tiempo muerto

Saúl

—¿Se puede saber qué pasa con vosotros dos? —pregunta nuestra madre.

Es domingo y en la casa de los Roja de Ulloa es de obligado cumplimiento ir a comer. No hay excusas. Bueno, a no ser que no estemos en la ciudad, o bien estemos enfermos, muy enfermos. Esas son las dos únicas excepciones. Por lo que, si bien el fin de semana pasado mi hermana no estaba tan pesada con el tema Lara, este no ha parado de taladrar mi cabeza una y otra vez con ello.

—Nada —respondemos Marta y yo a la vez.

—Así que nada… —Mi madre cruza los brazos delante del pecho y nos lanza una inquisitiva mirada—. Sea lo que sea espero que no incluya pintar las paredes de casa, incendiar una alfombra, tirarse a la piscina desde el balcón del segundo piso o volver a llevaros el coche de vuestro padre sin su permiso.

—Vaya, ni que nos la tuvieras jurada —contesta a la defensiva mi hermana—. Todo va bien, mamá, tranquila.

Me alegra ver que no me delata frente a ella, pese a que nuestra madre no se queda muy convencida.

—Bueno, pues, venga, ayudad a poner la mesa que vuestro padre ya tiene casi listo el asado.

Asentimos y, nada más escuchar los primeros pasos de mi madre cuando baja las escaleras, Marta vuelve al ataque. Es un maldito sabueso y sé de sobra que no va a soltar la presa. No me va a dejar en paz.

—¿Tú es que eres tonto?

—Marta…

—Ni Marta ni Marto. ¿Se puede saber por qué no le has contado aún a Lara lo de los planes de demolición?

—Pues porque lo tengo controlado, ya te lo dije; no va a hacer falta decírselo porque voy a detenerlo antes de que suceda.

—¿Controlado? ¡El otro día terminasteis con un socavón en mitad de la obra!

Resoplo por la nariz. Marta es mi mayor apoyo, pero, como buena hermana, también es mi mayor crítica.

—Eso no fue por mi culpa —me defiendo.

La verdad es que recordar ese día me trae sensaciones encontradas. Por un lado, esa oleada de terror tras el empujón del capataz, y es que de un segundo para otro pasé de ser Saúl a regresar a mi cuerpo de Andrés. Volví a ser aquel niño al que su padre un día dio caza por aquel barrio. Me sobrevinieron años de maltrato en un segundo. Pensaba que ya lo tenía controlado, que nada me afectaba, y un solo instante bastó para dejarme caer. Aunque no caí de cualquier modo. Lo hice en la paz que encontré en el abrazo de Lara. Dios…, fue raro. Muy raro. Porque, si bien me ha perdonado, cuando estábamos los dos de rodillas y me rodeó, sentí una sensación de plena seguridad. Un sentimiento que, si bien con mi familia también lo he experimentado, no se iguala a lo que la cercanía del cuerpo de Lara me dio ayer.

Pensé en nosotros. No de una manera romántica, sino de una forma pura, sincera. Pensé en aquel niño que no tenía a nadie y una tarde se encontró con la sonrisa mellada de una niña que decidió hacerle la merienda y comer con él. Lara ayer fue un lugar seguro. Lara ayer fue... hogar. Persona hogar. Su presencia logró calmar uno de los mayores ataques de pánico que he tenido en años. Y dudo que sea consciente de lo que su sola existencia ocasiona en mí. Es algo más allá de lo físico, es como si su aura fuese un bálsamo capaz de calmarme para ver dónde está la herida y curármela. Lo cual es un regalo, porque Lara entiende que no debe curar, solo acompañar. Y pensar que creí que no volvería a saber nada de ella...

—¡Chicos! ¡La comida! ¡Y aún no habéis puesto la mesa! —grita nuestra madre desde la planta baja.

—¡Ya vamos! —replica Marta, que se pone muy seria—. Solo te digo una cosa: Lara no te va a perdonar nunca, escúchame bien —recalca—, nunca, que le ocultes esto. Bastante generosa ha sido al perdonarte por no haberle contado desde el segundo uno quién eras; así que más vale que le eches valor y le digas de una vez que su futuro, su casa, ¡su abuela! —vocifera exasperada—, que todo lo que quiere y conoce en unos meses podría desaparecer de un plumazo.

Sin más, coge un gran impulso y se levanta de la cama. Yo me tumbo y me tapo los ojos. Necesito un segundo para acallar las voces que corean las palabras de mi hermana porque no puedo..., no puedo contarle a Lara que cada hora que paso pensando en el proyecto lo hago con el propósito de enmendar mi error. ¿Cómo le explico que solo busco el método a partir del cual poder lograr que no se destruya el barrio por completo? Me atraviesa el recuerdo de su abrazo. De cómo el otro día estuvo para mí y me aferro a ello. Lara no se va a enterar. Lara nunca va a saber lo que he hecho.

34
Zafiros estrellados

Lara

Olimpia da su último toque al rostro de Irene y le permite verse en el espejo.

—Y... listo.

—¿No te has pasado un poco con la cantidad de maquillaje que llevo? Es... demasiado para lo que suelo ponerme.

Contemplo la cara de Irene y me doy cuenta de que sí..., tiene una cantidad exagerada de sombra de ojos que entristece demasiado su mirada dulce y la hace parecer furiosa.

—Espera.

Agarro un pañuelo de papel y lo aplico con suavidad sobre los párpados de mi amiga, retirando con delicadeza el exceso.

—¡No le quites tanto! ¡Vas a arruinar el look!

—No he arruinado nada, mira.

Me retiro y permito que las dos vean el resultado final. Es un degradado que ensalza la forma almendrada de la mirada de Irene y que le otorga determinación, sin enmascarar su carácter afable.

—Vaya…

—¿Estás segura de que no quieres un poco más de delineador? —insiste Olimpia acostumbrada a la gruesa línea que enmarca sus ojos verdes.

—No, lo prefiero así, más sutil.

—Venga, a por la ropa —la invito a meterse en mi cuarto para cambiarse.

Olimpia y yo vamos hacia el salón, donde la abuela trata de seguir el patrón de su tapete de punto de cruz maxi en el que el tamaño de los agujeros es cuatro veces más grande de lo normal, igual que el hilo.

—¿Qué tal va la cosa? —nos pregunta.

—No se ha respetado mi visión artística, pero bueno… —se queja Olimpia.

—¿Qué os parece?

Irene surge desde el pasillo y nos muestra el conjunto que ha elegido. La verdad sea dicha, es muy sugerente y encierra una sensualidad que me encanta percibir en mi amiga. Se la ve segura y confiada.

—¡Qué guapa, niña! —grita la abuela, que se quita las gafas para apreciar mejor a mi amiga.

—Hostia, Ireee, ¡qué pibón!

—¿En serio os gusta? ¿No es mucho?

—¡No! —corro hacia ella antes de que le entren pensamientos secundarios sobre su elección y vuelva dentro de su cascarón.

—Para una operadora de línea erótica vas hasta muy mojigata —dice Oli por lo bajini.

—Importante —advierto a Irene antes de que la emoción se apodere de ella y la pierda entre los nervios—, activa la geolocalización antes de marcharte.

—¡Eso! —me apoya Olimpia—. Le hemos dado el voto de confianza al rarito que habla, pero una nunca puede fiarse.

Irene tuerce un poco el morro, pero saca el móvil de su bolso y la veo activar su localización, que aparece al instante en el teléfono de Oli y en el mío.

—A la primera señal de alerta o si te sientes amenazada...

—Patada en los huevos.

—¡Oli!

—Llamada a la seguridad del local o a la policía y después a vosotras —explica Irene.

—Bien.

Se coloca el abrigo y la acompañamos hasta el descansillo. Está temblando y, por un instante, veo las reticencias en su cara.

—Eh —la llamo.

—¿Sí? —Sus ojos se abren como los de un corderillo.

—Salga bien o salga mal, esto ya es un logro y estamos muy orgullosas de ti.

Su rostro se ilumina y parte de los nervios que la atenazan se diluyen.

—Gracias. —Se coloca la bufanda y desciende las escaleras—. ¡Gracias por todo, chicas!

Se pierde en su camino hasta el portal y Olimpia se inclina hacia mí.

—Le he metido un par de condones en el bolso, por si se obrase el milagro.

Mi primera reacción es poner los ojos en blanco.

—Empieza a preocuparme el hecho de que pienses que todos los problemas de esta vida pueden solucionarse con un polvo.

—No he dicho que se solucionen, pero ayudan a estar más relajada y a que no se haga la existencia tan cuesta arriba.

—Olimpia... —arranco.

—Ah, no, no, no…, ni se te ocurra darme la charla hoy porque podría darte yo una sobre el arquitecto y lo rápido que lo has perdonado.

—No ha sido fácil.

—Para lo que eres tú, ha sido muuuy fácil. Te pone cachonda, ¿verdad?

Le doy un empujón.

—Eso es que sí.

La carcajada maquiavélica que suelta resuena por el hueco de las escaleras.

—Eres…

—Una persona que tiene turno de tarde y guardia de noche en el curro. Así que me piro. Ale, a pensar en tu arquitecto.

Sale corriendo y se encierra en su casa. Lo peor es que ha conseguido que los latidos de mi corazón se desboquen.

—Hola, Lara —saluda doña Luisa que baja las escaleras.

La mujer carga con una cesta de mimbre en la cual asoman varios ovillos de lana y un par de largas agujas.

—¡Hola! —exclamo. Ojalá no haya escuchado a Olimpia decir la palabra «cachonda»—. Gracias por quedarse con mi abuela hoy, no sabe el gran favor que me hace.

—Nada, tú tranquila. Sabes que estoy aquí para lo que necesitéis. Tus abuelos se quedaron con mis hijos cuando mi marido estuvo ingresado tras el accidente en la obra, recuérdalo —explica con lágrimas en sus ojos—. Hay cosas que una no olvida y por las que siempre va a estar agradecida. Hayan pasado treinta o cuarenta años.

La mujer sonríe con gratitud y yo respondo del mismo modo.

—De todas maneras, muchísimas gracias y, descuide, le traeré alguna magdalena de fresa que tanto le gustan de la cafetería.

—¡No es molestia! Aunque si me las traes...

Sus cincuenta años se dejan ver en el pequeño mapa de arruguitas que surgen en los extremos de sus ojos con la risilla nerviosa ante la perspectiva de los dulces. La acompaño dentro de la casa y me despido tanto de ella como de mi abuela.

—Regresaré tras el cierre.

Las dos asienten y la abuela le muestra a doña Luisa su punto de cruz, la vecina saca lo que juraría que es un jersey de crochet y las dos se enzarzan en una nueva sesión de costura.

Mi camino hasta la cafetería lo hago al trote, porque llego con la hora pillada. Lo bueno es que hay poca clientela cuando atravieso la puerta y Nadima no está pendiente del reloj. Echo un último vistazo a la ubicación de Irene antes de guardar el teléfono en el bolso. Mi amiga ha llegado a la cafetería diez minutos antes de tiempo. Eso es bueno. Le mando un mensaje de ánimo y un emoticono para aliviar los nervios que sé que está sufriendo.

Ya con el delantal puesto, me doy cuenta de que Saúl está en una mesa junto al ventanal y, cuando su mirada se encuentra con la mía, me sonríe con calma. Yo levanto la cabeza y hasta elevo la mano para saludarlo. Debo confesar que la forma en la que interaccionamos ha cambiado mucho. Sé que durante todo este tiempo ha sido la misma persona, pero a la vez... siento que es otra. O puede que la barrera de un secreto tan grande como no decirme que era Andrés ya no está y eso me hace verlo más cerca. Más aún, tras el ataque de pánico del otro día y cómo se abrazó a mí para recuperarse de él. Se me pone la piel de gallina al recordarlo.

—Tierra llamando a Lara.

—¿Eh? ¿Sí? —ladeo la cabeza con rapidez hacia mi jefa. Ella se ríe con pillería.

—¿Te importaría servir esto? Café para la siete, leche con cacao para la tres y el bocadillo para la uno.

—Sí, sí, voy.

Nadima se ríe aún con más fuerza y le lanzo una mirada de advertencia. Camino hasta cada una de las mesas y dejo los pedidos. Voy a regresar detrás de la barra, pero observo que Saúl se ha terminado su té y decido acercarme. Pienso en un instante en lo que me ha dicho Olimpia, en si lo he perdonado demasiado rápido…, ¿lo he hecho? No tengo esa sensación, pero a la vez…, ¿a la vez qué? No lo sé. Esta situación es complicada, más de lo que pensé que resultaría, pero al mismo tiempo es sencilla.

El otro día no lo dudé ni tres segundos a la hora de proteger a Saúl y estar a su lado mientras le daba el ataque de ansiedad. Fue una reacción natural y sentí que era lo correcto. No dudé, no pensé en que me había ocultado quién era durante los meses que se había paseado por el barrio. Solo… solo quise estar para él. Por ello, cuando me planto delante de su mesa, le regalo una cálida sonrisa al comprobar que está cabizbajo.

—¿Se le ofrece algo más al arquitecto? —le pregunto con una sonrisa amigable.

Su expresión cambia a una que hace que sus ojos azules clareen.

—¿Un té negro podría ser?

—Té negro. Claro.

Doy un paso hacia la barra, pero decido regresar a su lado.

—¿Va todo bien?

—¿Cómo?

Me mira por encima de los cristales de sus gafas.

—Que si estás bien. Es que has pedido té negro. —Saúl pestañea con lentitud. Mantiene la boca abierta hasta que repara en ello y la cierra con un movimiento con el que aprieta su mandíbula—. Es que me he dado cuenta de que cuando estás de buen ánimo pides té verde con miel y cuando no, es el té negro. Perdona, a lo mejor es un poco extraño que me haya quedado con eso, pero después de lo que ocurrió el otro día...

De forma lenta, como una flor abriendo sus pétalos, la mueca de Saúl se transforma y deja ver un gesto delicado con el que trata de sonreír.

—No, no considero que sea extraño. Muy observadora, aunque supongo que te pasará con todos los clientes. A fin de cuentas, es parte de tu habilidad para recordar los pedidos, es solo que no pensé que te quedarías con el detalle de que el té negro es para los días malos.

Me muerdo el labio inferior. No, no me sé qué consume el resto de clientes cuando están tristes, pero fijarme en lo que pide Saúl durante estos meses ha sido inevitable. En especial cuando su tónica habitual no varía de té negro a té verde. Una es capaz de ver el patrón y puede que mi animadversión al principio haya hecho que me fije más en él y en sus manías con el objetivo de sacarle defectos.

—¿Tengo razón? ¿Mal día?

Se quita las gafas y las deja junto al ordenador.

—No es de los mejores, tienes razón —admite—. En realidad, ya sabes que la semana no ha sido nada fácil.

Apoya los codos sobre la mesa y sujeta su cabeza con las manos.

—¿Es por la obra o... es personal?

Se muestra reticente. No sabe si contármelo.

—Es mi hermana.

—¿Marta? —Asiente—. ¿Os habéis peleado?

Arruga la frente.

—No está de acuerdo con cómo estoy tratando una situación y no me gusta enfrentarme a ella. —Se muerde la lengua y tengo la sensación de que no le gusta hablar de esto, por lo que cambia de tema—. Además, se unen retrasos en la obra y, bueno, he tenido una reunión no muy buena con mis jefes y el capataz.

Expulsa por completo el aire de sus pulmones y se desinfla.

—Vaya…, sí que necesitas ese té negro.

Saúl trata de responder con una medio sonrisa, pero sus comisuras no se elevan lo suficiente.

—Enseguida regreso.

Él asiente, pero su mirada sigue fija en la nada. Le otorgo los minutos que tardo en ir detrás de la barra para recuperarse y tener cierta intimidad, porque la necesita. Para cuando aparezco otra vez a su lado, ha vuelto a entrar en modo concentración y el ventilador de su portátil hace un ruido ahogado que me indica que está trabajando a toda potencia.

—Un té negro. —Saúl hace un hueco en la mesa—. Me he tomado la libertad de añadirle un pequeño toque de vainilla, espero que te guste.

—Oh, gracias.

Alarga la mano hasta la taza y la coloca bajo su nariz. Él parece complacido. Sopla el líquido para no quemarse los labios y le da un trago.

—Esto está…

—¿Muy dulce?

—No, está perfecto. Gracias de nuevo.

Inclina la cabeza hacia un lado y un hoyuelo aparece en su mejilla, saludándome.

—Si quieres, la próxima vez lo puedo cambiar por canela o jengibre… —sugiero. Trato de ganar tiempo para decirle lo que en realidad quiero. Suspiro, me dejo de rodeos y se lo lanzo—. Y, respecto a lo de tu hermana…, es probable que ella tenga razón —digo muy firme y le sostengo la mirada—.

Si algo me quedó claro de la conversación que tuvimos el otro día es que te conoce muy bien y siempre va a querer lo mejor para ti. ¿Por qué no sigues su consejo?

Saúl guarda silencio y agacha la cabeza.

—¿Perdona, me puedes traer una cucharilla? —pregunta una chica a mis espaldas.

—Claro —le respondo solícita. Vuelvo a mirar a Saúl y permanece callado—. Espero que disfrutes de la vainilla.

El arquitecto mueve la cabeza varias veces para asentir, pero aún está baja. Aprovecho, tras darle a la chica la cucharilla, un par de minutos detrás de la barra para comprobar la ubicación de Irene. La cosa parece que marcha porque sigue en la cafetería y no hay mensajes de alarma. Eso es bueno. Lleno la bandeja de nuevas comandas y me lanzo a seguir con la vorágine de los miércoles en la cafetería Los Ángeles.

Para la hora del cierre solo quedamos Saúl, un par de amigas que charlan y yo. Las chicas me piden la cuenta y enseguida dejo sobre la mesa el tíquet con lo consumido. Aprovecho el tiempo que tardan en sacar el dinero de sus carteras para ir a la trastienda y coger lo necesario para empezar a limpiar. Compruebo que solo queda Saúl, aún enfrascado en su tarea, y decido darle un poco más de margen antes de echarlo de la cafetería. Guardo la comida en las cámaras, limpio el resto de las mesas y acciono la última tanda del lavavajillas. Me queda descolgar el cartel de pizarra que hay en la parte alta de la pared para poder borrarlo y así mañana colocarlo con los platos especiales que ofrezcamos. Agarro la escalera y la pongo justo debajo.

—¿No es un poco endeble? —escucho la voz de Saúl.

—Oh, venga, arquitecto…, está perfecta. No te metas con Pepita.

Su carcajada resuena en el local. Sin embargo, no permanece sentado, sino que, mientras conversamos, se acerca a mí.

—Tienes una manía muy curiosa de ponerle nombre a los objetos inanimados. El coche, la escalera…, ¿la cafetera también lo tiene?

Me giro para centrar mi mirada en él. La sonrisa que puebla su rostro encierra diversión y picardía a partes iguales. Consigue que sonría y juraría que Saúl se anota un tanto.

—Y lo digo en serio. Esa escalera ha vivido tiempos mejores.

—Debes confiar un poco más en Pepita, es resistente. Además, tranquilo, esto lo he hecho mil veces. No está tan alto.

—Me quedo aquí. Por precaución. ¿Te parece bien?

Niego con la cabeza en un gesto divertido. Es un exagerado.

—Haz lo que quieras, pero te aviso de que en cuanto descuelgue esto te tienes que marchar porque…

La frase se queda suspendida en el aire. El chillido que acompaña mi caída cesa al percatarme de que no me he dado con el suelo. Abro los ojos muy poco a poco y me encuentro con un primer plano de la cara de Saúl. Su torso blando me acoge con la fuerza de sus brazos.

—¿Estás bien? —pregunta preocupado.

—S… Sí.

—¿Estás segura? —insiste.

Deslizo una de mis manos desde su cuello hasta mi pecho, para retomar el aire. El corazón me late a toda velocidad.

—Sí, creo que…

La frase se queda a medias cuando me doy cuenta de que no soy la única con las pulsaciones disparadas. Apoyo la palma sobre el esternón de Saúl. Los latidos son tan potentes que siento cada uno más certero que el anterior. Levanto la mirada hasta sus ojos. Utilizar la analogía del mar queda demasiado burda y poco exacta para señalar lo profundos, oscuros y salvajes que son sus iris. Son zafiros estrellados.

El ritmo frenético de mi corazón ahora no tiene nada que ver con la caída de la escalera, sino que lo provoca la forma en la que Saúl se acerca más a mí. Su cabeza desciende hasta ponerse junto a la mía. Se me eriza el vello del cuerpo. Mi mano sube por la tela y agarro su camisa para tener un punto de apoyo. Me arden las mejillas y de forma involuntaria paso la lengua por los labios. Acción que observa Saúl con detenimiento centrándose en mi boca. Yo también miro la suya. Está rosada.

Mi respiración se acelera al regresar a sus ojos. Se me encoge el estómago y ladeo mi cabeza de forma lenta hacia un lado. Saúl suspira y su aliento caliente roza la punta de mi nariz. Huele a perfume y me gustaría saber si su lengua conserva toques ácidos del bizcocho de limón. Soy plenamente consciente de lo que acabo de pensar y me separo con brusquedad de él con un salto para volver a tener los pies en el suelo.

—Eh…, perdón —digo rompiendo el silencio—. Yo…

—Lara, tu móvil está vibrando.

Es la excusa perfecta para poner distancia y acercarme a la barra. Abro el grupo que tengo con las chicas y, solo con leer por encima, me doy cuenta de que algo va mal. Muy mal.

—Me tengo que ir.

—Sí, por supuesto.

Saúl y yo nos miramos una última vez antes de que él coja sus cosas y desaparezca por la puerta con el tintineo de la campanilla. Echo un vistazo a la escalera. Joder…, ¿hemos estado a punto de besarnos? Agito la cabeza y me centro de nuevo en el teléfono. Esto es mucho más importante. Es un mensaje de Irene en el que puede leerse: «Me ha dejado plantada».

35
Estar

Lara

Es la quinta vez que trato de ponerme en contacto con Irene. Desde que ha puesto el último mensaje en el grupo, no hemos sabido nada más de ella. Vuelvo a casa a matacaballo, con el recuerdo del perfume de Saúl aún impregnado en mi nariz y la ansiedad que me carcome por dentro. Si a Irene le ha pasado algo…, juro que encontraré a ese pedazo de cabrón y lo descuartizaré con mis propias manos. Abro de un empujón tan potente el portal que me hago daño en el hombro, si bien no me detengo, porque en el silencio de las primeras horas de la noche la escucho. Es un llanto que nace de lo más profundo del alma de mi amiga que, escondida en un rincón oscuro, se desgarra.

—Irene… —murmuro acercándome a ella.

—No… No… No ha venido —me dice entre hipidos.

Del maquillaje de esta tarde poco queda ya en su sitio, pues la mayor parte de él ahora descansa en enormes churretones sobre sus mejillas, tiñendo su blanca piel de negro.

—Ven. Sentada ahí vas a coger frío.

La pongo de pie y la abrazo. Ella se agarra a mí con las pocas fuerzas que le quedan e iniciamos nuestro camino hacia casa.

—Por favor, que no me vea mi madre —me ruega y se detiene en mitad del último tramo de escaleras para no quedar a la vista de nuestro rellano.

—Tranquila. Dame un segundo para despachar a doña Luisa y luego nos quedaremos solas.

Irene asiente. Paso dentro de casa y me despido de la vecina, a la que agradezco que se haya quedado con la abuela y le prometo que le subiré unas magdalenas mañana a mi regreso del trabajo. Con el mensaje de mi amiga no me he acordado de cogerlas. La mujer se marcha y salgo al descansillo para encontrarme a Olimpia al lado de Irene.

—Pienso sacarle las tripas y hacerme un collar con ellas.

Escucho decir a la pelirroja.

—Venga, entrad —las apremio.

Dentro de casa, le quitamos el abrigo a Irene y Olimpia junto con la abuela la consuelan mientras yo le preparo una infusión.

—Es que… Después de haberme convencido a mí misma de que podía hacer esto me… me ha dejado plantada y no sé…, quizá ha sido…, quizá esto es una señal y yo…

Se echa a llorar de nuevo.

—¿Qué es lo que te ha dicho? —pregunto dándole la taza.

Ella se sorbe los mocos sin mucha ceremonia y me mira con los ojos hinchados y rojos por la llantina.

—Que no podía. Que… tenía miedo y que lo mejor era no hacerme más daño y que dejásemos de hablar.

—¿Así de la nada?

—¡Será imbécil! —chilla Olimpia.

Le pellizco el brazo para que se calme porque su estado alterado no ayuda en nada a Irene.

—Pensé que iba a ser diferente, pero no ha sido así. Ha sido… horrible.

La abrazo con toda la fuerza de la que soy capaz para mostrarle que nos tiene para ella.

—Ni se te ocurra culparte de nada. Como ha dicho Olimpia, él es el idiota que te ha dejado plantada. A ti, que eres maravillosa.

Su labio inferior tiembla.

—Niña —interrumpe la abuela que ha sido espectadora desde su sillón orejero rosa—, ni una lágrima más te quiero ver echar por ese patán. Una persona que no es capaz de ser valiente por otra no se merece ni medio pensamiento. ¡Mucho menos de tu parte!

Irene trata de mantenerse serena y se frota los ojos para deshacerse de las últimas lágrimas.

—Venga, vamos a poner una película para que nos podamos reír un poco —invita—. Y helado, necesitamos helado.

—Abuela, que tienes el azúcar alto.

—Pero Irene necesita que comamos helado —argumenta como si fuese lo más lógico del mundo.

Me mira con ojitos de cachorrito y, claro, termino cediendo.

—Está bien. Helado para todas, pero para ti poco.

—No se preocupe, doña Carmen, que yo le doy parte del mío —susurra Olimpia en su dirección.

—¡Te he escuchado! —le echo en cara.

—¡Qué fino tienes el oído para lo que quieres!

—Para tus maldades, siempre.

Lo bueno es que nuestro pequeño rifirrafe ha logrado que Irene sonría. Así que, sin mucho más que añadir, nos ponemos manos a la obra. Elegimos una película, hago el último paquete de palomitas que queda en la repisa y Olimpia va a su casa para coger el helado.

Repartir lo poco que queda entre las cuatro se convierte en una tarea matemática en la que Oli trata de esconder el hecho de que a la abuela le está llenando el bol más de lo que debería, pero supongo que una noche es una noche y en la de hoy todas somos un poco Irene.

Reímos a carcajadas con la película, una que ha elegido Olimpia y que resulta ser una comedia en la que cuatro amigas se embarcan en una aventura muy loca por el mundo de manera accidental y que está basada en un libro. Hasta la abuela, que no entiende la mitad de los chistes, se ríe con nosotras. Son cerca de las doce cuando acaba la peli. Oli y mi abuela están dormidas. Irene se mantiene en silencio y juguetea con la cuchara en su cuenco.

—¿Estás mejor? —pregunto en voz baja.

—Sí, supongo —contesta.

—No hagas eso.

—¿El qué? —inquiere confusa.

—Culparte. —La he pillado—. Tú no has hecho nada malo. El cobarde es él y yo no podría estar más orgullosa de ti.

—¿Orgullosa? —Tiembla cuando lo dice.

—Orgullosa. Con lo muchísimo que te cuesta traspasar la barrera segura del teléfono, has tenido las agallas de quedar con él. Y eso es lo que hemos celebrado con el helado y las palomitas.

Le sobreviene una nueva oleada de llanto; sin embargo, este es muy diferente al de hace unas horas.

—Gracias —pronuncia la palabra con dificultad y debe aclararse la garganta para continuar—. Gracias por estar, Lara.

—Siempre, Ire.

36
Introvertidos

Saúl

—¿Saúl? —inquiere confuso al verme en la puerta de su casa—. ¿Qué haces aquí?

—Como me has dicho que no te encontrabas muy bien y llevas unos días fastidiado, he pensado que podría pasarme para ver cómo seguías.

El viernes por la noche recibí un mensaje de Martín informándome de que se sentía mal. Fue al poco de llegar a casa, tras la caída de Lara en mis brazos. Me falta el aire al pensar en eso y tengo que dar una bocanada a causa del recuerdo de la cercanía de su cuerpo. Hace años de mi última relación y no sé si la sequía amorosa me habrá afectado a ese nivel, pero cuando la tuve entre mis brazos, cuando ella apoyó su mano en mi pecho y luego inclinó la cabeza… mi percepción de Lara cambió. He pasado un fin de semana horroroso al imaginar cómo hubiese sido besarla. Joder, no solo besarla. No he dejado de pensar en volver a tocar su cuerpo y…

—Ah… —Martín se rasca la nariz y me echa un vistazo a través de su mano—. Estoy mejor. Ha debido de ser un virus estomacal.

Lo analizo. Tiene bastante mala cara. Mucho peor que la mía y eso es un logro difícil de alcanzar si se tiene en cuenta que llevo meses durmiendo solo cuatro horas al día, si es que lo logro.

—No quiero molestarte, solo he venido a entregarte esto. —Le muestro la bolsa que he traído—. He pensado que podría venirte bien el caldo de verduras, el agua y algunos medicamentos.

Mi compañero me observa como imagino que alguien contemplaría a un extraterrestre en un primer encuentro.

—¿Has venido hasta aquí para traerme esto? —pregunta mientras echa un rápido vistazo al interior de la bolsa.

—Em..., ¿sí?

—Oh.

Empiezo a sentirme incómodo. Así que pregunto.

—¿He hecho mal?

—No, es que... —El tartamudeo asoma—. Es la primera vez que alguien viene a mi casa a traerme algo. —Se pone muy rojo y cierra los ojos con fuerza—. Es que..., Saúl, yo... no tengo muchos amigos.

—Yo tampoco —respondo.

—En realidad, no tengo ninguno. —Se lleva una mano al pelo y se lo peina con los dedos.

—Yo pensaba que era tu amigo.

No niego que hay cierto dolor en mi voz.

—¿Tú? ¿Mi amigo?

—Sí, más que solo compañeros de trabajo. Lo que pasa es que somos diferentes. Creo que somos demasiado introvertidos, pero confío en ti. Te he contado el porqué de los cambios que he hecho en la obra, mi historia con Lara, mi pasado...

—Ya, pero yo... no te he contado nada sobre mí.

Reflexiono un segundo.

—Los amigos no están obligados a decir todo al otro y hay veces en las que nos cuesta compartir ciertas cosas, pero eso no significa que seamos menos amigos.

Martín se hace a un lado.

—¿Te gustaría… te gustaría pasar dentro? —pregunta—. Aunque tengo dos gatos, no sé si eres alérgico.

Los animales hacen su aparición en escena.

—No, me encantan los gatos.

Entro en la casa y advierto que es la más organizada en la que he estado jamás. Tiene todo ordenado por colores y tamaños.

—¿Quieres una cerveza? —ofrece.

—Claro.

Me siento en el sofá y los dos gatos se acercan para olerme. Minutos después, Martín aparece con dos cervezas y un par de jarras congeladas que pone sobre un par de posavasos, siguiendo la línea de la mesa de café.

—Pensaba que tenías mal el estómago. Dicen que el alcohol cura, pero no se refieren a esto —digo buscando establecer un ambiente tranquilo y seguro.

A mi compañero esto le cuesta; no obstante, agradezco el gesto que tiene conmigo.

—No es el estómago es que…

La cara se le pone tan pálida que temo que se vaya a desmayar.

—Oye, oye…, tranquilo, no hace falta que me cuentes nada. ¿Recuerdas lo que te acabo de decir? No tenemos que compartir, a no ser que queramos.

Mueve la cabeza para asentir.

—Gracias, Saúl.

—Tranquilo, no es nada.

Su mueca me dice que es mucho, muchísimo.

—¿Te gustaría pedir una pizza? —propone—. Iba a ver el torneo de *Dragones y Mazmorras* que emiten en directo en treinta minutos.

—¿*Dragones y Mazmorras*? ¿La gente todavía juega a eso?

—¡Sí! —dice entusiasmado—. Y lo guay es que ahora se puede retransmitir de manera global y es... intenso.

Dudo que compartamos el mismo concepto de intenso; sin embargo, el cambio que ha tenido su actitud es tal que no le interrumpo conforme me cuenta con detalle el sistema de juego, quiénes están involucrados y hasta los grupos que hay enfrentados en el chat del directo. Observo lo confiado que se le ve en este mundo, porque lo controla, porque sabe a quiénes se enfrenta. Me quedo con la duda de qué o quién hirió tanto a Martín como para enclaustrar a un chico tan vivaz y marcarle tanto como para no permitirle hablar con ninguna mujer que se le cruce.

—¿Ves eso? ¡Se va a liar! —exclama entusiasmado.

Antes de que pueda darme cuenta, me meto tantísimo en la partida que se desarrolla ante nosotros que me olvido de todo. O de casi todo, porque, a la quinta cerveza, acude a mí Lara y la sensación de su cuerpo pegado al mío. Y eso planta en mí una sonrisa bobalicona de la que no me puedo deshacer... ni cuando agotado me meto en la cama, aún vestido, y me duermo.

37

Dar vida

Lara

Pateo con fuerza una piedra del camino hasta estamparla contra la fachada de uno de los edificios. Recorro con la cabeza gacha la avenida principal y murmuro para mí misma.

—Maldita sea…

Ahora es una lata quien se lleva mi rabia. Por el rabillo del ojo percibo cómo un enorme coche negro reduce su velocidad hasta acompasarse a mi paso y miro hacia él. Podría decir que me sorprende ver a Saúl al volante, pero sería una vil mentira. Nadie que conozca tiene un coche ni tan grande ni tan bonito.

—Hola —inicia él la conversación.

—Ho… hola. —Me falla la lengua.

Saúl aprovecha que la calle está poco transitada para detener el vehículo y hablar conmigo.

—¿Quieres que te acerque? —pregunta con una sonrisa tímida, lo cual hace que un calor delicado y ligero se asiente en la boca de mi estómago.

Si esa misma pregunta la hubiese hecho hace medio mes, el «no» ya habría abandonado mi boca y viajaría por el aire hasta sus oídos. Sin embargo, esta vez camino hasta el coche y abro la puerta del copiloto para, acto seguido, apoltronarme en el asiento.

—Gracias —digo con la boca pequeña.

—No hay por qué darlas.

Cierro y recuerdo en un flash la otra noche. Mi caída de la escalera, sus brazos aferrándose a mi cuerpo, su pecho, los latidos de su corazón y ese cosquilleo que nace de nuevo en la parte baja de mi vientre y busca consuelo en mis labios. Es la primera vez que me pongo nerviosa en presencia de Saúl, sobre todo cuando me sonríe de oreja a oreja y gira el volante para tomar una curva. Me recupero de las sensaciones que origina su presencia en cuanto pregunta por mi estado de ánimo.

—¿Ha pasado algo? ¿Quieres hablarlo? Te noto inquieta.

La idea que tenía era la de explayarme largo y tendido con mis amigas, pero, al verme en la seguridad del interior crema del coche de Saúl y con la imperiosa necesidad de desahogarme, las palabras fluyen como la savia por el corte de un tronco.

—El sistema garantista de este país es una mierda. Una auténtica mierda. Porque, cuanto más lo necesito, más me deja de lado. —Saúl arruga el lateral de la boca—. Yo…, perdón, si hay alguien que lo sabe, eres tú.

—Justo por eso, adelante, cuéntame todo lo que necesites. Incluso puedes soltar tacos —agrega con un guiño.

—Como empiece, hacemos noche aquí.

Al instante me arrepiento de lo que acabo de decir, porque mi imaginación ha volado y me ha traicionado con una visión que no debería haber tenido. La mirada de Saúl es penetrante y mantiene un gesto que no descifro, pero que oscurece sus ojos. Carraspeo.

—Es solo que… no me lo están poniendo nada fácil desde la maldita administración para arreglar lo de mi abuela.

Hemos entrado ya en las desangeladas calles del barrio.

—Perdona que pregunte, pero ¿qué fue exactamente lo que ocurrió?

Se me escapa un bufido rudo y seco.

—He… he tenido algunos problemas con los pagos —admito avergonzada—. Me retrasé y echaron a mi abuela del centro de día donde la atendían. Estoy en mitad de arreglar el papeleo para que nos otorguen una nueva plaza, pero cada vez resulta más difícil. Bastante complicado por la puta burocracia y su puta… —Me rechinan los dientes—. Es que ya lo tenía todo, ¿sabes? ¡He tenido que presentar el papeleo dos veces! ¡Dos! Poco más y me piden a mi primogénito —critico con fastidio—. Pero hoy… —el enfado en mi voz decae y me sumerjo en la tristeza—, hoy me han vuelto a cambiar las reglas del juego y ya no sé qué hacer. —Aguanto un sollozo—. No puedo seguir pidiéndole a mis amigas, a sus familias y a los vecinos que me ayuden. Abuso de su generosidad y de su tiempo y… me quedo sin opciones.

La mano de Saúl roza mi mejilla y me doy cuenta de que estoy llorando. Estamos parados no muy lejos de las obras y él ha girado su cuerpo hacia mí.

—Lloro por la rabia, que conste.

Su carcajada suave llena el espacio dentro del coche.

—Anotado. Aunque te recuerdo que hace cuatro días me viste llorar.

—Eso fue distinto.

—¿Por qué? —Trata de descifrarme con un genuino interés.

—Porque a ti te dio un ataque de pánico —agrego con rapidez.

—Bueno, considero que tienes tanto derecho como yo a llorar de rabia, de tristeza o incluso de cansancio.

—No estoy acostumbrada a ello —confieso con la vista clavada en la alfombrilla a mis pies.

—Lara...

—Ni se te ocurra.

—¿El qué? —pregunta y al levantar el rostro veo retazos de la preocupación en su semblante.

—Ofrecerme dinero.

Echa la cabeza hacia atrás y se amasa el cuello.

—¿Por qué no quieres que te ayude? Tú no paras de hacerlo conmigo.

—Es que no es ayuda como tal. Hay dinero de por medio, Saúl, y cuando hay dinero de por medio...

—Puedo asegurarte de que no es dinero manchado de sangre. El dinero que tengo lo he ganado de forma honrada —explica.

No está enfadado, solo preocupado.

—Y no digo lo contrario —aclaro con un deje de pánico—, pero...

—Tampoco me lo tienes que devolver. —Pongo los ojos en blanco—. No es un préstamo, Lara, no te voy a reclamar ni un céntimo. Y... —comienza antes de que pueda cortarle—, ese dinero es para tu abuela. ¿Sabes lo mucho que soñé de pequeño con poder devolverles a tus abuelos lo que hicieron por mí? ¿Lo mucho que deseaba y me carcomía por dentro no haberles podido decir lo importantes que fueron para mí? ¿La necesidad, incluso física, de hacerles comprender que su cariño me salvó?

Desvío la mirada hacia el horizonte.

—Sigues sin entender lo mucho que me marcaste —afirma—. Y no digas que lo haces, porque no. Piensas que solo me diste migajas cuando éramos niños.

La ferocidad en su expresión nada tiene que ver con la absoluta vulnerabilidad que sentí la tarde que me confesó quién era en el parque. Lo que veo es pura determinación.

—Lara, tus abuelos y tú me mantuvisteis vivo. —Me muevo incómoda en el asiento. Abrumada—. Darte el dinero que necesites para cuidar a tu abuela es nada comparado con lo que hiciste por mí.

La sensación caliente de una nueva lágrima me recorre el rostro. La limpio mientras el silencio crece entre ambos. Saúl se mantiene quieto en el otro lado del coche, pero no se detiene en su argumentación y da una estocada demasiado certera en mitad de mi pecho.

—Dijiste que ya no había balanza.

—Lo dije. —El nudo aprieta mi garganta.

—Pero el muro sigue en pie —dice en un susurro en exclusiva para él, pero que llega a mis oídos.

Ahogo un gemido.

—Ven.

—¿Adónde…?

La pregunta se queda en el aire porque Saúl ya ha salido del coche y está rodeándolo para abrirme la puerta.

—Venga —insta.

Me ofrece la mano y la contemplo. ¿Debería? La sonrisa de Saúl no decae, cedo y la agarro. Él me guía y nos adentramos tras la barrera que delimita las obras.

—Buenos días, chicos —saluda a un grupo de unos cinco hombres que descansan sentados en un lateral y los cuales no disimulan al intercambiar entre ellos comentarios sobre mi presencia.

—Es la chica del otro día —logro escuchar que dice uno.

—Y van de la mano… —añade otro con una enorme carcajada gutural que pretende pasar por un murmullo, pero que falla por completo.

—Un segundo —dice el arquitecto, me suelta la mano y coloca sobre mi cabeza un casco blanco—. Hay que protegerse.

—Pero ¿qué piensas hacer? —pregunto sin entender cómo es posible que hace tres segundos estuviésemos en su coche y ahora tenga esta necesidad de meternos en mitad de la construcción.

—Quiero enseñarte algo. —Antes de volver a iniciar la marcha, me pregunta muy serio—: No tienes vértigo, ¿verdad?

—No.

—Pues vamos.

—Ey, espera.

Atrapo su mano y me aferro a ella para no perder el equilibrio mientras atravesamos la edificación. Saúl parece complacido con mi proactividad y me agarra fuerte. El otro día no me fijé más que en el gran agujero que se había formado, pero hoy que puedo observarlo de forma detenida soy consciente de lo mucho que ha avanzado el proyecto. Sobre todo me fijo en que el esqueleto de uno de los bloques ya se alza y es hacia donde nos dirigimos.

—¿Es esto seguro? —cuestiono conforme compruebo que la idea de Saúl es la de subir.

—Nunca te pondría en peligro.

La frase me azota, aunque no digo nada, solo camino detrás de él y, planta a planta, un reguero de pares de ojos nos persigue. Resuello al llegar a nuestro destino y me aferro no a la mano, sino al antebrazo de Saúl.

—Vale, a lo mejor un poco de vértigo sí que da esto —admito clavando mis dedos en su camisa—. ¿Por qué hemos subido hasta aquí?

Saúl me rodea y se pone detrás de mí.

—Tranquila, no te va a pasar nada.

Le creo. En especial cuando su cuerpo hace barrera con el aire y su pecho roza por momentos mi espalda mientras sus brazos rodean mi cintura, pero sin tocarme. Busca darme seguridad y lo consigue.

—Ahora mira a tu alrededor.

—¿Puedes explicarme con más detalle qué es lo que veo? Además de un montón de material de construcción.

El arquitecto se ríe y la vibración de sus carcajadas se cuela en mi interior.

—Esto es lo que tú imaginaste para este barrio.

Me doy la vuelta y lo contemplo.

—¿Lo que yo imaginé?

—Este es solo el principio de las modificaciones que me señalaste sobre plano —advierte emocionado—. Y también he tomado como referencia las fotos de tu madre. —Mi corazón se encoge—. Piensas que lo que me has indicado durante estos meses han sido solo pequeñas ideas y retazos que creías que no iba a tener en cuenta, pero esto… esto lo has hecho posible tú. —De pronto, una oleada de responsabilidad y a la vez de gratificación me apabullan. Saúl traga saliva, aunque eso no logra disimular la turbación en su voz—. Tu visión del mundo da vida, Lara.

El sol desciende y tiñe la estampa de un tono naranja cálido, lo que le da el brillo especial de una hoja en blanco con mil posibilidades al destartalado y laberíntico barrio en el que vivo. No me giro, mantengo mi mirada al frente porque esta declaración es demasiado íntima como para compartir una sola mirada con Saúl si pretendo mantenerme en pie y no caer presa de todas las emociones que estoy experimentando.

—Y no ayudarte a hacerla realidad me parece egoísta… Como también lo sería no ayudarte con tu abuela. —Me mantengo con la vista al frente—. Déjame ayudarte.

Lo pienso con detenimiento. Me tomo varios minutos que deben hacerse eternos para él. Hasta que, por fin, hablo.

—Hagamos un trato: voy a dejar que la ayudes —especifico refiriéndome a mi abuela—, pero no puedo aceptar el dinero.

Ahora sí, me giro para enfrentarme a él.

—Nada de dinero. Lo prometo. Pero creo que puedo ayudarte con la residencia.

38
Sombras de extrarradio

Saúl

Jamás habría imaginado obtener un cambio tan palpable en Lara, no obstante, aquí estamos. Esta mañana, nada más he cruzado la puerta de la cafetería, he notado su mirada sobre mí. Es difícil no advertir que te mira porque tiene los ojos castaños más penetrantes y grandes que he visto en mi vida. Ha empezado a hablar rápido. Muy rápido. En una carrera insondable en la que me ha costado entenderla. Al menos al principio. Luego me he dado cuenta de que me estaba invitando a su casa. Me he quedado boquiabierto para después dudar de si la proposición seguiría en pie tras terminar su turno en Los Ángeles.

Y sí. Continúa en pie. Se ha plantado delante de mi mesa y me ha preguntado mientras se colocaba el pelo detrás de las orejas que si nos íbamos. He recogido rápido y sin orden. Me he llevado una mirada y una sonrisa pícara por parte de Nadima, pero me ha importado muy poco. Porque en ese momento lo único en lo que he pensado es en que Lara quiere compartir tiempo conmigo. Me he emocionado como un maldito crío al que le prometen ir a Disneyland…Y ahora estamos en su salón. Doña Carmen está en su sillón orejero rosa y la mujer no ha parado de lanzarme miradas desde que he cruzado la puerta.

—Se le pasará en un rato —comenta Lara consciente de que estoy pendiente de su abuela—. Hoy no tiene un buen día. No recuerda ni quién es ella y eso la asusta. Espero que no te incomode. —Esto último que dice me hace sentir terriblemente culpable.

—No, no, para nada. Tu abuela jamás podría hacerme sentir incómodo —digo con rapidez.

Lara sonríe con tristeza.

—Bueno, como ya te he dicho en la cafetería, quería enseñarte un libro que encontré el otro día y del que había olvidado por completo su existencia. —Se acerca a la pequeña estantería que hay en el salón y saca un ejemplar con las páginas amarillentas—. En su momento causó bastante revuelo en el vecindario porque en él se cuenta la historia de un grupo de amigos del barrio.

Me pasa el volumen y contemplo su cubierta. Es una foto de uno de los edificios y observo que en la contracubierta la foto se expande y sale hasta el bloque de Lara.

—Mi madre lo compró cuando se publicó no solo porque saliese nuestra casa, sino también porque es la historia de su grupo de amigos —me informa.

—¿Y quién lo escribió? —le pregunto al percatarme de que solo figura el título, *Sombras de extrarradio*.

—Ese es uno de los motivos por los que causó tanta agitación. Nunca se supo, pero, gracias a este relato, la policía logró terminar con varias de las personas que pasaban droga y que nutrían a la mayor parte de las estrellas de la movida madrileña que venían hasta aquí para pillar. Además, lograron dar con el asesino de dos trabajadores de una gasolinera. Los atracó para hacerse con lo que había en la caja y seguir consumiendo. Y se le fue de las manos por completo.

Se me acelera el corazón. ¿Podría estar él aquí? ¿Y ella? ¿Podría estar la historia de quienes me dieron la vida entre estas páginas? La sensación de pesadumbre que provoca en mi pecho esa idea me deja las manos frías. Abro el libro y paso las páginas para ver si hallo algo. Quien lo escribió no se anduvo por las ramas. En él hay nombres, direcciones y se describe con una crueldad manifiesta cada muerte, cada robo y lo que fue en su momento para el barrio presenciarlos. Las páginas reflejan cómo una generación entera se perdió por el abuso de las drogas. Una que vio morir a una dictadura y a continuación fue testigo del nacimiento de una democracia. Creyeron tener el poder, pero descubrieron muy tarde que su control era nulo ante aquellos nuevos horizontes desdibujados por las adicciones.

—Pero… ¿de qué me valdría para el proyecto este libro? —le pregunto a Lara y levanto un poco el mentón para encontrarme con su mirada.

—En él hay varios capítulos en los cuales se habla también de lo que se prometió a los vecinos cuando los trajeron a vivir aquí e incluso… —Mueve las hojas hasta llevarme a una marcada en una esquina—. Hay imágenes del barrio…

Me quedo muy sorprendido. Algunas de las instantáneas datan de finales de los sesenta. Veinte años antes de las que había tomado la madre de Lara. En ellas se ve un barrio en sus inicios. Una muestra a una familia sonreír al objetivo mientras hacen su día a día. Otra, el par de coches que tenían dos vecinos y con los cuales llevaban a la casa de socorro a quien lo necesitase. E incluso la vieja guardería en la que los primeros niños que nacieron aquí esperaban el regreso de sus padres bajo el cuidado de las monjas que la llevaban. Es fascinante observar cómo un sitio que respiraba tanta luz terminó entre las sombras.

—Vaya, esto es…

Nos interrumpe un incesante retumbar de timbrazos y golpes a la puerta. Lara frunce el ceño.

—Dame un segundo.

Su abuela la sigue con la mirada mientras ella avanza hasta la puerta. Me levanto al escuchar el discurso acelerado de la interlocutora de Lara. Asomo la cabeza hacia la pequeña entrada y reconozco de inmediato a Irene.

—¿Cómo que en urgencias? —se alarma Lara.

—Sí, en urgencias. Le ha dado una reacción alérgica y está sola.

—¿Sola? Pero no estaba con…, ¿la ha dejado tirada? —La cara de Lara se tiñe de rojo a causa de la furia.

—Oli me ha dicho que no podría justificar delante de su novia quedarse allí con ella.

—Por supuesto. —Tomo aire con fuerza—. ¿Puede tu madre cuidar de mi abuela?

La forma en la que Lara lo pregunta da a entender que odia pedir el favor.

—No, justo hoy está con mi padre en casa de mi abuela.

—Yo puedo quedarme con ella —intervengo.

Las dos chicas me miran.

—Hola… —saluda Irene.

—Hola. —Sonrío—. Id al hospital, yo puedo quedarme con Carmen.

—Saúl, no sé si…

—Tu amiga os necesita y yo no tengo nada mejor que hacer. Además, así puedo echarle un vistazo al libro y… recuerda, tenemos un pacto.

La duda camina por su rostro. Lara se muerde el labio inferior y sopesa mi oferta.

—Está bien. Intentaremos no tardar mucho, ¿vale?

—No hay ninguna prisa, en serio. Nadie me espera en casa.

Por un segundo, ella abre mucho los ojos. A continuación mira a Irene que espera a que su amiga se decida.

—Está bien, pero si ocurre cualquier cosa… —Se acerca al aparador y escribe su número de móvil en un pequeño trozo de papel—. Aquí tienes.

Me lo pasa y no pierden más tiempo. Coge su abrigo y las dos salen corriendo escaleras abajo.

39
Vivir de momentos

Lara

Entrar y ver a tu amiga con la cara hinchada y los ojos casi cerrados a causa de una reacción alérgica a los piñones no es una experiencia que recomiende a nadie.

—Su rostro volverá a la normalidad conforme pasen las horas. La epinefrina está haciendo su trabajo, pero si llega a venir unos minutos más tarde… —nos explica la enfermera con semblante grave.

—Gracias por todo —le dice Irene.

—No es nada. Pueden estar con ella mientras tanto.

—¡Lucía! —grita alguien detrás de nosotras.

—Si me disculpan, me llaman.

La enfermera nos sonríe una última vez antes de marcharse y dejarnos a solas con Olimpia.

—¿Cómo te encuentras? —pregunta muy preocupada Irene.

—*Fien* —responde ella.

Está claro que no está nada bien. Tiene un hilillo de baba cayendo por uno de los laterales de su boca y solo puede vernos con uno de sus ojos. El otro apenas puede abrirlo.

—Ha *fido* una *fequeña equifofación.* —¿Equivocación?—. *Arfuro* me ha *fafo* a *fofrar* un *foco fe fu flafo* y…

—¿No sabe que tu alergia a los piñones es grave? —indaga Irene.

—*Fe* le *olfifó.*

—¿Que se le olvidó?

La rabia me corroe las venas. Sé que no debería enfadarme con ella, pero es que no me puedo creer que sea capaz de defenderlo después de haberla abandonado en este estado en las malditas urgencias.

—*Fi.*

Me parece increíble.

—Olimpia, esto tiene que terminar.

Es imposible leer la expresión de su rostro, pero por la forma en la que aprieta las sábanas me queda claro que no está contenta.

—Lara, quizá este no es el mejor momento para…

—Sí, sí que lo es —rebato. Me apoyo en la barra lateral de la cama y me inclino sobre mi amiga—. ¡Te podrías haber muerto!

—*Fe fenía* que *if.*

—¿Se tenía que ir?

—No lo *enfiendes.* —La que no lo entiende es ella—. No *fomos nafa. Ef nofmal* que *fe* haya ido.

—Muy normal abandonar a alguien con la que tienes un supuesto vínculo, sea cual sea, en urgencias con semejante reacción alérgica. ¡Ni siquiera se deja a un desconocido como si nada en la puerta del hospital!

—Lara, quizá deberíamos bajar un poco el tono de voz.

Irene se gana una mirada de reproche por mi parte.

—Olimpia, tienes que poner fin a esto. Tienes que dejar de verlo. Nunca va a cortar con su novia y por mucho que digas que no tenéis nada y que solo le utilizas ¡es mentira! ¡Quien te usa es él! ¡Déjate de bobadas!

—*Fállate.*

—Además, parece mentira que seas tú la que dice eso. —Me falla un poco la voz, pero continúo—: Tú siempre te las has dado de mujer empoderada y que rompe tabúes, pero has caído en el peor de ellos: aceptar las mentiras y excusas de un hombre que, está claro, no va a dejar a su pareja. ¡Solo eres su polvo de emergencia! ¡La puta fantasía que utiliza para huir de una vida que no quiere con su novia! ¿De verdad, no lo ves? ¿Estás tan ciega?

Le da rabia no poder contestarme con la rapidez suficiente, así que decide tomar la opción de tirarme un vasito de plástico a la cabeza. Lo esquivo con suma facilidad, en ese estado no tiene ni fuerza ni puntería.

—¡Olimpia! —la regaña Irene—. Por favor, chicas, este no es el momento, de verdad.

—*Ifos.*

—No te vamos a dejar aquí sola —insiste nuestra amiga—. Aún tienes la cara muy hinchada y la enfermera nos ha dicho que venías muy mal y…

—*¡Ifos!*

Olimpia da un manotazo al aire y logra darle en plena cara a Irene. Corro a socorrerla para ver si está bien. Su nariz sangra un poco y los ojos le lloran a causa del porrazo.

—Déjame verte —le pido.

—Estoy bien, no ha pasado nada, me ha dado sin querer.

El ruido de Olimpia al bajar de la camilla nos alerta.

—¿Adónde vas? —pregunta Ire con voz nasal.

—A casa —replica la pelirroja más recuperada, pese a que trastabilla.

—Oli, no puedes irte a casa, los médicos tienen que vigilarte. Ha sido una reacción muy fuerte —suplica Irene.

—Cállate. —Esta vez la escuchamos mucho más claro—. Tú también estás de su parte. —Me señala.

—¿De su parte?

—Tú también piensas que Arturo me utiliza —le reclama.

—Yo… —Irene no sabe muy bien cómo responder.

—Que os den.

Avanza sin mirar atrás hacia el pasillo y no me puedo contener.

—¿Tan idiotizada te tiene que prefieres obviar lo evidente y dejarnos de lado?

Se para durante un segundo. Uno en el que guardo la esperanza de que se gire y regrese a nuestro lado. No lo hace. Por supuesto que no, porque si hay un rasgo que caracterice a Olimpia es ese maldito orgullo tan aferrado a su ser.

—Irene, no, deja que se vaya.

—No puede marcharse así, ¡aún tiene la cara muy hinchada!

—A quien se le está hinchando es a ti. Vamos a que te vea alguien, anda.

La mirada triste de mi amiga me hace dudar sobre si he sido muy brusca. Puede que sí, estoy segura de que sí, pero me he dejado llevar por la rabia de ver a Olimpia en ese estado y encima defender a ese mequetrefe. ¿Cómo es posible que ella, la misma cuya sola presencia hace que las cabezas de todo el mundo se den la vuelta en una sala cuando entra, comparta cuerpo con esta chica dependiente que prefiere creerse las mentiras de un soberano gilipollas?

—Hola, venía a… Un segundo, ¿dónde está mi paciente? —La enfermera de antes ha vuelto a aparecer.

—Alta voluntaria —respondo.

Ella frunce el ceño y me mira sin entender muy bien qué ha podido ocurrir en el rato que ha estado fuera. Sus ojos negros se desvían hacia Irene y se abren con estupor.

—¿Estás sangrando? —Se aproxima a ella y la observa con inquietud—. Ven aquí, vamos a parar esa hemorragia.

Cuando llegamos a casa, su madre nos confirma que ha regresado y que está acostada en la cama. No insistimos, pese a que sé que Irene se queda con las ganas de hablar con ella. Nos despedimos en el rellano y abro la puerta para encontrarme una estampa que no me esperaba.

En mitad del salón Saúl baila junto a mi abuela una canción lenta en la que ambos se balancean de un lado a otro. Ella apoya la cabeza sobre su pecho y sonríe con los ojos cerrados mientras él trata de seguir el ritmo. El enfado que he arrastrado desde el hospital se esfuma de un plumazo y es reemplazado por una sensación cálida que anida en mi pecho.

La escena es tierna y me recuerda a aquellos sábados en los que el abuelo ponía cintas de casete y con una reverencia le pedía a su mujer que bailase con él, tal y como hace ahora el arquitecto con ella. Esas tardes significaban para mí la construcción de un nuevo hogar, un nuevo inicio en el que no tenía a mis padres, pero en el que tenía a dos personas que confirmaban que conmigo lo iban a hacer igual de bien o incluso mejor que con mi madre.

Saúl se percata de mi presencia y levanta los hombros junto con una mueca divertida. Y una sonrisa. Una de esas que llevan la firma del arquitecto y que combina a la perfección el reflejo de su carácter dócil con una picardía que descubro en él y que me sorprende. El niño con la mirada más triste del universo es capaz de arrojar esas miradas cómplices y certeras que logran poner mi corazón a mil por hora. Mis emociones están a flor de piel. La canción se acaba. Saúl y yo nos miramos una última vez antes de que mi abuela hable.

—Jacobo, estoy muy cansada —dice ella con un gorjeo exultante—. Debería acostarme ya.

—Doña Carmen —la llamo con un deje tenso, que muestra lo mucho que me ha afectado verlos así—, venga conmigo, voy a acompañarla a la cama.

—Oh, esta es la chica de la que te he hablado antes, cariño —responde ella a mi comentario alternando su mirada entre los dos—. ¿Cómo era tu nombre, bonita?

—Lara —respondo tratando de ocultar el torbellino que me está deshaciendo por dentro.

—Lara… —Saborea mi nombre letra a letra—. Ese es el nombre que tanto le gusta a mi hija y que quiere poner a mi nieta. ¿Te hemos contado que está embarazada?

—Sí, doña Carmen, me lo contó el otro día.

—Estoy deseando ser abuela y tenerla entre mis brazos para poder colmarla de besitos —explica con una sonrisa que irradia felicidad.

—Doña Carmen, vamos, tiene que acostarse, es la hora —interviene Saúl y no sabe lo mucho que se lo agradezco porque esta conversación me está dejando hecha trocitos muy pequeños de cristal.

Mi abuela inicia la marcha y yo me despido con una mirada de Saúl antes de seguirla hasta su cuarto y ayudarla a acostarse.

—Cuando mi nieta nazca, os presentaré. Será muy gracioso. Lara, te presento a Lara. —Ríe—. La llamaré Larita.

—Muy buenas noches, Carmen, que descanses.

—Gracias, preciosa.

Entorno la puerta y me doy un segundo en el pasillo. Trato de contener mis sentimientos y poner un candado en mitad de mi pecho, pese a los gritos desesperados de mis propias emociones que piden tomar posesión de cada una de mis células. El ruido en el salón hace que regrese a la estancia para ver cómo Saúl recoge sus cosas y las mete en el maletín.

—¿Ya te vas? —la pregunta sale disparada de mi boca.

—Sí, no quiero molestar. Es tarde y tú también deberías descansar.

Respiro hondo mientras lucho contra el impulso de pedirle que se quede un rato.

—Te acompaño.

Él sonríe y asiente. Cruzamos la casa y abro la puerta. El instante se carga de una electricidad que eriza el vello de mi nuca y me entran dudas sobre cómo despedirme. Él se detiene en el umbral de la puerta y se gira ya con los pies en el descansillo.

—Gracias por haberte quedado con ella.

—¿Bromeas? Haría cualquier cosa por tu abuela.

Saúl no entiende que sus palabras me desarman y el primer cerrojo de mi caja de emociones se resquebraja.

—Además, me has vuelto a ayudar con el libro y ha sido… iluminador. —Sus cejas descienden y crean sombras sobre sus ojos.

Silencio. No puedo pronunciar ni media sílaba porque estoy luchando con todas mis fuerzas por mantenerme entera. Es Saúl quien suelta una exhalación y coge impulso para marcharse.

—Bueno, nos vemos —se despide y, antes de que pueda moverse, acorto la distancia entre los dos y lo abrazo.

Él se sorprende y se queda muy quieto un par de segundos críticos en los que me arrepiento de lo que acabo de hacer, pero, entonces…, sus brazos me rodean y me aprieta contra su cuerpo. Permanecemos pegados varios minutos y me impresiona darme cuenta de lo muchísimo que deseaba este abrazo. Nos separamos despacio, hasta que nuestras cabezas quedan a escasos centímetros la una de la otra. Es una cercanía íntima que nada tiene que ver con los momentos que hemos compartido hasta ahora. Mis oídos son incapaces de registrar otro sonido que no sea su respiración, la mía y mis pulsaciones agitadas retumbando en mi sien.

—Tengo miedo —murmuro y me desvelo ante Saúl con una sinceridad ruda, descalza.

—¿Por qué? —responde él con el mismo tono bajo y una de sus manos se eleva hasta mi mejilla, donde el calor de su palma deja una marca invisible sobre mi piel.

—Porque tú... —Me atrevo a levantar los ojos y fijarme en los suyos—. Porque tú me haces sentir, Saúl.

Es una frase abstracta, pero a la vez encierra un significado muy concreto y aterrador.

—¿Es eso malo? —pregunta ronco.

Aún perdida en sus ojos me escucho contestar:

—No lo sé. —Mis manos se aferran con fuerza a su abrigo—. A ratos creo que no, pero luego tengo esta sensación de vértigo que no sé si puedo controlar y eso... me aterra.

Él aprieta la mandíbula.

—Entonces lo que te da miedo no es sentir, sino no poder controlarlo.

—No me gusta no controlar las cosas —admito con un deje de derrota al comprobar que puede que tenga razón.

Su pulgar traza círculos sobre mi rostro y otro candado cae partido por la mitad.

—¿Y si hoy te dejas llevar? —propone.

Niego con un movimiento ligero de cabeza.

—No sé hacerlo —confieso.

Mi labio inferior tiembla. Saúl acaricia mi piel con ternura.

—Puedo ayudarte a dar los primeros pasos —propone.

El niño con la mirada más triste del universo es ahora el hombre con la mirada más esperanzadora del mundo.

—¿Cómo?

—¿Qué quieres hacer ahora? ¿Qué te pide el corazón? ¿Qué grita que hagas?

La voz de Saúl es grave y retumba en mi interior hasta que logra fulminar el último cierre que me mantenía impasible. La presa se rompe. Cada una de las emociones que con tanto ahínco he procurado mantener bajo llave sale disparada. Los sentimientos fluyen por cada rincón de mi ser y arrasan con todo. Me siento a la vez increíblemente vulnerable y poderosa. Soy una contradicción y, como tal, cometo el terrible error de lanzarme sin contemplaciones a besarlo.

En un inicio es un contacto duro, un choque de bocas torpe, como las primeras veces. Sin embargo, luego la respuesta de Saúl lo transforma en algo ligero, sin perder la pasión. El contacto de sus labios desencadena un hormigueo que arranca en mi boca, se precipita a mi bajo vientre y se impulsa hasta caer hacia las puntas de los dedos de mis pies para regresar a mi cara y calentar mis mejillas. Pero nada bueno dura mucho y menos cuando entre lo que he dejado escapar está esa capa amarga y viscosa del miedo. Fría como la caricia del aire una noche de tormenta.

—No, espera, yo… No puedo.

Saúl se separa de inmediato, diría que hasta asustado.

—Si he hecho algo que te haya…

—No, no… —digo avergonzada. Bajo la cabeza—. Tú no has hecho nada, pero… no puedo, Saúl. No puedo porque si hacemos esto, si doy el paso…, sé que voy a querer que te quedes. Voy a querer que te quedes, voy a querer que sea para siempre y sé que los para siempre no existen.

Hay tanta verdad en eso que me tengo que abrazar a mí misma. No puedo entender cómo es posible, no entiendo cómo puedo sentir esto por él. ¿En qué momento ha pasado? ¿En qué instante han nacido y crecido estos sentimientos por

Saúl? Me ocultó quién era y aun así…, aun así, estoy sobre el abismo de una verdad que me hace temblar.

No me atrevo a mirarlo. Estoy tan avergonzada que no puedo.

—Yo tampoco creo en los para siempre —señala con la voz trémula. No sé de dónde saco las fuerzas para levantar el rostro y mirarlo a la cara—, pero en lo que sí creo es en los momentos, Lara. —La sonrisa triste que corona su rostro es la cosa más hermosa que he visto jamás—. Y me gustaría poder tener más a tu lado. Me gustaría tener muchos más contigo. —Una risa nerviosa se cuela en su discurso—. Pero entiendo que, si tú no estás bien, si tú no quieres, yo no puedo…

La frase queda a medias. Soy valiente y me lanzo una vez más a su boca. Ahora controlo la intensidad y no soy tan brusca. El beso es más profundo. Saúl deja caer su maletín al suelo y sus manos no dudan a la hora de agarrar mi cintura y pegarme a su cuerpo. Mi lengua pronto habita su boca y nuestros labios se devoran con furia. Cuelo mis dedos por su pelo y no dejo de besarlo.

Me había olvidado de lo increíbles que son. De lo mucho que te puede decir un buen beso, uno que se dé sin pensar en nada más. Nos separamos cuando el oxígeno escasea. Mi cabeza da vueltas y pierdo hasta la ubicación. Lo único que tengo claro es que mi color favorito es el azul cobalto de esos iris que brillan bajo la escasa luz que nos alumbra y que combinan tan bien con el rojo de los labios de Saúl. Y, con ese beso, acepto su propuesta de manera tácita. Porque yo también quiero vivir de momentos si los «para siempre» quedan tan lejos de las puntas de mis dedos.

Cuarta parte

Corazones de papel y piedra

40
La dirección correcta

Saúl

La montaña de papeles bajo la que me encuentra Martín, cuando aparece por la puerta del remolque, le hace abrir los ojos de par en par.

—¿Me he perdido algo? —pregunta quitándose la chaqueta.

Me froto la cara.

—Lara y yo nos hemos besado.

—¿Qué? —Cae sobre el asiento y se inclina sobre la mesa—. Un segundo… ¿le has contado…?

—No. No le he contado nada del plan inicial del proyecto. Por eso llevo aquí desde las cinco de la mañana.

No he dormido. Me he pasado la mayor parte de la noche comiéndome el techo de mi habitación y cargado de dos emociones contrarias. Por un lado, pura y absoluta felicidad. Una dicha que nunca había sentido. Por el otro, un terror agonizante que conozco muy bien. Un miedo agudo que me ha impedido comer nada en las últimas dieciocho horas, aparte de tres cafés solos, cosa que odio y que he hecho para castigarme y mantenerme despierto.

—Necesito encontrar una solución. Además, esta mañana me ha llegado también un nuevo mail de los jefes. Han rechazado la última propuesta que les hemos enviado.

Mi compañero se desinfla en su asiento. Arruga el entrecejo y aprieta los labios.

—¿No crees que es momento de rendirse? —propone.

—¿Qué? ¿Y dejarla sin casa?

—Hace unos meses era todo lo que buscabas. —Me lo echa en cara.

Algo muy impropio de Martín.

—Las cosas han cambiado. Ya te lo conté.

Su mal humor es palpable, lo cual me resulta curioso, pues nunca lo he visto así. Tiene un aura afligida, como si le hubiesen absorbido todo retazo de felicidad.

—Saúl, buscas una quimera. Hay veces... hay veces que, por mucho que queramos cambiar las cosas y que salgan bien, no salen. ¿Vale? Y hay que asumirlo.

Aparto de la mesa el compendio de leyes y me enfrento a él. Lo analizo palmo a palmo. Si hay algo que se nos da bien a los introvertidos es leer las emociones de los otros. Uno aprende a anticiparse así a sus reacciones y puede controlar mejor su respuesta. Lo que el otro día adjudiqué al virus estomacal hoy toma un nuevo matiz. Está triste, esquivo, decepcionado.

—Oye..., ¿va todo bien?

Por primera vez desde que lo conozco, el enfado se muestra en su rostro.

—No, nada va bien porque te resistes a dejar de buscar y rebuscar entre tus excusas para no enfrentarte a la realidad. ¡Deja de mentir! —chilla y me quedo con la boca abierta.

—Martín —pronuncio su nombre con contundencia—. Cuéntamelo —le pido—. Ya te lo dije, somos amigos.

Aprieta los puños y, si bien por mi cabeza cruza por un instante el pensamiento de que me va a pegar un puñetazo, extiende sus dedos y cierra los ojos.

—Que soy un fraude —confiesa muy afectado.

—¿Tú? —Se me escapa una risilla y me llevo una mirada fulminante—. Eh, no te lo tomes a malas, pero tú no eres un fraude. Eres una de las personas más auténticas que conozco.

—No lo soy. Solo soy un crío tartamudo cargado de traumas y que es incapaz de llevar una vida normal con casi treinta años.

—¿Qué te parece si voy a por un par de tés a la cafetería y me lo cuentas con calma? Ambos necesitamos un descanso.

Martín asiente y apoya los codos sobre la mesa, como quien carga el peso del mundo sobre los hombros. Me incorporo, agarro el abrigo y salgo del contenedor. El día ha amanecido nublado y parece que no quiere despejarse. Es una emoción que conozco, porque me siento bastante así: tapando el sol con mi preocupación. Y el astro rey no es otro que el beso, bueno, los besos que me di ayer con Lara. Una parte de mí sigue sin creerse lo que ocurrió. Nos hemos besado. Lo hemos hecho. Lo hizo ella y yo tuve que seguirla porque esa boca, su boca, fue como la salvación.

Por eso, cuando la veo a través de la cristalera de la cafetería y pese a la enorme preocupación que pretende nublar ese sentimiento de felicidad de ayer, sonrío. Ella me responde con el mismo gesto. Siento orgullo por ser el origen de esa sonrisa y dejo a un lado los temores al verla acelerar el paso para ser la que me tome nota tras la barra.

—Buenos días, arquitecto. ¿Hoy no te sientas? —se interesa.

Me inclino un poco hacia delante.

—No, hoy tengo una mañana dura por delante y voy a pasarla en la oficina.

Juraría que la decepción asoma a su boca y tuerce hacia abajo sus comisuras.

—Oh… —No me da tiempo a añadir nada más, pues se repone y enseguida me pregunta—: Entonces ¿qué te pongo?

La contemplo. Que me haya dejado asomar la cabeza no quiere decir que me haya permitido entrar por completo en su vida. Es algo que podría enfadar a cualquier otra persona, pero a ella la entiendo. Nos entiendo. Un alma herida no permite la entrada de cualquiera y nos prometimos momentos.

—Un té verde con miel y un café. Bien cargado, por favor.

—Lo haré doble —me promete—. ¿Algo para comer?

—Bizcocho de limón y… lo que tengas con dosis muy altas de chocolate.

—¿Está bien Martín? —pregunta con una risilla nerviosa.

Le paso el dinero y me tomo unos segundos para pensar en una respuesta mientras me pasa el cambio.

—Lo estará.

—Eso o le dará un ataque de nervios entre el café y el chocolate.

Me enseña los dientes y nos quedamos anclados en el suelo. Solo nos miramos, pero el ambiente se carga de electricidad. Sus labios rosas me incitan a querer acortar la distancia que nos separa y besarla.

—Oye, ¿le sirves o qué? Algunas tenemos prisa —protesta una clienta a mis espaldas.

—Ya voy —replica Lara, que, si bien mantiene un tono cortés, no alberga simpatía alguna.

Mis ojos la siguen mientras trabaja y, al darme cuenta de que el periódico diario descansa en el extremo de la barra en el cual se recogen los pedidos para llevar, no me lo pienso mucho. Cojo una de las hojas y no tardo en doblar, cortar y replegar el papel hasta darle la forma de una flor que en su día Jacobo me enseñó. Y con ello dejo una huella más de él y su paso por esta vida entre nosotros.

—Aquí lo tienes —dice Lara acercándome una bolsa de papel con el pedido.

—Gracias.

Le doy la flor y la expresión de admiración da paso a una sonrisa nostálgica.

—Chica, se me va a enfriar el café, ¿me lo pasas? —interrumpe de nuevo la misma mujer de antes.

—Yo tengo que marcharme, no quiero importunar más. Hablamos luego.

Doy media vuelta y me dirijo a la obra, no sin antes darle los buenos días a Nadima que me mira de reojo y sonríe. Estoy a mitad de camino cuando escucho a Lara llamarme a gritos, por lo que me detengo y espero que me alcance.

—¿Qué pasa? ¿Todo bien?

—Te has olvidado una cosa.

Reviso mis bolsillos. Tengo el móvil, la cartera y las llaves en su sitio. La media sonrisa seductora de ella me avisa de lo que viene y, antes de que pueda reaccionar, se abraza a mi cuello y me besa. No sé cómo logro hacer malabares para no tirar la bolsa al suelo, pero lo consigo y no dudo al entregarme. Es dulce, calmo. Es muy distinto a los que intercambiamos ayer y, al mismo tiempo, encierra un toque pícaro con el mordisquito que me da en el labio inferior antes de separarnos.

—Esto es lo que te habías olvidado.

Su risa son campanillas que flotan en el aire y tocan una preciosa melodía solo para mí. Y no me resisto. Agarro su muñeca y vuelvo a juntar su boca con la mía. Mis manos ascienden hasta su cara y la acuno para poder controlar la intensidad y profundidad del beso. Ese mordisco ha desencadenado en mí una reacción salvaje. El deseo es un arma peligrosa en mis manos. Sin embargo, me controlo. No sé cómo lo consigo, pero nos separamos. Aunque no la suelto aún, espero a que ella vuelva a abrir los ojos para ello.

—Debo irme.

Mi dedo pulgar repasa el contorno de su labio. La dejo marchar e ignoro el picor que produce su ausencia sobre las palmas de mis manos.

—Disfrutad del desayuno —se despide.

Se da la vuelta y emprende la carrera de nuevo hacia la cafetería. Necesito más que un par de minutos para serenarme y para ocultar la mueca de absoluta fascinación que sé que baña mi rostro en estos instantes. Aunque no me dura mucho, porque, al echar un vistazo alrededor, el BMW, último modelo azul eléctrico que hay aparcado en la misma puerta del vallado de la obra, me congela la sangre. Mis jefes están aquí. Siento mi corazón en la garganta y acelero el paso. Están justo delante del contenedor y Martín los escucha con la cabeza gacha.

—Buenos días —interrumpo—, no os esperábamos.

—Hombre, Ulloa, al fin llegas.

—He ido a por un par de cosas a una cafetería cercana. —Trato de parecer amigable, pero todas mis alertas se han disparado.

Los hermanos Frías nunca visitan ninguna de sus obras a menos que estén terminadas y puedan colgarse la medalla en el pecho.

—¿Hay algún lugar en el que merezca la pena poner un pie en este barrio sin exponerse a una salmonelosis? —bromea el mayor de ellos cuyo pelo teñido disimula que roza los setenta años.

—¿Qué os trae por aquí? —atajo.

Es el pequeño, el de solo sesenta, quien decide tomar el relevo en la conversación.

—Hemos venido porque este proyecto empieza a complicarse en exceso, Saúl. —No disimula su enfado—. Los tiempos se alargan y no paras de intentar hacer cambios.

—Muchos de ellos son necesarios. Lo que pasó con la excavadora hace unas semanas…

—Ya lo hablamos, chico. —Se refiere a la reunión que tuvimos con el capataz y por el tono me deja claro, de nuevo, que no han cambiado de opinión y que siguen del lado de ese hombre. Lo cual no me extraña, porque sé de sobra que les ha hecho más de una obra no muy dentro de la legalidad—. Saúl, el proyecto va a seguir igual… No entendemos qué ha pasado para que hayas cambiado de opinión…

—O quién ha pasado —agrega su hermano con una risa socarrona que me enfurece.

—Pero tenemos un contrato que cumplir. Así que recuerda que tú solo tienes que pasarte por este sitio de vez en cuando para ver cómo avanzan y que lo hagan en la dirección correcta. Tienes tres proyectos más esperándote y en todos sufrimos demasiados retrasos.

—Y, por muy bueno que seas, arquitectos hay a patadas y mucho más baratos, así que céntrate, muchacho.

—Ah, una última advertencia, Saúl: deja el proyecto tal y como está.

Los hermanos dan la conversación por finalizada y, sin siquiera decir adiós, se suben al coche y se largan.

41
Solo Lara

Lara

—¿Sí? —contesto nerviosa.

—Hola, Lara, soy Saúl.

No hacía falta que me dijese su nombre. Su voz es inconfundible. Esa gravedad y ronquera son demasiado características del arquitecto. Y también está el hecho de que tengo guardado su número en mi lista de contactos después de que hace tres días me mandase un mensaje diciendo que durante esta semana no podría estar por el barrio.

—Lo sé —respondo con una risa bobalicona.

—Por si acaso. —Se ríe y a continuación se le escapa un bostezo—. ¿Qué tal el día?

—Parece que menos agotador que el tuyo.

—No está siendo una buena semana —confiesa.

Parte de mi buen humor se esfuma al ver a Olimpia salir de su casa. Es increíble, pero lleva sin hablarnos desde que ocurrió lo de su reacción alérgica. Pasa de largo como si yo fuese un mero objeto de decoración y baja las escaleras hasta que escucho cómo se cierra el portal. Me da rabia, pero no voy a recular. ¡Es ella la que debe darse cuenta de una vez por todas de que ese tío es un cretino!

—¿Quieres hablarlo? —me intereso, apoyada con la espalda en la pared para guardar en mí estos minutos de conversación con él, y me resisto a entrar aún en casa.

—No, no, tranquila, es solo trabajo. —Tose y al momento cambia el foco de atención—. ¿Y tu día cómo ha ido?

—Rutinario, como todos. Aburrido. Tengo la sensación de que hace mucho que no me divierto —declaro no sé si para Saúl o para mí misma.

Él se queda callado al otro lado de la línea y temo haber echado a perder la conversación.

—¿Hace cuánto que no te tomas unos días libres? O uno solo.

—El martes pasado.

—No un día de descanso encerrada en casa, Lara. Digo un día libre y para ti.

—Los días libres son para los ricos —expreso con un suspiro en voz baja. Me doy cuenta de lo que acabo de decir y me retracto—. No ha ido con segundas, te lo prometo.

—Lo sé, lo sé… —Imagino que ahora se frota la barbilla en ese gesto tan suyo con el que suele ocultar los labios—. Pero te lo digo en serio, ¿hace cuánto que no eres tan solo Lara?

—¿Simplemente Lara? —Levanto la cara al techo del descansillo y me fijo en una enorme grieta de humedad que ha desconchado la pintura—. No lo sé, tampoco me gusta pensarlo. Y sabes que tengo demasiadas cosas que hacer como para gastar un día en mí misma, así como así.

—No sería gastarlo, más bien invertirlo.

—Otra cosa de ricos. Los pobres no invertimos, solo gastamos —recalco con un deje amargo.

Si me esperaba acidez o reproche por su lado, no lo encuentro, sino todo lo contrario, puro entendimiento. Me gusta ver que Saúl no se ha olvidado de lo que es no tener nada, lo hace parecer más real o, no es esa la palabra exacta que busco…, más cercano. Eso es.

—Deberías hacerlo —insiste—, yo podría quedarme con tu abuela. Has visto que soy muy buen niñero.

—Lo eres, pero no quiero que pienses que solo te utilizo para que me ayudes a cuidar de mi abuela —le acuso divertida.

—Sé que tú no podrías utilizar nunca a nadie, eres demasiado buena.

Odio que haga eso. Odio que saque a relucir cualidades mías porque no sé cómo responder ante ello. Nunca se me ha dado bien enfrentarme a ese tipo de comentarios, puede que porque no me los termino de creer.

—Tengo que colgar —salgo por la tangente y, si bien me gustaría seguir con la conversación unos minutos más, prefiero dar por finalizada la llamada ahora—, Irene está en casa y sé que mañana madruga.

—Oh, claro, tranquila. —Su tono se mantiene sereno—. Espero ir en un par de días por el barrio, echo de menos la forma en la que consigues que el té verde no quede amargo con tanta exactitud. Yo ni con la miel lo arreglo.

Logra arrancarme una última risa.

—Eso es porque te pasas con los minutos en los que tienes la bolsita sumergida, tienes que sacarla antes —indico.

—Puede ser o puede que haga el té mal como excusa para ir a verte.

El remolino ardiente de la boca de mi estómago me deja sin aire. Maldito Saúl y malditas sus palabras.

—Te cuelgo ya. Descansa —digo de forma atropellada.

—Adiós, Lara.

No abro la puerta de inmediato. Me doy varios segundos en los que tomo aire para espantar esa sensación que ha logrado despertar en mí Saúl. Por fin, giro la llave y entro en casa. Irene me recibe con una sonrisa. La he pillado fregando los platos de la cena que ha compartido con la abuela.

—¿Qué te pasa? ¿A qué se debe esa cara? —curiosea.

—¿Qué cara?

—No sé, es… una mezcla un tanto peculiar. Entre la que pondrías si fueses a vomitar y una sonrisa de oreja a oreja.

Agacho la cabeza y aprieto los labios.

—Es que acabo de terminar de hablar por teléfono con Saúl.

Es la única persona a la que le he contado lo que ha pasado con el arquitecto durante esta última semana. No pude contenerme, aunque una parte de mí tuvo miedo de herirla tras la mala experiencia que tuvo con su plantón. No fue así, al contrario, Irene se emocionó y me soltó aquel «lo sabía». Según ella, estaba clarísimo que él me gustaba y que yo a él también. En favor de mi amiga debo decir que es muy intuitiva. Aunque negaré lo que dice de que me gustó desde el primer momento que lo vi. ¿Me pareció guapo? Sí, pero de ahí a gustar… hay demasiado recorrido.

—¿Y qué tal? ¡Cuéntame!

—Nada, tampoco ha sido una conversación muy extensa. Estaba cansado con lo mucho que está trabajando en las últimas semanas.

—Oh, pobre. Lo cierto es que el otro día lo vi de lejos, iba con ese chico, ¿cómo me dijiste que se llamaba?

—Martín —respondo.

—Ese. —Irene chasquea los dedos y se salpica la cara—. Los vi cuando bajaban por la cuesta y vaya ojeras que tenía el pobre. Parecía muy preocupado por algo.

Lanzo un lamento.

—Y luego soy yo la que se merece un día libre —farfullo.

—¿Un día libre? —indaga mi amiga, que deja el último plato en el escurridor y se seca las manos en un paño de cocina.

—Sí, dice que necesito un día libre, un día solo para mí.

Irene apoya la cadera en la encimera y cruza los brazos sobre el pecho.

—Razón no le falta.

—¿Te vas a poner de su lado? —la acuso.

—Me pongo del lado de quien tiene razón.

Mi amiga tiene un sentido de la ética odioso.

—No tengo tiempo para eso, lo sabes.

Irene guarda silencio. Son sus ojos tras esas pestañas claras los que me dicen mil y una cosas sin necesidad de palabras.

—Deja de mirarme así.

—¿Así cómo?

—Basta.

—No estoy haciendo nada.

—Voy a ver a mi abuela.

Ella se ríe de manera endemoniada. Para lo buena que es, lo mala que puede llegar a ser.

Me dirijo hacia el salón. La abuela está en su sillón orejero con su punto de cruz mientras ve una película de Manolo Escobar en la tele. Canta con él y me permito contemplarla unos instantes antes de acercarme a ella y darle un enorme beso en la mejilla.

—¡Larita! Al fin llegas —me saluda.

—¿Qué tal has pasado la tarde?

—Genial, Irene me ha hecho una cena de rechupete. Hay que ver lo bien que cocina tu amiga.

—Pero no tan bien como lo hacía usted, doña Carmen —interviene la aludida apareciendo en el salón.

—¡Zalamera! Ojalá pudiese volver a cocinar como antes, pero la artritis y esta cabeza me tienen… que podría echarle azúcar al guiso en vez de sal.

—Bueno, no tiene de qué preocuparse. Ya estoy yo para cuidarla —promete mi amiga que la rodea con los brazos y le planta un besito en su sien—. Me voy que empiezo a trabajar en una hora.

—Muchacha, eso de que tengas turno nocturno en la centralita no sé cómo no te vuelve loca.

—Abuela, es que hay gente que también necesita consuelo de noche —digo aguantando una risilla.

Irene me fulmina con la mirada.

—Doña Carmen, al final es trabajo.

—Lo bueno es que tienes esa voz preciosa como los ángeles y seguro que a quien atiendas se calmará solo con escucharte.

—O se pondrá cardiaco —comento por lo bajo.

Lo suficiente para que la abuela no me escuche, pero no tanto como para que escape del radar de mi amiga. Me da un manotazo suave en el hombro a modo de reprimenda.

—Os veo mañana. Pasad buena noche.

—Nunca mejor que la de tus clientes —agrego sacándole la lengua antes de que se marche.

42
Un noventa por ciento

Saúl

Aparco el coche y abro la puerta. Me agacho para coger el abrigo y el maletín. Cuando me incorporo me llevo un susto de muerte al encontrarme junto a mí una melena rubia que hace tres segundos no estaba ahí.

—¡Cuánto lo siento! No pretendía asustarte —se disculpa ella muy azorada.

—No, tranquila, Irene, ha sido culpa mía, últimamente ando un poco despistado.

—Veo que recuerdas mi nombre —se alegra.

—Por supuesto.

Me sonríe. Frota con insistencia una mano con la otra y es evidente el nerviosismo que le recorre todo el cuerpo. Quiere preguntarme algo, pero no se atreve, por lo que le hago las cosas fáciles.

—¿Necesitas ayuda?

—La verdad es que sí. Bueno, yo no…, Lara. —Me tenso, alerta—. No, no, tranquilo, está bien. Es… —No sabe cómo decirlo—. El otro día me comentó que hablasteis por teléfono y que le sugeriste que se tomase un día libre.

Me tranquiliza saber que a Lara no le ocurre nada y también me pone una medio sonrisa en la cara que hable de mí con sus amigas.

—Sí, se lo dije.

—Si te he asaltado a estas horas tan vespertinas es porque... —Examina sus zapatos antes de finalizar con la frase—. A ver, no quiero ponerte tampoco en un compromiso.

Hay algo en Irene, en esa dulzura con la que me trata, que hace que confíe en ella y que desee ayudarla. Es demasiado fácil que te caiga bien esta chica.

—No me vas a poner en ningún compromiso, tú solo dime.

Me mira con esos pequeños ojitos y una mueca angelical.

—Lara necesita despejarse y... había pensado en que podrías invitarla a salir, proponerle una cena, por ejemplo.

—¿Una cena?

—Sí. Si se lo digo yo, sé que va a ignorarme, es muy terca. —Esto está siendo más interesante de lo que pensaba en un inicio—. Pero, si se lo propones tú..., creo que aceptará.

—¿Crees?

—Bueno, estoy un noventa por ciento segura de que sí.

—¿Y el otro diez por ciento? —interrogo con una ceja levantada para ocultar una sonrisa.

—El otro diez por ciento depende de la suerte porque con Lara nunca se sabe —admite—. También porque pienso que a ti te vendría bien tener un poco de tiempo libre. —Se tapa la boca con ambas manos—. Perdona, eso ha estado totalmente fuera de lugar. No debería...

—Eh, no, no. —Apoyo una mano en su hombro, pero la retiro igual de rápido cuando percibo cómo se tensa cuando lo hago—. No está fuera de lugar —continúo con la conversación como si nada para que ella no se sienta más violenta—, tienes toda la razón, a mí también me vendría bien tomarme una tarde alejado de los planos y las leyes.

No debería haber dicho la palabra «leyes». Porque lo que estoy haciendo es buscar algún vacío legal para tratar de hundir el proyecto desde dentro y paralizar las obras. Ahora soy yo quien se tensa; sin embargo, Irene no parece haber caído en que me he delatado.

—¿Le propondrías una pequeña escapada? Por doña Carmen no te preocupes, yo me quedaré con ella hasta que volváis, no hay ninguna prisa y da igual a la hora que regrese.

Irene se enciende y se pone roja. Puedo imaginar la razón de lo que ese «da igual a la hora que regrese» significa para ella.

—Eres muy buena amiga —establezco.

—Yo... yo... —Abre la boca y la cierra un par de veces, como un pececillo fuera del agua.

—Trataré de formulárselo cuando me pase por la cafetería.

—¡Perfecto! ¡Gracias! —grita entusiasmada—. ¡Nos vemos!

Inicia su carrera y la veo trotar de vuelta al portal. Para y se da la vuelta para regresar junto a mí.

—Casi se me olvida. —Me pasa una nota—. Este es mi número personal. Si lo consigues, podemos poner el plan en marcha.

Lo tomo y, ahora sí, vuelve a coger carrerilla y se va. Sonrío. Irene me cae muy bien.

Es casi mediodía. Otra mañana infructífera. Percibo el dolor de espalda cada vez más puñetero en la zona de mis costillas, tirando de ellas. No he encontrado nada aún que pueda paralizar de manera tajante el derrumbe del barrio, así que he decidido salir del contenedor que hace de oficina y he bajado hasta la cafetería. Lara está… está preciosa. Hay un brillo en ella que ilumina por completo el local. Pienso en lo que me ha pedido Irene esta mañana y, si hace unas horas me parecía la cosa más sencilla del mundo, en estos instantes me entran unos nervios fulminantes. De hecho, me bloquean nada más llegar a la barra. No sé qué contestar al simple saludo de esos enormes luceros castaños que coronan el rostro de Lara.

—¿Hola? ¿Saúl? ¿Estás…?

—¿Te puedo llevar a cenar esta noche?

Quizá esa no ha sido la manera más suave de hacer esto.

—¿Cenar?

El pánico en su cara se enfrenta a la sorpresa.

—Sí.

—No puedo, tengo que…

—Irene se queda con tu abuela —la corto—. Lo que quiero decir es que… Irene me ha dicho que no te preocupes por eso porque ella se va a hacer cargo de Carmen mientras estemos fuera.

Más expresiones que luchan una tras otra en su rostro.

—Por supuesto que sí —contesta por ella Nadima—. A las siete le vendría muy bien. Acaba el turno de hoy a las cuatro.

Lara mira a su jefa, aún muda.

—¿Lara? —Espero, impaciente, la respuesta.

Tiene que ser ella la que conteste que sí.

—Mejor a las siete y media.

—Siete y media —repito y vuelvo a respirar.

No me había percatado de que lo había dejado de hacer, pero he contenido la respiración hasta saber cuál iba a ser la respuesta. Nadima me guiña un ojo con descaro. Coge una bandeja y regresa a su labor de atender las mesas.

—Te paso a recoger por casa.

Tamborileo sobre la barra y me marcho. Sin té, sin biz-cocho de limón, sin nada que comer porque los nervios aga-rran con fuerza mi estómago.

43
Una noche por Madrid

Saúl

A las siete y media, ni un minuto más ni uno menos, golpeo con un ritmo alegre la puerta de la casa. Me quedo con la boca abierta al ver que quien me abre es doña Carmen.

—¿Esperabas a Lara o a Irene?

—Am…, sí —admito de pronto muy avergonzado.

—Irene la está entreteniendo un poco para que yo pueda tener una pequeña charla contigo —confiesa la mujer.

Se me ponen los huevos de corbata. Doña Carmen es la abuela que toda persona querría tener, por eso acojona cuando me examina de pies a cabeza y, con esa afabilidad que la caracteriza, me dice con una sonrisa:

—Tendré alzhéimer, muchacho, pero si hay algo que siempre me ha pasado es que no perdono. Así que si le rompes el corazón a mi nieta… en el momento que recuerde quién eres, iré a por ti.

—Doña Carmen, le prometo…

—Ah, ah, ah. Guárdate la palabrería. Cumple con lo que debes hacer.

El aire me falla y tengo que carraspear para tratar de quitarme el nudo de la garganta. Esto solo pone una nueva capa de estrés a la presión que ya tengo por encontrar la manera de paralizar la obra. De pronto, esto me parece la peor idea del mundo. No puedo pasar esta noche con Lara. No cuando, si no logro detener el derrumbe a tiempo, perderá el único hogar que le queda. Mis manos se congelan. ¿Y si Marta tiene razón? ¿Y si no consigo paralizar las obras? ¿Y si…?

Lara aparece y mi línea de pensamiento se interrumpe. De por sí es preciosa, pero esta noche esa sonrisa que tiene de oreja a oreja y que no puede disimular hace que sea una diosa.

—Joder.

—¿Me lo tomo como algo bueno? —pregunta ella dubitativa.

—Sí, sí. Estás…, eres —me corrijo— preciosa. Yo…

La risilla de Irene detrás de Lara hace que me dé cuenta de lo ridículo que debo parecer aquí parado como un pelele. Aparto por completo mis preocupaciones y me centro en ella, en esta noche y en lo que hay por delante.

—¿Te parece si nos vamos? —propone ella.

—Claro, detrás de ti.

Alargo mi mano y pasa por delante.

—Pasadlo bien —se despiden de nosotros tanto doña Carmen como su amiga.

Percibo cómo Lara les arroja una advertencia con los ojos y desciende por las escaleras. La sigo en silencio un par de pasos por detrás. Salimos a la calle y vamos hasta el coche. Estamos a punto de llegar cuando una figura se acerca a nosotros. Lara se tensa.

—Vamos —apremia para que nos metamos en el coche.

Es entonces cuando me doy cuenta de que se trata de Olimpia, que le lanza una mirada triste que solo yo puedo ver porque Lara ya está dentro del vehículo. Ella pasa por mi lado.

—Arquitecto.

—Olimpia —respondo.

Sin más, ella sigue su camino y se pierde hacia el portal del edificio de las chicas. Yo me encierro en el coche junto a Lara.

—No preguntes, por favor.

Asiento y cambio de tema por completo.

—Solo dime, ¿rock o pop? —le pregunto, y me llevo una risotada de regalo.

—Rock, por favor.

—Marchando.

Iniciamos nuestro trayecto en el coche en silencio. Escuchamos la música y la pillo tarareando de vez en cuando. Sin embargo, no me mira, sus ojos están clavados en todo lo que hay tras la ventanilla y no puede evitar una sonrisa relajada. Las luces que iluminan la ciudad, ya sumida en el manto nocturno, juegan a crear sombras con sus facciones y recrean preciosas instantáneas a las que no puedo prestar la atención que me gustaría. Dejamos el coche en el aparcamiento de plaza de España y salimos sin demora a la superficie.

—Dios…, hacía tanto tiempo que no pasaba por aquí. Está tan cambiado… —Observa nuestro alrededor como una niña que acaba de descubrir un reino encantado—. Recuerdo que plaza de España se encontraba siempre con el césped inundado de emos y frikis.

—¿De qué grupo eras? —me aventuro, porque algo me dice que no erro en mi tiro.

El gorjeo agudo y juguetón mezclado con la dosis perfecta de vergüenza me confirma las sospechas.

—Era de ambos.

—Pagaría mucho por ver fotos tuyas de ese periodo.

Ella golpea mi hombro con suavidad.

—Ni de coña.

Nos miramos un segundo en el que ambos nos sonreímos. Ansío volver a besarla, pero hoy quiero que sea especial. Porque esto no es tan solo una escapada, una noche libre; porque, aunque ninguno de los dos haya utilizado la palabra, juraría que esto es una cita. Y, si lo es, no quiero que nos besemos todavía.

—Sígueme, voy a enseñarte uno de los mejores bares que tiene Madrid.

—Eso tendré que comprobarlo por mí misma.

Sonrío. Me fascina que siempre tenga que rebatirme.

—Veremos al final de la noche si te hago cambiar de opinión.

El primer lugar al que vamos es a una de mis cervecerías favoritas y lo mejor es que conozco al dueño. Eso logra que en un santiamén nos preparen una pequeña mesa en un rincón y podamos desprendernos de los abrigos, pues en el local hace bastante calor.

—Esto está hasta arriba —dice cuando toma asiento y descubro el escote del vestido.

Lucho contra mis instintos y trato de no ser descortés. No permito que mis ojos bajen más allá de su barbilla.

—Porque tiene las mejores cervezas artesanas de toda España —le explico—. Nadie puede triunfar en el mundo de la cerveza artesana sin pasar por aquí.

—Saúl, como de costumbre vendiéndome demasiado bien al resto.

Reconozco la voz de Joaco y me levanto para abrazarlo y darle un par de palmadas en la espalda. Al separarnos le presento a Lara.

—Joaco, Lara. Lara, Joaco.

Él le extiende la mano y ella sonríe de medio lado, agradecida por ese ofrecimiento en lugar de los dos besos.

—Un placer, Lara. Y no te dejes engañar por las palabras bonitas de Saúl, esto al final es solo un bar más —responde mi amigo—. Lo que sí nos gusta es desarrollar una buena experiencia para el cliente ofreciéndole la cerveza que mejor se adapte a su paladar. —Inclina la cabeza hacia un lado y le formula una batería de preguntas—. Así que, veamos, ¿fruta favorita? ¿Mar o montaña? ¿Amaneceres o atardeceres? ¿Natillas o gelatina? Y... lo más importante ¿alérgica o intolerante a algo? ¿Las dos cosas?

—Fresas. Mar. Atardeceres. Natillas. Y no, ni alergias ni intolerancias.

—¡Perfecto!

Se marcha con un bailecito de hombros detrás de la barra en donde los veinticinco grifos de distintas cervezas crean un panorama que encaja a la perfección con el diseño industrial del local.

—¿No hay preguntas para ti? —inquiere Lara cuando tomo asiento de nuevo.

—No, sabe que lo que busco cada vez que vengo es que me sorprenda.

—Interesante —replica ella—. ¿Vienes mucho?

—Antes solía venir más. Trabajé aquí desde los dieciocho hasta los veinticinco.

Ella abre los ojos, sorprendida.

—¿En serio? ¿El señor arquitecto fue antes *bartender?*

—No me ha gustado nunca ponerme límites. Además, de pequeño me prometí a mí mismo que la única persona de la que debía depender era de mí mismo y de mi esfuerzo. —Tomo aire y cuadro los hombros—. En el fondo siempre he tenido miedo a que mis padres me devolviesen. No es que me hayan dado a entender nunca eso, pero... el miedo es el peor compañero de viaje.

El nerviosismo hace que me coloque las gafas de nuevo en su lugar y carraspeo. Lo curioso es cómo el simple roce de la mano de Lara apoyada sobre la mía logra que me calme.

—El miedo a veces es lo único que nos permite sobre-vivir y estuviste demasiados años en modo supervivencia. No te culpes por ello, no es malo —reflexiona y sé que tiene razón, pese a que me da rabia tener a veces ese temor con gente que sé que jamás me va a herir y siempre va a estar a mi lado.

La interrupción de Joaco me viene de perlas para desha-cerme de la oscuridad que se ha pegado a mi cuerpo.

—Aquí os las traigo. Espero haber acertado —dice ilu-sionado—. Venga, va. Preparad los paladares para estas dos delicias.

Me llevo la copa a la nariz e inhalo los aromas de la cerveza. Lo primero que detecto es el regaliz, luego anís y al final un toque cítrico. El líquido es espeso, de una tonalidad marrón oscura, y me lanzo al primer sorbo. Uno pequeño para poder pasarme el mismo por la lengua y captar con mis papilas gustativas lo que mi nariz me ha adelantado.

Lara pone toda su atención en mí. Sus ojos perfilados viajan por mi rostro con cada cambio que percibe. Desvío la mirada un segundo hacia Joaco y asiento enérgicamente.

—Has acertado de lleno, es espectacular.

—¡Ajá! Lo sabía. Sabía que te gustaría. Es de una de las fábricas de las afueras de Madrid. ¿Y ese sabor de después? Es maravilloso.

—Lo es —admito—. ¿Lara?

Le paso el turno. Ella no es tan ceremoniosa como yo y eso me gusta. Me gusta que no tenga la necesidad de imitar-me ni de pretender que sabe cómo catar la cerveza. Solo la disfruta y eso tiene mucho más valor. El trago que da es más grande que el mío y no se corta al dar un segundo y un ter-cero.

—Esto está… —Joaco sonríe como un crío—. Es como estar en mitad de un bosque y a los pies de la orilla del mar.

La reacción es genuina. No lo hace por dejar en un buen lugar a mi amigo, sino que está maravillada de verdad. Le encanta la cerveza.

—Esa es de Sevilla, la traigo en exclusiva yo a Madrid. ¿He acertado al invertir?

—De lleno.

—Me gusta esta chica —murmura Joaco en mi dirección—. Voy a pedir a cocina que os traigan un par de cositas para que podáis descubrir los sabores ocultos de las cervezas.

—Muchas gracias, amigo.

Él vuelve a marcharse y Lara le da otro trago.

—Te aseguro que no soy una chica de cerveza, pero esto... —Otro sorbo—. ¿Y lo ha averiguado con las preguntas del principio? Pensé que era solo parte del espectáculo.

La carcajada que sale de mi boca hace que varios clientes sentados en mesas cercanas me lancen miradas confundidas.

—Es la especialidad de Joaco. Hay veces que, solo con mirar a alguien, logra sacar cuál es su cerveza perfecta.

—¿Quieres probarla? —me ofrece su copa.

La tomo con cuidado de su mano, rozando de manera muy poco inocente sus dedos. Doy un sorbo y noto de inmediato que es muy suave y a la vez rica, hasta diría que tiene más graduación que la que me han servido. Le devuelvo la copa a Lara y le paso la mía.

—Mira esta.

Ella tampoco duda a la hora de agarrar la copa y mis dedos entre los de ella. La eleva hasta sus labios y bebe un buen sorbo. Deja sobre su labio superior una línea de espuma que la yema de mi pulgar ruega por quitar y así lo hago.

—Intensa —responde ella con la voz tomada.

—Intensa.

El resto de la velada pasa en medio suspiro y, para cuando nos queremos dar cuenta, llevamos cinco cervezas y varios de los platillos estrella del sitio. Lara se muestra dicharachera y me cuenta todo, desde la pelea con Olimpia por «ese cabrón manipulador», en palabras de ella, hasta lo mucho que está disfrutando de esto. Aunque debo admitir que no me hace falta que me lo diga, lo puedo ver con facilidad en lo relajada que está, en la sonrisa perenne que no ha abandonado durante la cena y en el brillo de sus ojos, mitad por el alcohol, mitad felicidad del momento.

Para cuando salimos del bar, tras la promesa de volver lo más pronto posible a visitar a Joaco, es tarde. Las calles de Madrid bullen cargadas de gente que va y viene. Nosotros formamos parte de esa galaxia de transeúntes. Dos pequeñas estrellas que cogidas de la mano caminan por mitad de Gran Vía. Porque sí, no sé cómo ha surgido, pero, de un instante a otro, Lara se ha agarrado a mí y yo he aceptado de buen gusto su tacto y me he maravillado con cómo un gesto tan sencillo puede darme tanto.

—Me había olvidado de lo bonita que es.

—¿Quién? —pregunto absorto aún en nuestras manos.

—Más bien qué. Ella, Madrid. —Su sonrisa juega a acelerar mi corazón—. Sé que hay gente que piensa que es una ciudad ruidosa, gris y contaminada. Lo es. Pero también es preciosa. De un modo en el que solo los lugares que nos han marcado pueden serlo. Y refleja mucho a quienes vivimos aquí y nuestro modo de vivirla. Siempre con prisa, siempre cambiante, y a la vez… lo importante es inmutable.

Nuestro paseo nos ha llevado hasta el Templo de Debod, iluminado en su majestuosidad. Un trocito de Egipto en pleno centro de Madrid. Lara mira con sus enormes ojos castaños el templo con una ligera capa de agua. Se alza entre el gentío, destaca sin pretenderlo. Es pura fuerza en esta vulnerabilidad que me muestra a mí. Solo a mí.

—Lo importante —retoma su discurso—, los grandes edificios, los grandes sitios, los grandes momentos, las grandes personas…, sobreviven. —Sonríe al cielo que parece contestar con un trueno a lo lejos—. Así somos los que habitamos Madrid, bien naturales o de fuera, sempiternos. O al menos eso me gustaría pensar que hacen estas calles con la gente. Ojalá les haga sentir eso. Porque es lo que mi piel me grita ahora. Que este es uno de esos instantes. —Se pega a mí y tiene que levantar la cabeza para poder mirarme a la cara—. ¿Recuerdas lo que dijiste en el rellano de mi casa?

—Cada palabra —afirmo apartando un mechón de pelo y colocándolo tras su oreja.

—Gracias por compartir este momento conmigo. —Se le escapa una lágrima y corro a borrarla. Las comisuras de sus labios se elevan—. Dios…, echaba tanto de menos esto. Tenías razón, necesitaba un día libre.

—Soy yo quien debería darte las gracias —le rebato.

—¿Tú? ¿Por qué? —pregunta.

Entrecierra los ojos y apoya más su cara contra la palma de mi mano.

—Porque has hecho que vuelva a enamorarme de Madrid una vez más.

Y entonces aparece de nuevo la necesidad de besarla. Es un tsunami que quiere arrasar con quien soy y desprenderse para volcarme de lleno en sus labios. A los cuales miro y acaricio con cuidado. Bajo un poco más la cabeza, me acerco a la suya, pero de una manera lenta, tan lenta que escuece. Sin embargo, no quiero precipitarme, no quiero estropear la noche. Pero la noche no se estropea, sino que solo mejora cuando ella se pone de puntillas y se queda a un centímetro de mi boca. Respiramos el aire del otro, sin dar el paso.

—Arquitecto, ¿no vas a besarme? Quiero que Madrid nos recuerde a los pies de este templo besándonos. Quiero que los desconocidos que caminan a nuestro alrededor no puedan evitar contarle a todo el mundo que, una vez, cuando caminaban por Madrid, vieron cómo se besaban el chico de papel y la chica de piedra.

No pienso. Solo actúo y apoyo mis labios sobre los de ella. El calor de sus mejillas contrasta con lo fría que tengo la punta de la nariz y un escalofrío me recorre por entero cuando sus manos suben hasta mi pelo y hunde sus dedos en él. Lara abre la boca y me recibe acunando mi lengua con la suya, sin temores ni reservas. Se entrega a nuestro contacto con todo. El leve gemido que suelta su garganta me hace apretarla más contra mi cuerpo. Quiero repetirlo. Deseo crear melodías con sus gemidos, pero otro trueno, mucho más cercano, seguido por un relámpago y las primeras gotas hacen que nos separemos. Corremos hacia un portal para resguardarnos de la lluvia. Ella tirita. No sé si debido a lo que acaba de pasar o a la lluvia, cada vez más intensa.

—¿Cuál es nuestra próxima parada? —me pregunta expectante.

—¿Cuál quieres que sea?

Lo leo en su pestañeo antes de que lo diga en voz alta, aunque eso no evita que las sensaciones que genera en la totalidad de mi cuerpo sean menos intensas.

—Tu casa.

44
Arte y penitencia

Lara

La casa nos recibe a oscuras y en silencio. Un silencio que muy rápido llenamos con nuestros gemidos y los golpes contra todos los muebles con los que nos cruzamos por el camino. Porque ninguno de los dos mira ni presta atención a lo que nos rodea. No después de ese eterno viaje en coche en el que en cada maldito semáforo que nos obligaba a parar bien Saúl se lanzaba a mi boca, bien mis manos recorrían su muslo con la peor de las intenciones.

Luego, no sé cómo hemos logrado salir del ascensor antes de que se nos cerrase la puerta por tercera vez, pero lo hemos conseguido y él ha abierto su piso con una facilidad pasmosa. La misma con la que me ha desprendido del abrigo en la entrada y con la que acaba de cargarme de un solo impulso entre sus brazos. Solo ahora, pegada a su pecho y con sus enormes manos en mi trasero, me percato de lo fuerte que es Saúl en realidad, pese a ser tan delgado y desgarbado.

Me conduce hasta su habitación y me posa con suavidad sobre las sábanas blancas de la cama. La colcha es tan mullida que crea a mi alrededor un abrazo cálido que apacigua parte del frío que tengo a causa de la lluvia. Saúl da un toque a la lámpara de la mesilla y una tenue luz nos ilumina. Se inclina hacia delante y me besa. Ambos tenemos la piel helada, pero nuestras bocas desprenden un calor abrasador. Lo que ocasiona que mi estómago se revuelva de puro nerviosismo y excitación. Bajo las manos hasta el borde de su camiseta y trato de subírsela, pero me frena.

—Dame un segundo.

Lo observo. Él respira con profundidad y acuna mi cara con las palmas de sus manos. El beso que me regala es dulce, tierno. Después, son sus ojos azules, oscurecidos, los que me gritan un montón de cosas que no entiendo hasta que se deshace de la camiseta y lo veo. El mapa orográfico de su piel cuenta historias de terror que harían huir hasta al más valiente. Cuando curé su herida en el salón de mi casa, recuerdo cómo quiso hacerme creer que las cicatrices de su antebrazo eran por… deportes cuerpo a cuerpo. Sin embargo, yo lo sabía. Sabía que esas marcas solo podían ser causa de un maltrato brutal. El mismo que el niño con los ojos más tristes del universo había sufrido.

El instinto me mueve y pego el rostro a su pecho, depositando el primer beso sobre una gran cicatriz que cruza uno de sus pectorales y lo deforma. El sollozo sordo que deja salir de entre sus dientes me duele más de lo esperado. El siguiente contacto de mis labios con su piel lo recibe mejor. Y el siguiente, aún más. Percibo cómo poco a poco se libera de la tensión que guardaba, del rechazo que se esperaba por mi parte, y se deja tocar con más facilidad. No es que la pasión se haya disuelto, sigue aquí entre nosotros, si bien ahora esto es algo mucho más íntimo. No tengo delante ni a Andrés ni a Saúl, sino a un hombre que se muestra ante mí con sus heridas del pasado y trata de construir un futuro. Me coloco de rodillas sobre la cama y volvemos a quedar a la misma altura.

—Quiero llevarme tu esencia tatuada en mi piel —murmura sobre mis labios cogiéndome de la cadera para pegarme más a él.

Esa misma frase dicha por cualquier otra persona podría no haber significado nada, pero en su boca… en su boca es lo más hermoso que podría haberme dicho después de ver lo que el cabrón de su padre hizo con él. Y entonces nos abandonamos al deseo más salvaje que he sentido por nadie en mucho tiempo. Devoro su boca como el penitente busca el perdón de Dios. Él me quita la ropa y contempla mi desnudez del mismo modo en que se mira el arte. Es el contacto, el roce, el choque constante de nuestros cuerpos lo que más acelera mis pulsaciones y, en consecuencia, mi excitación.

Agarra mi pelo y tira para tener acceso a mi cuello y pasar su lengua por él. Yo gimo ante la sorpresa y por puro placer. No me gusta que aún lleve los pantalones puestos, por lo que me deshago del cinturón, que tiro al otro lado de la habitación, y se los bajo junto con su ropa interior. Saúl se los quita del todo y aprovecha el momento para empujarme con delicadeza sobre la cama y ponerse sobre mí. Le siento duro rozar mi estómago y mi mano desciende para acariciarlo. Sonrío al escucharlo gruñir en mi oreja, aunque su venganza no tarda en llegar al morder mi lóbulo y tirar de él.

No hablamos. No hay palabras suficientes para poder expresar el nivel de entendimiento que sentimos el uno del otro en este instante. Solo existen nuestros cuerpos guiados por una necesidad primaria. Me obliga a soltarlo y desciende hasta mis senos. Los besa, muerde y succiona siguiendo las indicaciones de mis quejidos excitados. Y, para cuando desliza su dedo por mi centro, es tan inesperado que arqueo la espalda y exclamo un «joder», que desprende una carcajada de su garganta.

Un trueno corta el aire. Fuera la tormenta aumenta en su violencia. Tener ese sonido de fondo me gusta, me enciende aún más, es como si la naturaleza reflejase la pasión de lo que se desarrolla entre las paredes de esta habitación. Saúl rodea mi clítoris, juega conmigo y me humedece hasta que comprueba que uno de sus dedos entra con facilidad en mí y deja un beso húmedo en mi muslo. El ritmo en el movimiento de su muñeca aumenta a cada segundo y, cuando me tenso ligeramente sobre su dedo, decide meter un segundo y acompañarlo de su lengua que se une como la compañera perfecta a la tortura. Agarro la almohada y la muerdo. La cara me hormiguea presa del deleite. Deseo volver a tocarlo. Necesito sentir su longitud en mi mano de nuevo y así se lo hago saber deslizando mis dedos por su cuero cabelludo y levantando su cabeza.

—Te quiero aquí —gruño con la voz ronca.

Obedece y sube hasta besarme. Lo que no hace es dejar de tocarme y yo hago lo propio con él. Disfruto que esté tan duro y que, cada vez que roza el límite, tenga que hundir la cara en la almohada para recuperar el aliento. Nos recreamos en la simple acción de toquetearnos el uno al otro, como dos adolescentes que descubren por primera vez un cuerpo ajeno al suyo.

—Lara… —sisea.

—Sí —respondo con rapidez.

Él se gira sobre sí mismo y saca de la mesilla de noche la caja de condones. Coge uno y se lo pone. Se coloca encima de mí, pero no se lo permito. Lo vuelco sobre la cama y, estando encima de él, me meto poco a poco su erección dentro de mí. Él suelta todo el aire de sus pulmones y clava los dedos en mi cintura. Tenerlo entero dentro hace que aspire una bocanada del aliento que acaba de expulsar. El primer movimiento que hago con mis caderas es lento, premeditado. Lo concateno con una subida y bajada que hace que él se muerda el labio inferior. El ritmo aumenta. Saúl entrelaza mis tobillos con los suyos y hace fuerza desde abajo, logrando arrancarme una blasfemia. Me pierdo en las venas palpitantes de sus antebrazos por el esfuerzo, en el rojo de sus labios, en la oscuridad que reina en su mirada lobuna que pide más. Y lo obtiene al tumbarme en la cama en un movimiento rápido y es él el que, encima de mí, agarra mi culo y nos mueve hasta que percibo cómo mi estallido se acerca.

Abro la boca en un grito silencioso, porque está tocando el punto más interno de mi cuerpo y no voy a poder aguantar mucho más. Lo sabe y mantiene la frecuencia de sus estocadas hasta que el latigazo de placer hace que me retuerza y cierre las piernas a su alrededor. Eso le otorga a Saúl vía libre para buscar su propio final y acaba desplomado en mi pecho. El aroma almizcleño de nuestros cuerpos inunda la habitación. Nuestras respiraciones desacompasadas lo acompañan. La humedad de nuestros cuerpos me pone la piel de gallina conforme nos enfriamos.

—Ven —me dice moviendo la colcha para meterme debajo de ella y que así no coja frío.

Él se levanta todo lo alto que es y se marcha al baño para quitarse el preservativo. Para cuando regresa, el cansancio me vence y me deja fuera de combate en esa mullida cama. Se cuela entre las sábanas y me acerca para que apoye la cabeza sobre su pecho. Me da un último beso de despedida antes de caer rendida dentro del abrazo que me ofrece.

45
La curiosidad...

Lara

Podría decir que me despiertan los primeros rayos de sol de la mañana que entran traviesos por la ventana, pero la verdad es que me levanto por la imperiosa necesidad que tengo de ir al baño. Abro los ojos para encontrarme a Saúl pegado a mi espalda y rodeándome con todo su cuerpo mientras lanza pequeños ronquidos. Ni se inmuta al girarme para contemplarlo. Aparto el pelo de su frente, recorro el contorno de su rostro y me pierdo en lo guapo que es. Él sonríe, aún soñando, y trato de quitar la lazada de sus brazos para salir de la cama. Lo logro y busco algo que ponerme. Mi ropa de ayer no casa mucho, por lo que no me corto a la hora de coger del suelo la camisa de Saúl. La huelo antes de ponérmela y disfruto del aroma de su colonia. La maldita mejor colonia del mundo con ese toque amaderado. Localizo mis zapatos no muy lejos y me alegra haber elegido para la velada de ayer unas botas con cuña de goma que no hacen ruido cuando doy los primeros pasos para salir del cuarto.

Me da la bienvenida el pasillo de la casa y, a la derecha, el ansiado baño. Una vez hago mis necesidades, me lavo la cara y me recojo el pelo en una coleta para estar más cómoda, regreso al pasillo y recorro la casa. Admito que no es lo que tenía en mente como posible hogar de un arquitecto. Imaginé que sería algún estudio o *loft* enorme, o quizá un gigantesco ático. Sin embargo, no es así, se trata de un piso de tres habitaciones y dos baños que rezuma calor hogareño por cada rincón. Desde los colores neutros de las paredes y los muebles a cada pequeño artículo de decoración. Hay un montón de fotos de su familia y se puede ver, con solo un rápido vistazo, lo importantes que son para él. Sonrío. Lo hago porque aquí tengo la prueba irrefutable de que el niño con los ojos más tristes del universo encontró la felicidad.

Atravieso el salón y me dirijo hacia la cocina, ambas estancias siguen con la decoración sencilla, funcional, pero llena de pequeños detalles con carácter. En especial la cocina. La nevera tiene miles de imanes de lugares tan lejanos como Japón o tan cercanos como Salamanca. Es gracioso ver que, a fin de cuentas, Saúl es humano y no tiene una de esas casas austeras de catálogo. Me sirvo un vaso de agua y me dirijo a la habitación, pero… mi parte cotilla ve entreabierta una puerta y decido echar un vistazo para terminar con el tour que he improvisado.

La madera oscura que cubre las paredes la hace destacar de entre el resto de la casa y me doy cuenta de que se trata del despacho de Saúl. Tiene una enorme pared llena de reconocimientos, diplomas y maquetas de edificios. Podría pensarse que es la pared del egocentrismo, pero siendo Saúl no…, no es eso. Más bien creo que se trata de un recuerdo de que puede, de que él ha logrado todo eso. Estoy tan distraída que no me doy cuenta de que tengo la mesa justo detrás hasta que choco con ella. Lo que ocasiona que se mueva el ratón y la pantalla se encienda. Voy a ignorarlo, pero entonces veo que la carpeta abierta tiene el nombre del barrio y mi curiosidad vence cualquier pudor.

Es más, hay una carpeta con mi nombre y..., sí, hago doble clic para ver qué hay en ella. Suspiro aliviada al descubrir que no se trata de un montón de fotos robadas, sino que son las anotaciones y cambios que le he sugerido. Toda la información está pulcramente ordenada, por lo que es fácil navegar entre ella y me hace sonreír lo escrupuloso que es cuando traduce al lenguaje arquitectónico mis críticas. También veo los planos en tres dimensiones y cómo han cambiado a lo largo de los meses. Alucino al ver el diseño original y lo poco que se parece a lo que me enseñó la última vez Saúl.

Entonces reparo en lo que parece ser un vídeo de presentación cuya miniatura lo muestra en primer plano. Clico dos veces y sonrío al verlo. Está nervioso, pero lo disimula bien. Presto atención a sus explicaciones y... es a mitad del vídeo cuando la sangre se me hiela y mi alma se congela. No puede ser...

46

... mató al gato

Saúl

Me estiro sobre el colchón y me doy cuenta de que el calor de Lara junto al que he dormido abrazado no está junto a mí. Trato de desperezarme y salgo de la cama. Me pongo un pantalón y una camiseta. Escucho una voz a lo lejos y frunzo el ceño porque juraría que es la mía. Camino hasta la fuente del sonido y el mundo se me cae a los pies al ver a Lara llorando frente a la pantalla de mi ordenador. No hace falta que compruebe qué vídeo está viendo. Lo sé muy bien.

—Lara...

Ella pega un salto de la silla y se levanta para poner distancia entre ambos.

—Me dijiste que estabas en el barrio para restaurarlo, para hacer de él un lugar mejor.

—Y así es —replico dando un paso hacia delante.

Ella se pega a la pared y yo me quedo quieto.

—¿Derribando todo lo que conozco?

Se sorbe la nariz. Sigue llorando, pero la rabia empieza a tomar el control.

—Eso era al principio, porque pensaba que era un agujero maldito en el que la gente...

—¿Agujero? ¡Ese agujero es mi casa! —replica furiosa—. No a todos nos ha adoptado una familia de ricos y vemos a los demás por encima del hombro.

Trago saliva.

—Eso ha sido un golpe bajo y sabes que no es verdad.

—¿Y qué es verdad? ¡Dime! ¿Qué es verdad? —chilla.

—Lara, no es tan sencillo, déjame...

—¿Qué? ¿Explicarte? ¿Para que me mientas más? Lo he visto, Saúl. He visto los planes. Pensáis enviarnos a cada uno a una punta de Madrid, para eliminar guetos... ¡Guetos! ¡Mi barrio no es un jodido gueto!

Me llevo preocupado una mano a la frente.

—Eso eran los planes iniciales, pero he trabajado para que cambien.

Suelta una risotada incrédula y rodea la mesa para salir de la habitación.

—Lara —la llamo.

Va hacia el dormitorio y recoge sus cosas. Me aproximo a ella, lo cual es una pésima idea.

—¡No te acerques! —brama.

Y dejo entre los dos más de un metro de distancia, aunque no me mantengo en silencio.

—Espera, no te vayas, por favor. Vamos a hablar esto con calma y así te puedo contar lo que ha ocurrido y...

—¿Calma? ¿Seis meses no te han parecido suficiente calma? —me increpa—. Primero me ocultas quién eres y ahora... ahora esto. ¡Joder, Saúl! —El dolor en su rostro me descompone por completo—. Resulta que durante todo este tiempo he estado confabulando con el enemigo. Me he dejado embaucar por el pasado, por ese niño que veía en ti y por... esto. —La voz le falla—. Sea lo que sea.

—¿Esto? —Estoy al borde del llanto.

Me lo advirtió mi hermana Marta. La voy a perder para siempre y la sola idea de que Lara no me quiera volver a ver me destroza.

—Solo una cosa… —Clava sus ojos en los míos—. ¿Te has acostado conmigo para poder sonsacarme más información? ¿Por eso todas esas preguntas sobre el barrio y la gente que vive en él? —Su labio inferior tiembla por el llanto—. He sido… ¿He sido parte de tu plan para…?

—¡No, Lara! No, no, no. —Me paso las manos por la cara y luego me rasco con insistencia el pelo—. Lara, yo… te quiero.

Las palabras nos impactan a ambos. Una última mirada y ella se va. No hago nada por evitar que se largue. Porque ese «te quiero», por desgracia, llega en el peor momento y lo sé.

47

A ninguno nos gusta verte triste

Lara

Si hubiese escuchado esas palabras ayer, cuando Madrid giraba para nosotros dos, habría declarado que disfrutaba del mejor día de mi vida en mucho tiempo. Pero hoy no es ayer y lo único que quiero hacer ahora mismo es taparme los oídos con las manos y encerrarme en mi habitación. Abro la puerta de casa hacia las doce de la mañana. Irene corre a la entrada, con una amplia sonrisa; sin embargo, cuando ve mi cara, esta se esfuma.

—¿Estás bien?

—No —logro pronunciar.

—¿Te ha hecho algo? —Sé que por su cabeza pasa el peor crimen que le pueden hacer a alguien, pero lo niego.

—No, no ha sido eso, pero... no puedo hablar ahora.

No puedo explicarle a mi amiga que quieren forzar que nos marchemos, que nos van a arrebatar nuestros hogares. Irene trata de replicar, intenta insistir y es muy probable que de haber sido Olimpia me hubiese sonsacado lo ocurrido y ya estaría camino de la casa del arquitecto para partirle las piernas. Pero ella no es así. Tan solo asiente, recoge sus cosas y se marcha. Me deja con mi soledad.

Me consuela ver que la abuela está entretenida mientras pinta y ve una película, por lo que, cuando le anuncio que voy a ducharme, asiente y apenas me hace caso. En el baño soy testigo de la debacle. Y vuelvo a llorar. Lloro desde que abro el grifo para que se caliente el agua hasta que salgo de ella. No puedo parar. Es un llanto incesante que me acongoja. ¿Cómo ha podido? ¿Por qué me ha traicionado de este modo? Me dejé embaucar por el pasado y ahora me voy a quedar sin futuro. Obvio el esfuerzo de secarme el pelo. No me importa pillar un resfriado. Solo quiero meterme debajo de las sábanas y no salir nunca. Pero no puedo, así que voy hasta la cocina y le preparo a la abuela la comida.

—Niña, ¿estás bien? ¿Ha ocurrido algo?

Es odioso que me consuele el hecho de que no se acuerde de mí en estos momentos.

—No, doña Carmen, es por culpa de las cebollas —miento después de dejarle el plato de comida en la mesa.

—¿Y no vas a comer conmigo? —pregunta preocupada—. No me gusta comer sola. Es triste.

—Comeré un yogur, me he levantado con el estómago revuelto.

—Para eso una infusión de anís.

—Voy a preparármela.

Lo hago y regreso junto a ella, quien decide llenar el silencio en el que me he sumido con anécdotas que pretenden hacerme reír. Lo cual acentúa mi tristeza, porque, incluso sin reconocerme, la abuela no soporta la idea de que esté triste.

Recojo y ambas nos colocamos delante del televisor. Le pongo una película de Concha Velasco y, para cuando quiero darme cuenta, me quedo traspuesta en el sofá. Cuando me despierto del mal sueño, no encuentro a la abuela sentada en su sillón orejero rosa y me pongo alerta. Me incorporo y echo un vistazo rápido al salón. La película ha terminado y se muestra el logo del DVD sobre un fondo negro. Entonces lo escucho, un sollozo. Me levanto tan rápido que me mareo, pero se me pasa rápido, tengo otra prioridad. Busco por la casa hasta que la encuentro tirada en el suelo del baño.

—¿Abuela? Dios mío, estás sangrando —digo al ver que tiene una herida justo en un lateral de la ceja por la que no para de salir sangre.

—Mi blusa, me la estoy manchando —se alerta.

—No pasa nada, lavaré la blusa —replico e intento mantenerme serena sin conseguirlo—. ¿Qué ha pasado?

—No..., no lo recuerdo. Estaba... yo estaba...

El esfuerzo la supera, pero se lleva una mano a la cabeza y se la mancha de sangre. Me agacho a su lado. Compruebo que por mucho que apriete la brecha, el líquido espeso y rojo sigue fluyendo como agua por su rostro... y me alarmo.

—La puta medicación —murmuro. Segura de que es el motivo de que tenga la sangre tan acuosa—. Tenemos que ir al hospital.

—Pero estoy bien, esto con una tirita...

—No, no. Te tienen que hacer un TAC. Quédate aquí —le pido.

Corro hasta coger el móvil y llamo al 112.

—Hola, buenas tardes, mi abuela se ha caído en el baño —explico de forma atropellada.

—¿Está consciente? —pregunta el teleoperador con voz nasal.

—Sí, pero...

—¿Heridas?

—Sí, tiene una en la ceja y no para de sangrarle.

—Debe taponar la herida.

—Lo estoy haciendo, pero, aun así, necesito llevarla al hospital y...

—El tiempo de espera es de más de una hora en estos momentos, pero si me da su dirección podemos…

Cuelgo.

—Me cago en todo —digo y doy un golpe a la pared.

No voy a esperar una puta hora. Cuando regreso junto a la abuela, compruebo que la sangre no solo no ha dejado de salir, sino que brota con más fuerza. Coloco gasas nuevas y un paño alrededor de su cabeza para hacer presión.

—Nos vamos al hospital.

La tomo entre mis brazos y nos impulso hacia arriba. No sé cómo logramos ponernos en pie. Lo cual no mejora la situación, porque la abuela se marea, se cae sobre mí y hace que casi pierda el equilibrio.

—Abuela, abuela. —El pánico acecha.

—Perdona, perdona…, yo…

—No pasa nada, venga, vamos.

La llevo hasta la entrada de casa, cojo el bolso y comenzamos a bajar las escaleras. Lo primero que sale de mi boca al ver que está lloviendo de nuevo es un taco con su perífrasis. Abro el portal, me dirijo con ella hasta Manolito, la ayudo a sentarse donde el copiloto y me aseguro de ponerle el cinturón de seguridad. Salto a mi asiento tras el volante y, antes de girar el contacto, suelto una plegaria. Una oración que no surte efecto, porque Manolito no arranca.

—Venga, pequeño, un último esfuerzo. Uno más y te prometo que luego te jubilaré. Sé que lo he dicho otras veces, pero esta es de verdad —le ruego al coche.

Un nuevo intento, esta vez más largo, más insistente y, pese a ello, sin efecto alguno. Golpeo el volante con rabia. No, joder, ¡no! Miro hacia el lado de la abuela y me la encuentro con los ojos cerrados, adormecida.

—Abuela, abuela, no. No te puedes dormir. Tienes que estar despierta —le pido agitándola.

—Es que estoy muy cansada. Déjame unos segunditos y luego me despierto, ¿vale?

—No, no puedes.

La muevo, sin respuesta.

—¡Abuela! —La angustia aprieta con fuerza mi garganta y me ahorca.

El frío asola mi corazón y me adelanta algo que ya he vivido dos veces y que no sé si voy a poder sobrevivir una tercera, porque esta... esta sería la definitiva. Porque, con esta..., me quedaría sola. Perdería a toda mi familia.

—Abuela, por favor, no. No me dejes. —Pido con los ojos inundados de lágrimas y sin casi poder verla—. Tú no, te lo suplico. Quédate conmigo un poco más. Sé que soy egoísta, pero no me dejes.

Suplico como una niña pequeña porque es como me siento ahora mismo. Esa misma niña que perdió a sus padres y no supo entenderlo hasta que fue demasiado tarde. Esa joven que se quedó sin abuelo de un día para otro...

—No llores, Larita —consigue pronunciar muy bajito—. A ellos no les gusta verte llorar.

—¿E... Ellos? —pregunto sin entender e intento que el ataque de ansiedad no me arrase.

—Tus padres y tu abuelo. —Mira hacia la parte trasera del coche y yo sigo su mirada hacia los tres asientos vacíos. Un escalofrío me recorre—. A ninguno nos gusta verte triste.

—Entonces no te vayas —le exijo—. No me dejes sola, no lo soportaría, no esta vez —confieso llorando sin control.

—Tu madre tiene razón, tienes a Olimpia e Irene, ellas también son tu familia.

—Lo son —admito.

Porque sí, estoy enfadada con Olimpia, pero en mi corazón no ha dejado ni por un segundo de ser mi Oli. El llanto se apodera más de mí, esto suena a despedida de una manera terrible.

—Y el chico. Dice tu abuelo que te ha visto con él y está muy contento por ello.

Esas palabras me sepultan por completo. Soy un mar de lágrimas y no sé cómo consigo hablar, tengo que retenerla a mi lado.

—Ninguno de ellos eres tú, abuela. Ninguno de ellos va a poder llenar tu vacío si me dejas, si me abandonas aquí.

En su rostro solo hay paz y sonríe cuando me contesta.

—No se trata de llenar vacíos, se trata de apreciar todos los trocitos que los demás dejan en nosotros. Justo aquí.

Señala mi pecho y su mano cae cuando pierde la consciencia. Suelto un quejido de terror y en ese momento se abre la puerta del coche de sopetón. La lluvia y el estrés me impiden apreciar quiénes son hasta que hablan.

—Lara… —gime una.

—Venga, sal de ahí, le he pedido las llaves del coche a mi padre.

—¿Cómo…?

—Llevas diez minutos dándole al claxon —explica Olimpia—. Habría sido mucho más sencillo que nos hubieses llamado.

—Yo…

—Nos lo cuentas en el coche de camino al hospital —me interrumpe. Rodea el coche y abre con cuidado la puerta del copiloto—. Doña Carmen —la llama—. ¡Doña Carmen! ¡Abra los ojos de una vez!

Se le corta la voz y observo que tanto ella como Irene se aguantan las ganas de llorar. Y, pese a ser uno de los peores instantes de mi vida, solo puedo dar las gracias por tenerlas a mi lado.

48
El tartamudo

Saúl

—Te lo dije —responde mi hermana cuando le abro la puerta
del contenedor—. Te dije que si no se lo decías…

—Marta, lo sé.

Se mete dentro y se sienta sobre la mesa, sin importarle
lo más mínimo apoyarse sobre varios planos y arrugarlos.

—¿Y ahora qué se supone que vas a hacer? —indaga
con los brazos cruzados sobre el pecho y una mirada reta-
dora.

—Demostrarle que voy a encontrar una solución —sentencio muy seguro.

Ella analiza mi rostro palmo a palmo, sin decir nada.
Me pone de los nervios, por lo que desvío la mirada hacia el
reloj que tenemos sobre un enorme pizarrón y me percato
de que son cerca de las diez de la mañana y no hay rastro de
Martín, lo cual es muy raro pues lo más tarde que lo he visto
aparecer por la obra han sido las ocho y media. Saco mi móvil
del bolsillo y lo llamo.

—¿La estás llamando? ¡Mala idea! —me reprocha mi
hermana.

—Estoy tratando de localizar a Martín, ya debería estar aquí.

No me contesta hasta pasado el tercer tono y me quedo de piedra al escuchar una voz que no pertenece a mi compañero.

—¿Diga?

—¿Quién es?

—Quién es usted —replica la mujer.

—Yo… Un segundo, es usted quien está respondiendo a un teléfono que no es suyo.

—Ahí tiene razón —escucho a Martín.

—Niño, a callar.

—¿Martín? ¿Dónde estás? —Estoy muy inquieto.

—Está en el bar La Sombra —dice la mujer—. Tres calles más arriba de la obra —explica—. Deberías venir a por tu amigo. No tiene muy buen aspecto.

Y me cuelga.

—¿Qué pasa? —A Marta le puede la curiosidad.

—Que los problemas no podían venir de uno en uno. —Expulso una bocanada de aire que esconde un gruñido—. Tengo que irme.

—¿Adónde demonios vas? ¿Piensas dejarme aquí plantada? —refunfuña—. ¡Me he cruzado medio Madrid para venir a decirte lo bobo que eres!

—Si quieres seguir metiéndote conmigo, puedes acompañarme.

De este modo es como mi hermana y yo salimos de la oficina cargados con sendos paraguas para no empaparnos con el aguacero que está cayendo. Cruzamos la obra hasta dejarla atrás y a paso rápido recorremos las tres calles que me ha indicado la mujer por teléfono hasta el bar. Aparto la cortina tras la puerta y nos metemos dentro. El sitio está poco iluminado y hay apenas tres clientes, uno de ellos es

Martín que tiene la cabeza apoyada sobre la barra y dormita de pie.

—¿Tú eres el tal Saúl del que este no para de hablar? —indica la mujer señalando a mi amigo con el pulgar—. Entró esta mañana nada más abrir el bar y no ha parado de pedir copazos.

—¿Y se los has servido? —Me acerco a él y lo zarandeo. Tiene un aspecto de mierda y huele muchísimo a alcohol.

—Yo no, pero mi hijo…, ¡José Carlos! —grita tan alto que mis oídos se resienten—. ¡Ven aquí!

—*Joer*, mamá, que ya te he dicho que lo siento. No volveré a…

El chico se queda blanco al reconocerme. Es José Carlos, el mismo que me intentó robar hace meses.

—Te he dicho mil veces que a los clientes solo se les sirve lo que puedan soportar. ¿Tú has visto a ese retaco? ¡Si no sé cómo ha logrado meterse seis copas en cuatro horas sin llenarme el suelo de vómito!

—Vaya, buen desayuno —dice mi hermana detrás de mí y chasqueo la lengua para recriminarle el comentario.

—Martín. —Trato de levantarlo—. ¿Me escuchas?

—*Zi* —responde él, aún con los ojos cerrados.

—¿Qué ha pasado?

Se yergue y trata de enfocarme, sin mucho éxito.

—Que soy un fraude, ya te lo dije. Un maldito fraude.

—¿Esto va para largo? —Me murmura mi hermana al oído con disimulo—. Porque he visto que tienen churros y…

—Marta.

—Vale, vale…, va para largo.

Ella se aleja y le pide a José Carlos varios churros y un café.

—La otra vez no te lo conté, pero si tengo estos problemas para hablar con mujeres es porque… durante toda mi adolescencia fui el rarito. —Se aparta el flequillo de los ojos y al fin es capaz de localizarme—. ¿Sabes qué me hicieron? —Es una pregunta retórica en la que aguanta un sollozo—. Yo estaba coladísimo por una chica del curso. Estuve desde los trece años hasta casi los dieciocho bebiendo los vientos por ella. Hasta la dejaba copiar en los exámenes —confiesa. Apoya una de sus manos en mi hombro y trata de dar un paso hacia mí, aunque tropieza con sus propios pies—. Porque yo era... —Se calla y reflexiona—. Y soy... un tipo que no tiene nada más que ofrecer. No soy guapo ni alto, no tengo dinero. Yo solo soy... Martín, el niño tartamudo. Pero por ella quise cambiar y fui a una fiesta, ¿sabes? ¡Yo en una fiesta! No me hablaba con nadie de la clase y todos se metían conmigo; sin embargo, fui porque ella me lo pidió. Debí sospechar. —Martín se cubre los ojos con la palma y trata de no llorar al rememorar el pasado—. Fui a esa fiesta por ella... Y ¿sabes lo que hizo? —La voz se le quiebra por completo—. Me llevó a los baños de la casa en la que se celebraba aquello. Y empezó a besarme. Fue el instante más feliz de mi vida, pensé... pensé que mi esfuerzo había valido la pena y que al fin alguien veía algo bueno en mí. De pronto, la puerta del baño se abrió de par en par. Para entonces yo ya estaba en ropa interior, porque ella me había desnudado y...

Se echa a llorar. Aprieto la mandíbula, presa de una rabia animal. No quiero que siga el relato, pero Martín necesita exorcizar estos malos recuerdos y soltarlos. Sé que tiene la atención de los otros dos clientes, José Carlos, su madre y mi hermana. Ninguno lo interrumpe, es como si todos tuviésemos un acuerdo tácito a partir del cual lo único que queremos es que este pobre chico se deshaga de esta carga. Juraría que veo a la dueña del bar quitarse una lágrima fugaz.

—Me grabaron, me hicieron fotos mientras yo estaba allí, indefenso. Me tiraron huevos y me cubrieron de harina.

Traté de escapar de aquel sitio, pero alguien me puso la zancadilla y me caí de bruces y… entonces me mearon encima.

—Miro a mi hermana, que aprieta los puños—. Fue su novio. Yo no lo sabía, pero fue él. —Mi amigo se recompone para tomar entre sus manos la copa que tiene a medias.

—Eh, campeón, vamos a dejar esto. Te voy a hacer un cafecito —dice la mujer.

—Por eso no puedo hablar con las mujeres. Porque todas ellas me recuerdan a Victoria. —Está destrozado—. Y entonces… llegó ella. Estella.

—¿Estella? —le pregunta José Carlos, que está muy dentro de la historia.

Martín asiente.

—Mi dulce Estella —pronuncia el nombre de la chica con devoción—. Encontré su número en la parada del bus. En un anuncio.

—¿Un anuncio? —Soy yo el que pregunta ahora.

—Sí, de… de una línea erótica.

Uno de los clientes, sentado en el fondo con una copa de brandy, suelta un silbido. Le lanzo una mirada reprobatoria.

—No la juzgue —la defiende mi amigo—. No tiene ni idea de cómo es ella y no hace nada malo. Con ella… con ella pude volver a hablar, Saúl. Con ella las palabras salían una detrás de otra por mi boca. Hasta me dio su número personal y… quedamos. ¡Saúl, quiso verme!

—¿Y Estella terminó siendo un hombre viejo verde que quería meterle mano y otras cosas? —dice de mala baba el otro hombre sentado un par de mesas más allá de nosotros y le lanza una risa socarrona al otro.

—¡No! Yo… yo… la dejé plantada. No pude ir. Ella trató de llamarme y yo le colgué todos y cada uno de sus intentos. —Martín vuelve a llorar, mucho más potente y desgarrador que antes—. Pero anoche la llamé, no pude evitarlo, necesitaba oír su voz y… contestó con esa dulzura suya que tanto me gusta.

—¿Y qué pasó? —indaga la madre de José Carlos al dejar el café solo delante de nosotros.

—Nada. No pude hablar. Y colgué.

El gemido de fastidio generalizado que se da en el bar hace que Martín hunda los hombros.

—Sois un par de pazguatos —nos suelta mi hermana, que ya ha terminado su desayuno—. De verdad que no entiendo cómo todavía puede haber mujeres heterosexuales. Los hombres sois imbéciles.

La otra mujer le da la razón a Marta.

—Eh, no me metas en el mismo saco, preciosa —salta José Carlos en su defensa—. ¿Te gustaría que te mostrase cómo es un hombre de verdad?

—Tú ahí quieto —lo reprende ella—. Por suerte, soy lesbiana.

El chico asume que no tiene nada que hacer y recula hasta apoyarse en el estante de las bebidas. La escena queda interrumpida cuando aparece por la puerta el inconfundible cardado de doña Ángela. Su pintalabios rosa destaca en mitad de su pálida tez y su siempre formal atuendo está impecable.

—Vaya, conque aquí están los arquitectos hoy.

Avanza hasta la barra y compruebo que la dueña actúa de igual modo que Nadima cuando doña Ángela aparece en su local. Tengo la confirmación cuando la mujer le pasa un sobre blanco y ella lo abre para empezar a contarlo ahí mismo.

—Me ha extrañado no veros en la cafetería con el revuelo que se ha formado y sabiendo tus… lazos con la joven Lara —dice en mi dirección.

—¿Revuelo? —Una extraña presión en el pecho me hace estar alerta.

—¿No os habéis enterado? —Está claro que ninguno de los presentes sabe de qué habla—. Doña Carmen se ha caído y han tenido que llevarla corriendo al hospital. —Esa afirmación es una puñalada—. No se habla de otra cosa en cada esquina. Muchos vecinos han dicho que por el aspecto de la mujer… no pintaba muy bien.

—Tengo que ir al hospital —digo en voz alta.

—Lara no va a querer verte. —Marta trata de quitarme la idea de la cabeza.

—No voy por Lara, voy por doña Carmen.

—Te acompaño, me vendrá bien despejarme —expresa Martín mucho más entero que antes y con el café ya terminado.

—En fin…, si vas a hacer el cafre, al menos deja que te acerque. —Mi hermana no pierde una oportunidad de animarme.

Es así como dejamos el bar y salimos disparados en mitad de la lluvia hacia el coche. Lo último que escucho antes de salir es un:

—Y mi mujer decía que venir aquí era aburrido y un gasto innecesario.

49

Trío de pringadas emocionales

Lara

En los quince minutos que llevamos en la sala de espera hemos intentado calentarnos pegadas a un radiador que hay junto a la ventana, sumergidas en un silencio en el cual no he dejado de culparme por lo ocurrido. Si no hubiese dicho que sí a salir con Saúl, no habría estado cansada y la abuela no se habría caído en el baño.

—No ha sido culpa tuya, los accidentes ocurren —me riñe Olimpia.

—Si no hubiese pasado la noche con el maldito arquitecto, esto no habría ocurrido.

A Irene se le escapa un sollozo.

—Fui yo quien le dijo que te invitase a salir, lo siento tanto...

—Eh, eh, eh..., no, Ire, espera, no es culpa tuya, es que... —No tiene sentido que les oculte lo que sé—. El arquitecto ha salido rana. —Las dos muestran sendas muecas de incomprensión—. Resulta que el proyecto de rehabilitación del barrio no es eso..., lo que planean es tirarlo abajo y reubicar a cada familia en un sitio distinto de Madrid para eliminar guetos.

—¿Cómo? ¿Cómo? ¿Cómo? —repite Olimpia con las mejillas encendidas—. ¿Tenía razón? Entonces ¿sí que hay algo oscuro en todo eso? —Asiento con la cabeza—. ¡Malditos mamones! ¡Lo sabía! ¡Sabía que había gato encerrado!

—Siento haberme dejado embaucar por Saúl —me disculpo—. Pensé que lo decía de verdad, que su objetivo era hacer algo bueno, pero la realidad es que no. Solo planean dejarnos en la calle.

—Entonces ¿las tardes en las que le has ayudado? ¿Para qué han sido?

—No lo sé…, pero empiezo a sospechar que solo para llevarme a la cama —confieso lanzando sendas miradas a una y otra.

—¿Por qué los guapos siempre resultan ser los malos de la peli? —se queja Olimpia con teatralidad—. Aunque, bueno, no eres la única que se ha acostado con un soberano gilipollas —admite Oli. Su pose siempre altiva se relaja y hasta diría que parece insegura—. Está embarazada de seis meses.

Tanto de la boca de Irene como de la mía escapan un par de gemidos de pura sorpresa.

—¿Estás bien? —se preocupa mi amiga rubia, que pasa una mano por el hombro de la pelirroja.

—La verdad es que estoy liberada. Aunque me ha escrito. He tenido que bloquearle en todas las redes sociales, mi teléfono y hasta del Bizum. ¿Os podéis creer que me hacía ingresos de céntimos para así poder mandarme mensajes a través del concepto?

—Joder —se me escapa.

—Lo sé…, una puta locura —corrobora—. Y… os debo una doble disculpa. La primera, por no haberos hecho caso respecto a él y la segunda, por todo lo que os dije. Encima que fuisteis a por mí al hospital, voy y me pongo flamenca por ese estúpido. Lo siento mucho. En especial el golpe que te di, Irene. —Oli se muestra muy afectada. Se frota las manos y añade—: No pretendía darte.

—Lo sé —tercia con rapidez nuestra amiga—. Todo está perdonado.

Las dos se abrazan.

—Sé que me merezco algo mejor —dice Olimpia, que intenta serenarse—, vosotras os habéis encargado desde que soy niña de recordármelo y sé que siempre me muestro muy *echá pa'lante* como dice mi abuela, pero, a veces… a veces es difícil creérselo cuando una no encaja en el molde de la talla treinta y ocho. —Sonríe con amargura—. Eso y que… esperaba que cambiase. Que lo hiciese por mí y que dejase a su novia. He sido idiota.

—Has sido humana —replica Irene—. Yo me sumo y completo el trío de pringadas emocionales. ¿Os acordáis del chico del teléfono? —Nosotras asentimos—. Pues… después del plantón y de desaparecer…, me ha llamado. No ha dicho nada. Se mantuvo en silencio pese a que le dije que sabía que era él y solo colgó.

—¡Cobarde! ¡Son todos unos cobardes! —replica Olimpia con enfado—. Tengo que hacerme con una caja de tomates pochos. Ninguno de estos tres tíos se va a ir de rositas.

Sigo el impulso que nace en mi estómago y abrazo a mis amigas. Ellas me corresponden y esta vez, cuando lloro, lo hago de puro agradecimiento.

—¿Familiares de Carmen Écija? —llama un técnico a mis espaldas.

Las tres corremos hasta el hombre.

—Aquí, yo soy su nieta.

—¿Las tres son familiares? —Mis amigas niegan—. Entonces solo puede pasar usted.

—Pero, díganos algo, por favor.

El técnico aprieta los labios con una mueca de circunstancias.

—No puedo compartir con ustedes el estado de la paciente. —Las deja de lado y se dirige en exclusiva a mí—. Acompáñeme.

—Id a casa —les digo a modo de despedida.

—¿Qué? ¡Ni de coña! —exclama Oli—. Nos quedaremos por aquí. Si no nos encuentras en la sala de espera, estaremos en la cafetería, ¿entendido? Pero no nos movemos del hospital.

Las abrazo y salgo pitando detrás del hombre.

50
Amenazas en un hospital

Saúl

—Más vale que te largues o te juro que pido un fonendoscopio para estrangularte —me recibe Olimpia cuando aparecemos en mitad de la sala de espera Martín y yo.

Mi hermana nos ha dejado en plena puerta y se ha marchado. Gracias al trayecto me he dado cuenta de lo acojonadísimo que estoy. Si le pasa algo a Carmen…, y más ahora que Lara no me habla…, no me lo voy a perdonar jamás.

—Oli, no la líes, por favor, estamos en un hospital y no es el mejor sitio para esto —le ruega Irene.

—Estoy seguro de que Lara os ha contado que soy un desgraciado, pero os prometo que esto tiene una explicación y que voy a dárosla con calma en cuanto me dejéis y prometáis no matarme… —Inspiro y recupero parte del aliento que he perdido con la carrera—. ¿Cómo está Carmen?

—Ni de coña te vamos a decir nada. ¡Lárgate! —insiste Olimpia—. ¿Y tú quién eres y qué miras? —espeta en dirección a Martín que, pese a que tiene mejor aspecto que hace unas horas, sigue con la cara muy pálida.

Aunque juraría que ahora sus mejillas están tomando algo de color.

—Irene —digo dirigiéndome a ella.

Es mi baza si quiero averiguar qué ha pasado con la abuela de Lara.

—Sal fuera, yo me ocupo de ellos —le ordena a su amiga.

—¡Pero, Ire! ¡Este pedazo de desgraciado va a dejarnos sin nuestra casa! —Aguanto el ataque.

—Eso no es del todo así —me defiendo.

—Tendría que haberte dado en la cabeza con un tomate verde y reventarte los sesos.

—¡Olimpia! —se impone la rubia—. Hazlo por Lara, ella nos necesita aquí y si la liamos en el hospital solo vamos a lograr que esté peor.

Eso me destruye por dentro. Sé que gran parte del dolor que alberga ahora Lara es por mi culpa. La aludida no se corta ni un pelo a la hora de marcharse, y me da un fuerte golpe en el hombro que me desequilibra.

—Saúl, no sé qué pretendes al venir aquí. ¿Sabes el daño que le has hecho a Lara? —Conozco poco a Irene, pero nada tiene que ver con la chica pizpireta que hace apenas un par de días me pedía que saliese a cenar con su amiga—. Si hubieses visto su cara al llegar a casa hoy, ni te habrías planteado venir aquí.

—Sé que le he hecho daño —me quiebro—. Y te juro que no lo he pretendido en ningún momento y que voy a solucionarlo. Aunque sea lo último que haga, voy a solucionarlo.

Ella me examina con cuidado. Si soy sincero, me impone mucho respeto, muchísimo más que los gritos de Olimpia.

—Solo he venido porque necesito saber que están bien. Por favor, te lo suplico. Si quieres, me pongo de rodillas —digo, y empiezo a agacharme.

Ella me sostiene y no me lo permite.

—Eh, eh. Bastante espectáculo hemos dado ya. Levántate —me ordena. Pone los brazos en jarras y taconea el suelo—. La has decepcionado y te has burlado de ella —presiona sin perder los estribos, lo que hace que me sienta mil veces peor.

—Cuando llegué hace unos meses, solo tenía en mi cabeza una idea clara: sí, quería demoler el barrio entero. Buscaba destruirlo junto con todos los que no me quisieron ver de niño, pero luego... —Trago el nudo en la garganta, si bien este no desaparece—. Luego me reencontré con Lara y con su abuela y llevo desde entonces, bueno, llevamos —rectifico y señalo con la mano en dirección a Martín, que está completamente absorto en Irene y me ignora— trabajando desde entonces en que no suceda. Y no va a suceder, te prometo que no van a tirar ni un solo bloque más y que voy a luchar por que se cumpla un plan de rehabilitación y se conserven vuestras casas.

—¿Estás seguro de que puedes prometerme eso? —Tiene la mirada triste—. Saúl, son nuestros hogares. Para algunos de nosotros es todo cuanto tenemos.

—Te lo prometo, Irene. Y en cuanto Lara me deje explicárselo...

—No va a querer escucharte. Al menos hoy no.

Le lanza una mirada furtiva a Martín, después otra vez a mí. No sé qué ve, pero me alegra que lo haga porque lo siguiente que dice me da esperanzas.

—Y en cuanto a Carmen... —Su rostro se ensombrece y estoy a punto de volverme loco—. De momento, no sabemos nada. Han dejado pasar a Lara y poco más.

La angustia me desmorona.

—¿No habéis podido hablar con ella? —insisto.

—No, y lo peor es que se ha dejado el teléfono en casa con las prisas. Así que, hasta que no salga, no sabremos si está bien. —Chasquea su lengua antes de añadir bajito—: A lo mejor tienes suerte si esperas.

Me guiña un ojo y comienza a alejarse, pero justo se da la vuelta.

—No vuelvas a cagarla con ella, mi estómago me pide que confíe en ti y... soy una chica de segundas oportunidades. —Asiento con energía y me despido con un gesto de la cabeza.

Meto las manos en los bolsillos y levanto la cabeza al cielo. Rezo a quien me quiera escuchar para que Carmen esté bien. Cuando desciendo al mundo terrenal, mi compañero sigue con la mirada el camino que ha tomado Irene.

—¿Martín?

—Es ella.

—¿De qué hablas? —Es muy posible que el café le haya hecho menos efecto del que pensé en un principio.

—La chica del teléfono. Estella. Es ella.

—¿Qué dices? —Niego con un suspiro.

—Te juro que es ella. Tengo grabada su voz en la memoria. Es como mi jodida canción favorita y te juro que es ella.

—No puede ser.

—Es ella.

Martín agarra las solapas de mi abrigo y pega su cara a la mía.

—Es ella —dice una vez más—. Irene. Irene es Estella.

51
Desahuciar sin remordimientos

Lara

Es bien entrada la madrugada. He mandado a las chicas a casa para que descansen y también para quedarme un poco a solas con mis pensamientos. Vaya cuarenta y ocho horas que he tenido. Cuando he entrado en el box y al fin la he visto sobre la cama, analizando y sonriendo al juego que hacían las burbujas de su gotero, me he lanzado con cuidado sobre sus brazos y he inspirado hondo. Ahí estaba. Mi hogar y su inconfundible olor. No se había ido. Sigue aquí. No me ha dejado sola.

Como no podía ser de otro modo, he llorado una vez más. Aunque en esta ocasión ha sido un llanto que reflejaba felicidad, cansancio y con el que he conectado con mi abuela mientras ella me acariciaba el pelo y me decía que todo estaba bien. Que todo iba a estar bien.

Después de todas las pruebas protocolarias, el médico que la ha atendido me ha asegurado que el golpe no ha derivado en ninguna lesión grave más que la brecha y un enorme morado en el ojo. Sin embargo, como medida de prevención la van a dejar en observación hasta mañana. Estoy agotada.

Me duelen todos los músculos del cuerpo y, ahora que estoy más calmada, me he percatado del hambre voraz que tengo. Lo que me ha llevado a salir de la zona de urgencias en busca de alguna máquina expendedora de la que sacar algo para picar. Veo una al final del pasillo y, a un par de pasos de la misma, descubro que hay un hombre durmiendo entre un par de incómodas sillas de espera y que otro intenta robarle la cartera.

—¿No le da vergüenza? —le reclamo sin miramientos—. Está en un hospital.

—Yo no estaba haciendo nada... —se defiende.

El hombre que dormía levanta la cabeza, aún sin enterarse muy bien de lo que está pasando.

—¡Lárguese!

El ladronzuelo sale por patas y nos deja a los dos solos. En ese instante veo el rostro del hombre dormido y se me cae el mundo a los pies. El azul cobalto de los ojos de Saúl me devuelve la mirada.

—¿Lara?

—¿Qué haces aquí? Te dije que no quería volver a verte.

—Lo sé, lo sé... Olimpia se ha encargado de dejarme claro que no soy bienvenido y me ha advertido que me largue varias veces, pero necesitaba saber que Carmen está bien. Irene me ha contado que estaba estable y que con suerte le darán el alta mañana. —Se lleva una mano a la boca y se la tapa para después añadir—: Mierda, no debería haber dicho eso. No la tomes con Irene, he sido yo el que ha insistido cada vez que la he visto para que me contase algo porque no soportaba no saber nada.

Hunde los dedos en su pelo y se despeina más de lo que está.

—¿Cuánto tiempo llevas aquí?

—Um... —Le echa un vistazo a su reloj de pulsera—. Unas... catorce horas.

Me lo creo porque tiene un aspecto lamentable. La ternura que me da verlo así me ablanda, pero no es suficiente para perdonarlo. Dudo que nada lo sea.

—Vete —le mando—. Si no recuerdo mal, tenías mucho trabajo por delante para poder destruir mi casa.

—Lara... —suplica.

—He dicho que te vayas —recalco con displicencia—. No quiero verte aquí. He salido para comer algo y no quiero que tu presencia me produzca un corte de digestión.

La crueldad fluye por mi boca con facilidad.

—Está... bien.

Se levanta y la cercanía de su cuerpo me recuerda la noche que compartimos. Deseo tocarle y a la vez lo quiero lo más lejos posible.

—¿Ella está bien? —pregunta de nuevo.

Su mirada es lo bastante incisiva como para hacerme entender que no se va a marchar sin esa respuesta.

—Lo está.

Expulsa el aire de sus pulmones, aliviado. Se ha quitado un peso enorme de encima y una parte de mí quiere darse por vencida en este odio animal que me posee.

—Y ahora lárgate. Esto de venir aquí no cambia nada. ¿Me has oído? Nada. —Su rostro se descuadra, pero no es suficiente. Necesito una última estocada—. Querías saber si estaba bien, pues ya lo sabes. Ahora podrás desahuciarla sin remordimientos, ¿no?

Lo destrozo. Lo sé. Soy muy consciente de ello y no me arrepiento de mi crueldad. Él se queda muy quieto y casi parece que ha dejado de respirar.

—¿Sabes qué? Se me ha quitado el hambre.

Al final, soy yo la que se larga mientras él se desploma sobre el asiento y fija su mirada en el suelo.

Que sufra.

Que se joda.

Que se borre de mi recuerdo.

Que mi corazón no llore por él como lo hace ahora.

52
Fe ciega

Saúl

—Apestas —dice mi hermana al verme aparecer en casa de mis padres.

—Llevo sin ducharme desde el jueves.

—¡Cariño!

Mi madre se lanza a abrazarme, sin importarle mi olor corporal. Mi labio inferior tiembla. La falta de sueño. La preocupación por Carmen. El no haber comido casi nada en los últimos días. Y el peso por mi tremenda cagada; me tienen al borde de un precipicio. Una persona. Solo tenía a una persona a la que me prometí no hacer daño nunca y es justo a la que más he herido. Soy un auténtico cretino.

—Ey, chico.

Por el rabillo del ojo, veo a mi padre aproximarse a nosotros, pero frena a un par de pasos cuando me huele.

—Sí…, necesita una ducha —lo apoya Marta.

—Anda, ve arriba, para cuando termines, la comida estará servida —propone mi madre, que me acaricia la mejilla como cuando era un crío.

Obedezco y me encierro en el baño de la planta de arriba. El agua caliente destensa parte del dolor que mis músculos han soportado durante estos días. Doy las gracias por tener algo de ropa para cambiarme en mi antigua habitación y, al bajar, pillo a los tres hablando entre susurros.

—¡Ya estás aquí! —anuncia mi madre—. ¡Venga! ¡Todos a la mesa!

Eso hacemos. Los primeros tres segundos los pasamos en silencio, solo comemos, pero siento en el ambiente que están preocupados por mí.

—Estoy bien —aclaro para quitarle importancia al aspecto con el que he aparecido—. Solo… mucho trabajo.

Marta tose de manera sonora y le doy una patada por debajo de la mesa para que mantenga la boca cerrada.

—Nosotros lo único que vamos a decirte es que, si necesitas algo, estamos aquí. Verdad, ¿amor? —promete mi madre.

—Lo que sea, hijo —la secunda mi padre.

—Estoy bien —repito.

Pese a que esta vez tengo mucha menos convicción que antes. Marta no insiste, aunque sí me lanza una mirada muy significativa. Para la hora del café las conversaciones son fluidas y trato de participar, pero una parte muy grande de mi pensamiento sigue junto a Lara y Carmen… y otra, enredada en conseguir una solución para detener las obras. No voy a dejarlas sin hogar.

—Voy a salir un momento al jardín.

Los abandono y me marcho a la parte trasera de la casa. Es uno de mis lugares favoritos y, gracias a la lluvia de estos días pasados, el olor a hierba mojada inunda el sitio y me relaja al momento. No me sorprende ver aparecer a mi madre un par de minutos después.

—¿Sabes que tu padre y yo bautizamos este árbol como el madroño de Saúl?

Consigue que sonría de medio lado.

—¿En serio?

—Te pasabas escondido entre sus ramas muchas horas durante el primer año que llegaste a casa.

Intento hacer memoria. Sí que recuerdo jugar en él, pero no tanto como para que adoptase mi nombre.

—Tu padre señalaba que era por tu naturaleza de gato. —Observo la casa a lo lejos y lo veo fregar codo con codo con mi hermana—. Me solía decir: «Amaia, déjalo, el chico necesita adaptarse al medio. Es como los gatos en los nuevos hogares, buscan los rincones oscuros para cuando tienen que esconderse».

Me paso la lengua por los labios y meto las manos en los bolsillos del pantalón para que no detecte el temblor.

—El que hoy estés aquí solo me demuestra que necesitas esconderte. —Su instinto siempre acierta—. ¿Quieres contármelo?

No quiero defraudarla. Es lo último que querría en este mundo, pero me siento abrumado por el peso de mis errores.

—He hecho…, he hecho algo horrible. He hecho daño a alguien que me importa y he tomado una decisión incorrecta, cegado por mis ansias de venganza.

Lo reconozco y me quedo con la boca abierta ante mi propia confesión. Ella me mira con una mezcla de tristeza y amor en los ojos. Toma mi mano y me dice con voz suave pero firme:

—Voy a tirar del refranero: «Todo en esta vida tiene solución, menos la muerte». —Me sonríe—. Siempre hay una manera de arreglar las cosas, porque nunca es tarde para hacer lo correcto y reparar el daño que has causado. —Hace una pausa y pregunta muy seria—. ¿Has pedido perdón? De corazón, ¿eh? Eso es lo primero que uno debe hacer.

—Lo he hecho.

—Pues lo siguiente es buscar el medio para enmendar tu error, porque ¿puedes hacerlo? —Muevo la cabeza de arriba abajo—. Pues a por ello. A fin de cuentas, todos cometemos errores. Lo importante es aprender de ellos y esforzarnos para que no se repitan.

—¿Y si no encuentro la solución? ¿O si no es suficiente? —«O si no soy yo suficiente», pienso—. Prometí remediarlo, pero empiezo a quedarme sin opciones —explico con voz apagada.

—Lo vas a lograr —responde segura.

—¿Por qué tienes tanta fe en mí? Ni siquiera te he dicho lo que he hecho.

—Eso es verdad —admite—. Pero confío en ti porque te he visto crecer, madurar y seguir adelante. Pocas o ninguna vez se te ha resistido algo, Saúl. Una de las cosas de las que estoy más orgullosa de ti es que nunca te rindes. Y lo podrías haber hecho en tantas ocasiones, mi niño. —Acaricia mi cabeza con cierta dificultad a causa de los centímetros que le saco de altura—. Tú eres de los que luchan porque te mueves desde el corazón.

Sus palabras son un bálsamo que me hace sentir mejor de inmediato.

—Gracias, mamá —contesto con la voz apagada por la emoción—. No sé cómo voy a hacerlo ni si voy a lograrlo, pero lo voy a intentar. Voy a darlo todo.

Ella sonríe con orgullo y me da un abrazo reconfortante.

—Eso es todo lo que te puedo pedir, hijo. Que sepas que siempre voy a estar aquí para apoyarte y ayudarte en lo que necesites. Siempre.

Me siento mucho más ligero que cuando entré esta mañana por la puerta, porque, por primera vez desde que planteé cambiar el proyecto de la obra, alguien me cree a ciegas. Y pese a que el tiempo juega en mi contra, veo que la solución se acerca. Lo sé.

53
Anónima

Saúl

—¿Has encontrado algo que nos pueda valer? —le pregunto a Martín que, con energías renovadas este lunes, ha llegado incluso antes que yo.

Llevamos desde las ocho de la mañana en nuestra búsqueda de El Dorado. De ese aspecto legal que tenga el suficiente peso como para tirar el trabajo inicial que realicé. Me odio por haberlo hecho tan sumamente bien.

—Nada…, esto es frustrante y mataría por un café.

—Podemos ir al bar —propongo.

Sé de sobra que somos personas no gratas en la cafetería de Nadima.

—No, por Dios. Ese café era puro alquitrán. He pasado un fin de semana horrible. Juraría que me ha creado una úlcera.

El comentario de mi compañero me hace soltar una carcajada.

—Quizá podríamos ir en mi coche a algún otro sitio a…

Removiendo entre el papeleo, algo cae con un ruido sordo al suelo y me agacho para recogerlo. Es el libro que me prestó Lara, *Sombras de extrarradio*. La bombilla se me enciende.

—¿Y si se decretase que el conjunto arquitectónico del barrio tiene un valor cultural? —cuestiono.

—¿Qué quieres decir? ¿Cómo que cultural? —Martín no entiende por dónde quiero llevarlo.

—Por ejemplo, el edificio de Peironcely, 10. Iban a tirarlo, pero ya no pueden porque han decretado que su valor cultural está por encima de los intereses económicos.

—Saúl, ese es un edificio que fotografió Capa y que fue testigo de los bombardeos de Madrid durante la Guerra Civil. Ese edificio es uno entre un millón —alega él.

—Este barrio también lo es. Se trata de una de las últimas unidades vecinales de absorción que quedan en pie desde el franquismo. Y... tenemos un libro que relata uno de los periodos más controvertidos y de explosión cultural de este país: los ochenta, la movida madrileña y cómo las drogas terminaron con toda una generación.

Le paso el libro. Aquí se puede ver.

—Es solo un libro del que no ha oído hablar nadie.

Me agencio mi chaqueta y salgo por la puerta.

—¿Adónde vas?

—A encontrar más pruebas que sustenten la protección del barrio.

—Pero ¿adónde?

—A la biblioteca municipal.

Estoy en la sección dedicada al barrio. Apenas un estante minúsculo en el que encuentro otro ejemplar de *Sombras de extrarradio*. Necesito más, por lo que cambio de zona y me voy a los audiovisuales. A mitad de camino me encuentro a doña Ángela. ¿Qué hace ella aquí? ¿Es que también tiene alquilada de forma ilegal la biblioteca municipal?

—Muy audaz por tu parte lo de pasearte por el barrio cuando se ha corrido la voz de lo que vas a hacer con nuestras casas —me suelta sin perder en un solo momento los nervios—. ¿Sabes que los vecinos comienzan a organizarse para una huelga de hambre y llamar a los medios de comunicación?

—¿En serio? —pregunto asombrado y con una sonrisa.

—No es la reacción que esperaba por tu parte —responde repasando el contorno de su cardado.

—Puede no creerme, pero si he venido aquí es porque quiero evitar que se lleve a cabo el resto de la obra y se queden sin sus casas.

Continúo hacia la sección a la que me dirigía y ella me persigue.

—¿Y qué haces en la biblioteca? ¡Habla con tus jefes!

—Doña Ángela, lo he hecho, pero… las cosas no son tan simples.

Hace una pedorreta.

—Entonces ¿qué planeas? ¿Tirarles libros a la cabeza hasta que cambien de opinión? Muy eficiente.

Aguanto el impulso de soltarle una bordería y decido que bien puede ser una buena fuente de información.

—No. Lo que intento encontrar es algún documento que pueda validar la presentación de los edificios más antiguos del barrio como un complejo al que salvar y que así se vean forzados por la ley a no derrumbar ni una sola casa más.

—¿Qué tipo de documento? —insiste ella.

Yo mantengo la mirada en los estantes llenos de películas.

—Podría ser una foto, una película o un evento histórico que, por su repercusión, dé a estas calles un valor incalculable. También puede ser el nacimiento de algún autor de renombre o una novela que tome parte en estas calles.

—¿Eso detendría los planes de la constructora y de la Comunidad? —La pregunta la hace tan cargada de incredulidad que me hace gracia haber dejado a doña Ángela sin palabras.

—Sí. Según la ley se deben proteger tanto las viviendas como el escenario arquitectónico de dicha obra.

Silencio. Luego la mujer se marcha con sus tacones repiqueteando sobre el suelo. Le prestaría más atención si no fuese porque no encuentro nada y me estoy poniendo de los nervios. Ahora que lo tenía tan cerca…, tan tan cerca…

El taconeo me adelanta que la mujer vuelve.

—Toma.

—Ya lo tengo —respondo al ver que me extiende el ejemplar de *Sombras de extrarradio*.

—¿No has dicho que valdría con un libro? —me pregunta algo alterada.

—Valdría, pero necesito que tenga repercusión, que tenga tanta importancia que sea considerada una obra de culto. Este libro es anónimo. No se sabe quién lo escribió. Podrían pasarlo por alto e ignorarlo. No es el *Lazarillo de Tormes*.

—Anónima, más bien.

—¿Perdón?

—Más obtuso… —La señora se aclara la garganta antes de contestar con voz resuelta —: Que es una anónima que dejará de serlo si con eso logro que este barrio siga en pie. Yo soy la autora. Mis hijos y sus amigos son los protagonistas.

Me quedo de piedra ante su revelación.

—¿Usted escribió este libro? Pero eso quiere decir…

—Sí. —Por primera vez desde que la conozco, doña Ángela se muestra como lo que en realidad es: una mujer mayor que ha tenido que sobrevivir a demasiadas pérdidas en su vida—. También soy la autora de una de las sagas de libros

para niños más leídas en este país, *La pequeña bruja Dorotea.*
—Se señala a sí misma.

—¿Me lo dice en serio? ¡Mi hermana tiene sus libros!

El único adjetivo que puede describir cómo estoy en estos momentos es eufórico.

—¿Con eso bastaría?

La miro a los ojos, muy serio.

—¿Está dispuesta a salir del anonimato y ayudarme a salvar el barrio?

La mujer parece ofendida.

—¿Ayudarte? Querido, soy la única salvadora, como de costumbre.

—¡Saúl! —grita Martín en mitad de la biblioteca y se lleva una reprimenda por parte de una de las encargadas de sala que ya ha chistado varias veces en nuestra dirección—. ¡Saúl! —vuelve a chillar sin hacer caso a la chica que se da por vencida.

—¿Qué pasa? —pregunto cuando llega a nosotros y trata de recuperar el aliento.

—Se ha… se ha… —tartamudea—. Mal. Todo mal.

¿Y ahora qué pasa?

54
Doña Ángela

Lara

No sé muy bien cómo hemos sido capaces de inundar la zona de obras, pero ha sucedido. Lo que en un principio iba a ser una protesta pacífica ha terminado con la mayor parte de gente del barrio tirando abajo las vallas que delimitan la obra y parando la labor de los obreros. Hemos montado tal lío que la policía no ha tardado en aparecer y rodearnos. Pero no contaban con Olimpia. Es que es ver a la autoridad y rebelarse. Por eso estoy en estos momentos entre ella y un agente que sé que se la va a llevar detenida y si no lo ha hecho es porque no solo hay vecinos que los graban, sino que de la nada han empezado a aparecer periodistas como salidos de debajo de las piedras.

—Pretenden romper nuestras redes de apoyo. Redes de apoyo que no harían falta si las administraciones hiciesen su trabajo, pero, como nos tienen abandonados, muchas de esas familias se van a ver completamente solas. Por eso estamos aquí —grita Olimpia en la cara del policía.

—Señorita, que no me chille —le advierte él.

—Estoy en mi derecho y usted no puede impedir que proteste.

—Puedo porque esto no está autorizado.

—¡Fascista! —le escupe.

De verdad le escupe.

—¡Olimpia! —bramo y trato de agarrarla, pero es muy tarde porque el agente ya la ha cogido del brazo y le da la vuelta para ponerle las esposas.

—¡Suéltame! ¡Tengo derechos! ¡Esa pistola y ese uniforme no son nada para mí! ¡Cuando os hemos necesitado, no habéis acudido! Pero ¡una llamada de los poderosos y aquí estáis!

Mi amiga se retuerce y trata de pegarle una patada. Pensé que las cosas no podían ir a peor, pero lo hacen cuando Saúl aparece por la cuesta y trata de plantarse en el centro de todo el meollo. Que es justo donde estamos nosotras. Los abucheos se suceden y hay quienes los empujan tanto a él como a su compañero que encabezan la marcha que cierra... ¿doña Ángela? ¿Está con ellos?

—Sé que no soy vuestra persona favorita en estos instantes, pero tengo que deciros que... —Trata de hacerse oír por encima de los demás, sin lograrlo.

Se desespera cuando un policía se aproxima a él para pedirle la documentación e intenta explicarle que es el arquitecto de la obra. Hay tanto revuelo que, cuando la sirena de uno de los coches suena con estrépito, todos nos callamos y tratamos de taparnos los oídos.

—¡A callarse todo el mundo que el arquitecto tiene algo importante que decir! —anuncia doña Ángela por la megafonía del coche.

—¡Señora! ¿Qué hace ahí? —le replica una de las agentes de policía.

El sonido ensordecedor para y parece que la llamada de atención de la mujer surte efecto, porque el silencio se hace presente en el enorme descampado y miramos a Saúl a la espera de respuestas.

—Yo... —Me mira antes de seguir, es una décima de segundo, pero es suficiente para hacerme temblar—. Yo tengo que confesaros que son verdad los rumores que se han difundido por el barrio. La idea inicial del proyecto era la de derrumbarlo, sacar a los vecinos y reubicarlos en puntos diferentes de Madrid.

Se sucede una nueva oleada de abucheos y varias personas le tiran piedras. Busco a los culpables de eso. Sigo enfadada con él, pero hay un límite.

—¡Dejad que acabe! —chilla doña Ángela ya sin la ayuda del coche de policía y sujetada además por la agente.

Vuelve el silencio y Saúl puede continuar su discurso.

—Lo hice porque... porque quería vengarme —confiesa.

—¿Vengarte de nosotros? Pero ¡si no te conocemos! —brama Soledad, que se lleva vítores de apoyo.

—Sí que me conocéis —insiste Saúl por encima del ruido—. Aunque no me extraña que no os acordéis de mí porque me ignorasteis. Fui invisible para muchos de vosotros, menos para una familia. —Los ojos de Saúl me miran—. Pero el resto, este barrio, me abandonó a mi suerte. Me juzgasteis por quién era mi padre, sin ver al niño que rogaba una ayuda. —Esto le está costando—. Me conocéis ahora como Saúl, el arquitecto, pero una vez fui Andrés, el hijo del camello.

Los cuchicheos se suceden a nuestro alrededor.

—Curioso cómo ahora sí que os acordáis de mí.

—¡Eran otros tiempos! —trata de defenderse Paco.

—¡Y yo era solo un niño! ¡Y tú un adulto que me dijo que prefería dar las sobras a los gatos callejeros antes que a mí! —brama Saúl tan enfadado que la vena de su cuello palpita por el esfuerzo—. Así que quise destruir esto por venganza. Por simple y llana venganza. En lo que no pensé fue que con mi venganza haría daño a las únicas personas que me vieron cuando era invisible. Las únicas que lograron ser personas hogar.

—Lara —murmura Irene a mi lado—. Estás llorando.

Mi amiga tiene razón. Me froto la cara y retiro como puedo las lágrimas.

—Y es gracias a esas personas que me he dado cuenta de que cometía una equivocación y de que la gente buena no debería pagar los errores de los peores. Y porque entiendo que lo que se hizo conmigo no fue por mí, fue por mi padre... Por todas las vidas que arrebató al meter a sus propios amigos en el mundo de las drogas. —Saúl aprieta la mandíbula—. Puede que no deba decir esto, pero lo siento. Yo... lo siento.

Más murmullos, más opiniones enfrentadas, más acusaciones.

—No quiero limpiar el nombre de mi padre, porque no se lo merece, pero sí el mío. —Saca algo de su bolsa y nos lo enseña.

Es el ejemplar de *Sombras de extrarradio* que le presté.

—¿Qué haces con ese libro? ¡Está maldito! —dice con superstición Milagros.

—Esta es la respuesta. El porqué no se va a tirar el barrio.

—¿Qué dice este chico? —comenta por lo bajini la madre de José Carlos, Trinidad.

—La ley argumenta que, si se decreta el valor cultural de un conjunto arquitectónico, este no puede ser derruido y debe ser protegido.

—¿Y ese libro cuenta como valor cultural? —Se ríe con mala baba Paco.

Ganas me dan de meterle un puñetazo en la cara.

—Francisco, ¿tú qué vas a opinar si lo más largo que has leído en tu vida son las noticias deportivas? —discute Trini.

—Saúl —lo llama Irene—, ¿podrían de verdad parali-
zarse las obras?

Doña Ángela da un paso al frente.

—Lo va a lograr porque, además de escribir ese libro, la
autora es también la escritora de *La pequeña bruja Dorotea.*

—¿*La pequeña bruja Dorotea?* —se sorprende Oli—. ¡Me
encantan esos libros!

—¿La autora vive en este barrio?

—¡Imposible! —se burla Milagros.

—Siempre con la bocota demasiado grande, Milagritos
—critica doña Ángela—. La autora soy yo.

El revuelo estalla de nuevo.

—¿Me lo dice en serio? —le pregunta la policía a doña
Ángela—. Leía esas novelas de pequeña y ahora se las leo a
mi hija.

—¡Un segundo! ¡Un segundo! —llama la madre de Irene a la calma—. Doña Ángela, ¿en serio escribió usted *Sombras de extrarradio?*

—Sí. Ese libro relata la vida de mis tres hijos, sus amigos —me lanza una mirada significativa, sé que mi madre era
la mejor amiga del pequeño de los tres y que, por más que
luchó por desengancharlo, las drogas lo retuvieron lejos de
ella— y cómo perdieron sus vidas por la adicción. —La mujer desvía la mirada hacia Saúl y él aguanta la reprimenda,
pues asume que fue su padre quien enganchó a los tres—.
También relato el suicidio de mi marido, el robo que sufrí en
la tienda por uno de los mejores amigos de mis hijos que también se había enganchado, la destrucción de nuestro barrio y
de los jóvenes que iban a brillar, pero no pudieron. Todo está
ahí. —La mujer se aclara la garganta y prosigue con un volumen más alto—. Las palabras fueron lo único que me quedó
tras perder a mi familia. Decidí publicarlo con pseudónimo
porque ese libro me dolía y duele demasiado.

Un flash, luego otro y después una reportera que se acerca para preguntarle directamente a doña Ángela. Durante unos segundos, me había olvidado de la prensa, pero todo lo ocurrido aquí hoy ha quedado para la posteridad. Saúl ha encontrado la solución para que no nos quedemos sin casas. Ha desvelado quién es, aunque sabe el odio que su padre despierta en estas calles. Y, justo cuando parece que todo tiene solución, un estruendo hace que gritemos y salgamos corriendo a resguardarnos. Una excavadora surge de la nada con un objetivo muy claro.

—¡Saúl! —me desgañito.

Demasiado tarde. Porque el enorme brazo choca con su cuerpo y lo tira al suelo.

—¡Policía! ¡Bájese de ahí! —Los agentes rodean el vehículo y veo salir de la cabina al capataz.

Venzo el impulso de ir a por ese cabrón y matarlo con mis propias manos; en su lugar corro hacia el arquitecto. Él trata de moverse, pero se lo impido.

—Eh, quieto, quieto.

—Estoy bien —dice, pero está claro que no—. Vale, puede que no tan bien.

Tiene la cara lacerada y la sangre se acumula en su mejilla.

—¡Llamad a una ambulancia! —grito.

—¡Lo acabo de hacer! —dice Irene llegando a mi lado—. Dios mío…, Saúl…, Dios…

—Así no ayudas —le digo a mi amiga, preocupada.

—Valiente cabrón —le escucho decir a Saúl. Está medio incorporado y decido poner mis piernas debajo de él para darle soporte—. Me la tenía jurada.

—Joder, arquitecto… —Es Olimpia que, aún con las manos esposadas a la espalda, con el jaleo que se ha formado, se ha acercado a nosotros.

Martín está a nuestro lado y sufre en silencio mientras observa a Saúl.

—Ni se te ocurra cerrar los ojos —amenazo—. Juro que como los cierres…

—¿Me matas? —pretende reírse, pero le duele demasiado para hacer el esfuerzo.

—¿Dónde está la puta ambulancia? —bramo al ver que la sangre sigue brotando de algún sitio que no ubico.

—¡Ya viene, ya viene!

55
Papel y piedra

Saúl

Nunca estuvo en mi lista de cosas que hacer antes de morir sobrevivir al atropello de una excavadora, pero aquí estoy. Los médicos me informan de que un poco más de velocidad, un golpe un poco más fuerte, una peor caída al suelo y habría muerto. Sin embargo, no fue el caso, tuve suerte. Mucha más de la esperada. Y estar hoy aquí de nuevo me hace sonreír de oreja a oreja, aunque eso haga que me duelan las heridas de la cara. Abro la puerta, pongo un pie en el contenedor y Martín se levanta y corre a abrazarme.

—Yo también me alegro de volver a verte, pero la mayor parte de mi cuerpo sigue lleno de moratones, cuidado.

—Lo… Lo siento —se disculpa con una reverencia—. No me puedo creer que ya estés de vuelta, pensé que estarías de baja un par de meses como mínimo.

—He pedido el alta para poder ayudar con los nuevos planes. Hay mucho que hacer.

Aún no es oficial, pero, tras el revuelo en los medios, las entrevistas con doña Ángela, el que el libro se haya hecho viral y mi atropello televisado, los planes han cambiado en tiempo récord. Y como fuimos nosotros los que nos llevamos el concurso de la Comunidad de Madrid, estamos obligados a cumplir las modificaciones que se han dado por fuerza mayor. Algo que me va a costar el puesto de trabajo nada más terminar, pero que me otorga la posibilidad de ver de cerca los avances para la rehabilitación del barrio ahora que va a ser declarado patrimonio arquitectónico.

—¿Me pones al día? —le propongo.

Martín me explica lo que se ha podido avanzar y los planes que se tienen tanto a corto como a medio plazo. Uno de los primeros edificios que se van a restaurar es el bloque de Lara. Sonrío al pensar en ella. Hace cosa de una semana que no la veo, pero los primeros días que estuve en el hospital estuvo a mi lado. No se separó de mi cama y es obvio que no tuvimos la intimidad suficiente para hablar porque mi familia fue una presencia igual de constante. Sin embargo, el solo hecho de tenerla allí... fue mucho para mí. Fue todo. Tres golpes en la puerta interrumpen nuestra conversación y me acerco con paso lento pero firme hasta ella. Al abrir me encuentro al hijo de Nadima con una bolsa en la mano.

—Envío especial.

Estira la mano y me ofrece el paquete. Yo lo cojo y al abrirlo descubro que dentro hay un té verde con miel, café con leche, bizcocho de limón y bizcocho de chocolate. Además de una nota: «Bienvenido, señor arquitecto. Espero que sea un día de té verde». No hace falta firma porque solo puede ser de Lara.

—¿Cómo ha sabido que estoy aquí?

El hijo de Nadima me saca de dudas enseguida.

—Todo el barrio te ha visto aparecer en el coche esta mañana y se ha corrido la voz como la pólvora.

El chico se encoge de hombros y se gira para marcharse, pero lo detengo.

—Espera un segundo.

—Oye, no me puedo retrasar, que luego mi madre me echa la bronca y me empieza a decir que si soy un vago, que si no sé qué…, cada día está más pesada.

—No digas esas cosas sobre tu madre y mucho menos delante de mí —le advierto.

Me acerco a la mesa y desdoblo el periódico de hace dos días, que Martín aún no ha tirado a la basura y que me viene genial. Empiezo a doblar la hoja por la mitad, luego arranco un pequeño trozo y sigo el patrón que tan bien me sé. El resultado es una de las flores del señor Jacobo.

—Dásela a Lara, por favor.

—Vaya flipe.

Él la mira embobado en su camino de vuelta y se pierde cuesta abajo.

El resto del día trato de concentrarme en el trabajo, pero debo admitir que me cuesta demasiado no tener la cabeza inundada de imágenes de la chica de piedra con los ojos marrones más enormes que he visto en mi vida. Cae la noche y Martín se marcha a casa. Yo decido quedarme, pese a que no lo hago porque vaya a trabajar mucho más, sino porque tengo un sitio al que ir. Me coloco la chaqueta, porque, pese a que la primavera está a la vuelta de la esquina, las noches siguen demasiado frías y emprendo el rumbo. La molestia de las costillas se resiente cuando me queda poco para llegar a la cafetería, pero no permito que eso me detenga. En especial cuando levanto la cabeza y la veo. Ahí está, recogiendo el local para cerrarlo. Agarra la escalera y la veo subirse para descolgar la pizarra de especiales.

—No has cambiado a Pepita —digo a modo de saludo.

Ella gira la cabeza y me sonríe. Joder…, Lara me sonríe. Y es así como la cafetería se convierte en terreno neutro.

Ya no hay armas. No hay malentendidos. La guerra ha terminado.

—Estoy segura de que lo que me hizo caer la otra vez no fue la escalera —responde bajando con la pizarra bajo su brazo.

—¿Y qué fue?

—Me distrajiste.

—¿Yo? —replico entrando en el juego.

—Tú y esos ojos azules.

Elevo las comisuras de mi boca y disfruto al ver que ella me imita. Avanzo un poco y me quedo a cosa de un metro de distancia.

—Gracias por el té, ha sido un bonito regalo de bienvenida.

—¿He acertado? ¿Té verde?

—Dudo que vaya a pedir té negro en una larga temporada —bromeo.

—Gracias a ti por la flor.

Lara lanza una mirada sobre la barra y la veo en un jarrón junto a la caja registradora. Eso me hace sonreír más si cabe, porque la ha expuesto, ha dejado que todo el mundo la vea. Doy otro paso hacia ella y acorto la distancia un poquito más. Tengo palabras en mi lengua que la queman y luchan por salir. Y no las retengo, sino que fluyen.

—Lo que te revelé antes de que te marchases de mi casa era... es —me retracto— real. Y siento haber elegido ese momento, pero no me arrepiento de lo que dije. —Es Lara la que da un paso hacia mí en esta ocasión—. Me acerqué a ti fascinado con la versión infantil que recordaba de mi salvadora, pero lo que siento ahora... nada tiene que ver con esa niña que compartía la comida conmigo. Tiene que ver con la mujer en la que te has convertido, la misma que no me lo puso nada fácil al principio de nuestro reencuentro.

Ella se frota las manos y las mira con nerviosismo.

—Te quiero. —Sus ojos se abren y me miran con un cóctel de emociones difícil de descifrar—. Te quiero y no es por agradecimiento, Lara. No es por lo que hiciste en el pasado por mí, cuando era Andrés, ni por pena ni por alguna otra estúpida razón que vayas a utilizar como excusa para alejarte de mí —expongo con una carcajada grave—. Te quiero por ti, por cómo eres, por esta mujer fuerte, capaz de sacar adelante a su familia, trabajadora, caritativa. —Niega con la cabeza—. La misma mujer que es incapaz de verse tras ese muro de piedras que ha creado. —Me aproximo acortando otro poco la distancia entre ambos—. Pero yo te veo, Lara, y me encanta lo que hay tras ese muro.

Se queda callada y puedo ver cómo mis palabras calan en ella de manera lenta pero certera. Se debate entre qué decir y qué callar, lo que no sabe es que no he venido a ponerla en ese aprieto, solo he venido porque necesitaba verla.

—No tienes que contestarme a lo que te acabo de confesar. No lo veas así, por favor —aclaro—. Y mucho menos debes corresponderme, pero no podía callármelo por más tiempo. Supongo que el hecho de que te atropelle una excavadora pone la vida en perspectiva —añado para cortar la tensión que temo pueda establecerse entre ambos.

Le arranco una sonrisa, pero sé que es hora de marcharme y que no debo tirar de la cuerda más de lo que ya lo he hecho.

—Buenas noches, Lara.

La confusión se refleja en su rostro al ver cómo camino hacia la puerta.

—¿Arquitecto? ¿Se puede saber adónde vas?

—¿A casa?

Se pasa la lengua por los dientes superiores y sube las cejas en un gesto altivo.

—Así que vuelves al fin al barrio, me mandas esa flor a través de Adam, vienes aquí a la hora del cierre, me dices todo lo que me acabas de confesar y... ¿pretendes marcharte como si nada?

Mientras hablaba, Lara ha ido reduciendo los metros que nos separan y ahora está a menos de cincuenta centímetros de mí, por lo que tiene que levantar la cabeza hacia arriba para poder seguir mirándome a la cara.

—Bueno, considero que lo cortés es darte tiempo para asumir lo que te he dicho y plantearte la posibilidad de aceptarme de nuevo en tu vida o no. Entiendo que...

—¿Aceptar...? ¿Entender...? Oh, venga ya. Ven aquí —dice antes de agarrarme del cuello de la chaqueta, ponerse de puntillas y besarme.

Se me escapa un quejido por el dolor y ella se separa a toda prisa.

—Lo siento, lo siento. No pretendía hacerte daño. ¿Estás bien?

—No pasa nada, estoy bien, estoy bien..., solo duele un poco —le explico con una sonrisa quejumbrosa.

Paso un dedo por su rostro y busco tranquilizarla. Ella se pone nerviosa, aunque hay una determinación en su mirada que la mantiene pegada a mí.

—¿Aquí te duele? —pregunta besando mi mano.

—No... —respondo a media voz. Es un roce íntimo.

—¿Y aquí?

Esta vez sus labios se posan sobre la parte de mi clavícula que queda al descubierto gracias a mi camisa un poco desabrochada.

—Tampoco.

Suena más gutural que mi contestación anterior.

—¿Y qué tal aquí?

Es el espacio del cuello justo debajo de la oreja. Me veo en la obligación de aferrarme a sus brazos para no perder el equilibrio al cerrar los ojos.

—Nada de dolor, no.

—¿Y si lo intento de nuevo aquí?

Los labios de Lara regresan a mi boca y nos fundimos en un beso lento, suave, cuidado. Eso no quiere decir que no reflejemos las ganas que nos tenemos. La fogosidad está presente y se hace hueco cuando su lengua se abre paso dentro de mi boca y toma posesión de ella.

—¿Ha dolido? —pregunta ronca al separarnos lo mínimo para recuperar el aliento.

—Mucho menos de lo que me dolería que no me volvieses a besar.

Mis manos buscan su rostro y le aparto el pelo para tener una visión clara de él. Está feliz y mi chica de piedra se ha dejado ver.

56
Amor tras la línea

Lara

Los comienzos a veces tienen sabor a finales. O al menos es la sensación que tengo mientras colocamos las mesas y las sillas en el descansillo. Hemos decidido organizar una comida entre todos, la familia de Olimpia, la de Irene y la mía. Es nuestra pequeña celebración porque no vamos a perder nuestras casas; y también la despedida a las grietas, las ventanas rotas y las humedades del edificio, pues el lunes de la semana que viene empiezan las obras de rehabilitación. Aunque también celebramos el hecho de que Olimpia ha logrado una mediación con la policía para no terminar en los tribunales por su agresión al agente. Lo cual es una suerte porque, aunque nadie lo quiera admitir, la idea de que terminase dos años y un día en la cárcel era bastante factible.

—Larita, coloca mejor el mantel, ¿no ves que cuelga desigual? —critica la abuela.

Ella también está mucho mejor. No hemos hablado de lo que ocurrió en el coche y dudo que lo vayamos a hacer nunca. Tampoco lo necesito, porque ella no se fue. Sigue aquí conmigo y si hay algo que ha pasado desde aquella horrible tarde es que mis amigas y sus familias me han demostrado día a día que la abuela tiene razón: ellos también son familia.

—¿Así mejor? —le pregunto tras estirarlo y recolocarlo.

—Mucho mejor —indica con una sonrisa complaciente.

—¿Esto dónde lo coloco? —pregunta Altea, la hermana de Oli.

—Aquí en medio —le señalo.

Los platos que hemos preparado para el banquete empiezan a llegar, reímos y bromeamos. El ambiente está cargado de una energía contagiosa que solo aumenta cuando por las escaleras aparece Saúl. Y no lo hace solo.

—¿Llegamos tarde?

—A tiempo, arquitecto —le digo.

—Tarde, no le mientas. ¿Dónde estabas cuando hemos tenido que montar las mesas? ¡Caradura! —le critica Olimpia.

—Bueno, para compensar he hecho un par de estos.

Saúl abre la tartera que ha traído y me encuentro un bizcocho de limón. Las ganas de cogerlo y besarlo se apoderan de mí, pero las controlo. No quiero dar el espectáculo. De momento.

—¿Son caseros? —inquiero dubitativa.

—Receta de Nadima.

Su rostro se aproxima al mío y me da un pequeño beso en los labios.

—Aj… ¡Nada de muestras de afecto en mi presencia! ¡Estoy de luto! —se queja mi amiga.

Ambos reímos.

—¡Todo el mundo a la mesa! —grita la madre de Olimpia—. Uh, a ti no te conozco.

—Yo… yo… soy Martín. —Saúl apoya una mano en el hombro del chico y lo empuja hacia delante—. Soy el compañero de Saúl en la obra.

El tartamudeo y el miedo siguen ahí, recorriéndole las facciones, pero lo que se puede vislumbrar a su vez es la esperanza y la decisión. Mis ojos se centran en mi amiga Irene que lo contempla con una mueca de extrañeza, de confusión. Y luego palidece.

—No puede ser —murmura para sí; sin embargo, estoy lo bastante cerca como para escucharla a la perfección.

Saúl y yo intercambiamos una mirada y creamos un poco de alboroto para darle a mi amiga unos segundos para recomponerse.

—Voy a por... hielo —dice ella, que se aleja y escapa hacia su casa.

—Venga —le dice Saúl a Martín y lo guiamos, con cuidado y cariño.

—Ve —le insisto.

Él abandona la tartera en una esquina de la mesa, junto a la de Saúl, y se encamina hacia la casa de los Muñoz. Saca un folio en el que no ha dejado ni un espacio en blanco y lo repasa una vez más.

—¿De verdad se va a poner a leerle eso? —le pregunto a Saúl.

—Le dije que escribirlo podría ayudarlo con el tartamudeo. Lo que no imaginé es que rellenaría un folio por las dos caras en una letra tan minúscula.

—Parece un prospecto. —Entrecierro los ojos.

Irene está en la cocina. No podemos verla, sin embargo, la escuchamos murmurar. Martín nos dedica una última mirada y da dos suaves golpes sobre la madera de la puerta.

—¿Se... se puede? —Se adentra en la habitación y se queda de ese modo fuera de nuestra visión.

Eso no impide que Saúl y yo nos mantengamos pegados a la pared, escuchando todo.

—No puede ser —dice al fin mi amiga—. No puedes...

—¿Ser León? Sí —replica Martín, al que le falla la voz cuando se refiere a sí mismo con el nombre falso que utilizó en sus llamadas con Irene.

Agarro la mano de Saúl para darme fuerzas. No sé hasta qué punto esto es buena idea, pero es que, conforme Martín me explicó lo que en realidad había sucedido y el terror tan grande que le perseguía…, no pude evitar confabular con él para llegar a este momento en el que los dos pudieran reencontrarse.

—Siento mucho esto, Irene. —Es la primera vez que él dice su nombre—. ¿Puedo llamarte Irene? —Ella no responde—. Yo… he… he escrito… —Se pone nervioso, muy nervioso—. He escrito aquí lo que te quería…

—¿Por qué me dejaste plantada? ¿Por qué desapareciste? —lo corta mi amiga. Su voz es áspera.

El silencio que reina en la cocina es duro, seco y contrasta mucho con las voces animadas que nos llegan del descansillo.

—Irene…, mírame —dice Martín con pesar—. Después de todo lo que hablamos tuve el presentimiento de que me habrías imaginado alto, fuerte, guapo y… yo… no encajo en ese molde.

—¿Lo que… lo que me había imaginado? —la pregunta que lanza mi amiga está cargada de reproche e incredulidad—. Es muy superficial por tu parte pensar que habría huido al verte o qué sé yo. —Irene no suele exteriorizar su enfado, sin embargo, su voz lo denota con claridad—. Yo solo quería conocer al chico con el que había conectado tan bien por teléfono. Solo quería salir de mi caparazón, como lo llama Olimpia. —No puedo verla y, aun así, puedo asegurar que tiene los ojos llenos de lágrimas—. Y tú me diste esa seguridad hasta que…

—Hasta que fui un cobarde —finaliza la frase él por ella—. Sé que hice mal —dice Martín muy firme y sin tartamudear—. Yo solo quería pedirte perdón y hacerlo cara a cara porque es algo que te debía. —Un silencio penetrante cruza la cocina y llega hasta nosotros—. Será mejor que me marche, lo último que quiero es que estés incómoda y mucho menos en un día como hoy.

Se me escapa un jadeo triste de derrota.

—¿Fue en el hospital? —pregunta Irene.

Abrazo a Saúl. Él acaricia mi pelo y deja un beso en mi coronilla.

—¿El qué?

—Cuando te diste cuenta de quién era yo.

—Sí —responde él.

Lo pronuncia muy bajito y me cuesta escucharlo, pero lo dice.

—¿Y tu mejor idea es venir aquí y pedirme perdón a medias? —replica muy indignada Irene.

Me sorprende ver este cambio de carácter y me alegra.

—¿A… a medias? —la confusión en su tono de voz es evidente.

—Pedir perdón e irte sin escuchar lo que tengo que decirte es disculparse a medias.

—Pe…, pero… pero yo…, a ver… —tartamudea.

—Si has venido a pedirme perdón, ahora te toca escucharme. Lo primero: eres un idiota. ¿Te piensas que eres el único al que le cuesta acercarse a otros? —El volumen de ella ha subido de tono y está a punto de empezar a gritar—. Te lo conté. Yo también tengo miedo de conocer a gente, ¿vale? Y pensé que, si era sincera contigo, llegaríamos a alguna especie de entendimiento. Pero lo que decides es desaparecer, no contestar a mis llamadas ni a mis mensajes. Doble idiota —brama—. Eres triple idiota al decir esas cosas de ti y pensar que a mí no me ibas a gustar por tu físico. —Escuchamos un golpe y presupongo que Irene le ha dado un manotazo—.

Y cuatro veces idiota por no decir de una vez adónde vamos a ir esta noche a cenar. Porque luego tú y yo nos vamos a ir y tendremos esa primera cita a la que faltaste. Y, si todo esto sale mal, pues no pasa nada, pero tú... —La curiosidad me puede y asomo la cabeza por la puerta. Ambos están muy cerca el uno del otro—. Cinco veces idiota, vas a cenar conmigo hoy.

Martín sonríe y asiente con entusiasmo.

—Y, toma, hay que llevar más vasos.

Irene le encasqueta cuatro y él los acepta sin dudar. Nos pilla mirando desde el marco de la puerta a Saúl y a mí y, si bien nos reprende con la mirada, en ellos veo reflejada la esperanza.

—Para vosotros también hay.

Los cuatro regresamos al descansillo y completamos la estampa final. Es una comida en la cual las risas, las anécdotas y los buenos momentos empapan cada instante. Comemos y bebemos henchidos de la más pura felicidad y para la hora del postre reside en el ambiente la agradable sensación de estar en un entorno seguro y hogareño y eso es mucho para algunos de nosotros.

El teléfono de Olimpia suena y veo en la pantalla que se trata de Mariano Quesada.

—¿Qué? ¡No me mires así! Nos estamos... conociendo. A lo mejor tenías razón y esta es la señal para que pruebe una relación en la que me tratan como a una persona y no como a un secreto. Quiero sentir otro tipo de mariposas y no las de alerta. ¿Te parece bien?

Se levanta y atiende lejos de los oídos curiosos, aunque no hace falta saber de qué hablan para cerciorar que la angustia que solía bañar el rostro de mi amiga con las llamadas de Arturo no está en su conversación con Mariano y eso... eso es suficiente.

57
El chico de papel y la chica de piedra

Saúl

La sonrisa de oreja a oreja con la que nos despedimos de Martín e Irene refleja lo que puede darte derribar los temores y enfrentarte a lo bueno, pese al miedo. Los dejamos marchar cerca del portal de casa de las chicas y nosotros decidimos ir al lugar donde todo esto empezó para Lara y para mí. Del viejo parque poco queda. Es donde más han avanzado las obras y lo único que hay en pie es una escultura que instalamos el miércoles pasado. Y una de las razones por las que quería traer a Lara hasta aquí. Saco la flor de papel de dentro de mi chaqueta y se la doy.

—Saúl...

La forma que tiene de pronunciar mi nombre ha cambiado mucho. Siento el cariño que aporta a cada sílaba y la sensación candorosa que despierta en la boca de mi estómago. La tomo de la mano y hago que se acerque a mí para besarla.

—Quiero enseñarte una cosa.

La conduzco hasta el centro del parque y quito la lona que cubre la escultura. Sus ojos se abren sorprendidos y pienso que de un momento a otro no va a poder retener las lágrimas.

—¿Y esto?

—Nuestras iniciales.

La base de metal engarza una enorme estructura de resina en la que hay encerradas varias flores de papel y justo en el centro el trozo de pared que me llevé del muro y que contiene nuestras iniciales de niños.

—No puede ser… —pronuncia abrumada.

—Me lo llevé —respondo con una sonrisa.

—Pero, Saúl…

—Espera, dale un segundo.

Miro mi reloj. Tres, dos, uno. La escultura se ilumina y la resina crea un espacio en el cual Lara y yo flotamos rodeados de flores.

—Es precioso.

—Quería conservar la esperanza —le explico.

—¿Eso fuimos?

—Y somos.

Ella sonríe e intenta no llorar.

—Vivir momentos juntos, ¿no? —pregunta ella al apretar la lazada que forman nuestras manos.

—Todos los que me permitas estar a tu lado.

Se abraza a mi pecho y yo la acojo. La luz del interior de la escultura ilumina el relieve de su cara y la hace brillar. Es como estar en presencia de la luna. Para cuando sus labios se encuentran con los míos, la paz que habita en mi cuerpo sé que le resultaría extraña a aquel niño que vagabundeaba por estas mismas calles. La calma, la dicha y una vida sin rencores enfrentadas a aquel pasado de golpes, de abandono y de negligencia.

Haber reencontrado a Lara ha sido una de esas casualidades que ponen lo vivido en perspectiva y hacen que te des cuenta de cómo los pequeños gestos pueden cambiar el rumbo de las cosas. Si esa niña rota por la muerte de sus padres no hubiese compartido aquella primera merienda con el niño abandonado por los suyos..., hoy no sentiría esta felicidad infinita. No me habría enamorado de su versión adulta y no me habría reconciliado con los retazos de mi propio daño.

Sin esta casualidad, el chico de papel y la chica de piedra no habrían ganado, pero lo han hecho y hoy se alzan más fuertes que nunca.

Cinco años después…

Epílogo

Lara

Es curioso cómo, desde hace años, siempre relaciono el azul con el color de los ojos de Saúl. Ese azul cobalto que tengo la suerte de ver cada mañana al despertarme y ser lo último en lo que me reflejo cada noche. Los pendientes de zafiro que tengo delante de mí, tirados sobre la mesa, son dos tonos más claros que el azul de Saúl. Unos pendientes que hoy llevo yo, pero que durante tantos años llevó la abuela. Me pongo primero el derecho y después el izquierdo. Me doy un último repaso en el espejo antes de respirar hondo y prepararme para lo que viene.

—¿Estás lista? —me pregunta Olimpia que se ha presentado junto a Irene en la puerta de mi habitación.

Asiento y mis amigas me abrazan a la vez. Avanzo delante de ellas por el pasillo y llego hasta el salón. Está plagado de gente. Cruzo la mirada con Martín que no tarda en acercarse a mi amiga y coger su mano, también con los padres de Saúl, con Marta, Nadima, las familias de mis amigas y varios vecinos, los más cercanos, entre los que se encuentra doña Ángela. En ellos veo reflejado lo mismo, esa curiosa mezcla de tristeza y apoyo que pretenden darme. Porque saben que lo necesito más que nunca. Porque hoy… hoy es la última despedida y porque cuando he entrado en el salón lo primero que he hecho ha sido mirar el sillón orejero rosa. Vacío. La única persona que desearía que estuviese aquí no está.

Saúl aparece por la puerta que da a la entrada y atraviesa el salón hasta mí. Me ampara bajo la protección de su pecho y me rodea con un brazo. Trata de ser mi apoyo, tal y como lo ha hecho durante estos últimos años en los que el alzhéimer decidió lanzar su último gran órdago. Fue él quien me sostuvo las noches eternas en urgencias con la abuela entre la vida y la muerte por los problemas derivados de la enfermedad. Se suele hablar del alzhéimer como la enfermedad del olvido, pero la considero más bien la enfermedad del silencio. Ese mal escurridizo que te roba poco a poco a quien amas.

Una mañana me desperté y ella no pudo caminar. Otra, su boca no quiso comer. Luego, vinieron los problemas con los pulmones, los ataques de tos, las asfixias… Y con ellos, los problemas de corazón. Ella, que siempre tuvo el más enorme y resistente de todos nosotros… Ese corazón que aguantó la pérdida de su hija y su yerno demasiado jóvenes; ese que crio a su nieta huérfana y la convirtió en abuela y madre a la vez; ese mismo que tuvo que enfrentarse al fallecimiento repentino de su marido y cuyo dolor la tuvo en cama sin parar de llorar durante semanas y semanas. Ese corazón que hace tan solo tres días se paró por completo. No pudo más y lo supe. Lo supe por esas diez horas de plena consciencia en las que parecía que iba a salir adelante. Lucidez terminal. Aprendí el concepto tarde, cuando la esperanza se había aferrado a mí y pensé que podría pasar un día más con ella…, pero no, se fue.

Sin embargo, tengo que dar las gracias porque no se fue sola. Se fue rodeada de amor, sabía que era querida y eso era importante para ella. Y para mí. Eran las tres y dieciocho de la mañana y allí estábamos. Saúl, Olimpia, Irene y yo. Agarrados de las manos, llorando en silencio y viendo cómo la vida la abandonaba poco a poco.

Hoy estamos aquí para honrarla y sé que también están para demostrarme que no estoy sola, que mi mayor miedo no se ha hecho realidad. Los tengo aquí por ella, pero sobre todo por mí.

—Quiero daros las gracias por venir esta tarde. —Nadima llora en silencio y sus lágrimas pronto se propagan hacia los más sensibles de la sala—. Debo empezar diciendo que, pese al dolor, estoy feliz, porque incluso en sus últimos años de vida, mi abuela pudo rodearse de gente tan maravillosa como vosotros y vosotras. —Reprimo un sollozo y Saúl me aprieta con fuerza contra su cuerpo—. No busco pronunciar un discurso muy extenso, pero lo que sí quiero es darle las gracias por haber sido la mejor abuela del mundo. Y sé que es caer un poco en clichés, pero con ella era cierto. Me enseñó a ser mejor, a luchar por lo justo y a ser valiente. Fue la maestra de las cosas importantes de la vida. Me mostró el valor de ser generosa con los demás y la importancia que tienen los pequeños gestos porque cambian la vida de quienes nos rodean. —Fijo la mirada en Saúl y él sonríe con una lágrima que desciende por su mejilla—. Me pidió que no llorásemos su muerte, sino que celebrásemos su vida y eso es justo lo que pretendo con esto. Por eso os he pedido que nadie vista de negro, porque me decía que era el peor color para las despedidas eternas. Así que solo me queda dar las gracias por haberla disfrutado todos los años que he podido tenerla como abuela y reforzar mi promesa una vez más, porque, ahora que no está, voy a recordar por las dos y sé que quienes estáis aquí os vais a sumar a eso.

Las lágrimas recorren los rostros de los presentes junto con sonrisas tristes que luchan por ganar la batalla.

—¡Por Carmen! —grita Oli, y levanta su copa de champán.

—¡Por Carmen! —responden a coro.

—Por ti, abuela —replico yo, y dirijo la mirada hacia una de las fotos que cuelga en la pared con ella junto al abuelo y mis padres—. Y por vosotros también.

Agradecimientos

Nunca se me ha dado bien llegar a la parte de los agradecimientos. No porque no tenga mucha gente a la que dar las gracias o porque me cueste darlas, sino porque cuando me tengo que sentar a escribirlos recibo la bofetada de realidad: he terminado una nueva historia. Y esta vez no es cualquiera.

Sobra decir que el hecho de publicar esta novela con una editorial no estaba en mi bingo para el 2023. Cuando Ana Lozano me mandó aquel mensaje por Instagram confieso que no me lo creí y aún hay instantes en los que me pregunto cómo es posible que esto esté sucediendo. Pero si estás leyendo estas palabras es que ha ocurrido. Aquel «queremos publicar algo contigo» sigue pareciéndome una alucinación. Una de las buenas, pese al vértigo tan tremendo con el que he vivido el proceso y la negación constante en la que mi cerebro me ha sumergido hasta este preciso instante.

Publicar con Penguin Random House es un sueño hecho realidad y soy muy consciente de que esto no habría llegado a suceder jamás sin cuatro personas esenciales y es a ellas a las que debo mis primeros agradecimientos.

Queridos Bea, Ricardo, Sara y Patri. Debo comenzar con una disculpa pública porque no supisteis nada de lo que estaba ocurriendo hasta semanas después, pero no sabía cómo compartirlo. ¿Cómo hacerlo cuando no me lo creía? Y, pese a ello, en cuanto recibisteis la noticia disipasteis las dudas, me apoyasteis y animasteis a ignorar la constante crítica que siempre hago a todo lo que creo. Soy consciente de que sin vosotras estos meses habrían sido demoledores y que parte de este logro os pertenece. Gracias por estar ahí, por aguantar mis cambios de humor y esa autocrítica que tanto os desespera. Necesito que sepáis que todos los proyectos que desarrollo tienen un trocito de vosotras.

En segundo lugar, doy las gracias a mi familia. También os debo un perdón por el chillido que rompió la quietud de nuestra casa aquella tarde de octubre. Sé que os asusté, pero la emoción se escapó y lo único que quedó fue aquel alarido de incredulidad y excitación a partes iguales. Gracias en especial a mi hermano Víctor, sin él nunca habría visto la arquitectura del modo en el que lo hago actualmente. No son solo ladrillos y cemento, ahora entiendo que el arte de la arquitectura es algo especial, algo que debe servir a un propósito, pero también inspirar a los habitantes y respetar el entorno. Gracias por haberme ayudado a documentarme y sacar adelante al personaje de Saúl.

Gracias al resto de mi familia que me ha leído desde el principio, que me ha comprado los libros y recomendado allá donde han ido. No entendéis lo mucho que significa para mí que digáis que estáis orgullosos de mí.

Gracias a Ana Lozano por haberse puesto en contacto conmigo, leerme y pensar que podría hacer algo para Suma. Sinceramente, considero que pusiste demasiada fe en mí y espero haber cumplido. Tenerte como editora era impensable y tus palabras ahora están impresas y descansan sobre mi pared (sí, Ana, he impreso el mail que me mandaste después de leer el manuscrito).

Así mismo, debo dar las gracias a las personas que me han leído desde aquellas primaveras y que han seguido a mi lado en todas las plataformas, con todas mis historias y locuras. Ver el apoyo que me habéis dado en redes ha significado mucho para mí, en especial a todas las que me mandáis mensajes hablando de lo mucho que habéis conectado con los personajes o lo que os han marcado algunas escenas. Gracias porque esta aventura no sería lo mismo sin poder compartirlo de manera tan especial y sincera. Sois lo mejor.

Por último, te doy las gracias a ti que sostienes este libro entre tus manos y que me has dado la oportunidad de ser leída. Espero que entiendas lo que significa para mí que hayas invertido tu tiempo en la historia de Lara y Saúl y deseo de todo corazón que hayas vivido cada página con ellos, entre risas y lágrimas.

Gracias, gracias y gracias.

Ojalá nos encontremos en la siguiente historia.

El primer borrador de esta historia se terminó
de escribir una noche de invierno en mitad
del incesante llanto de una despedida
que dolió más de lo esperado.